SANDRA DÜNSCHEDE

Friesenmilch

SANDRA DÜNSCHEDE

Friesenmilch

EIN FALL FÜR THAMSEN & CO.

GMEINER

Immer informiert

Spannung pur – mit unserem Newsletter informieren wir Sie
regelmäßig über Wissenswertes aus unserer Bücherwelt.

Gefällt mir!

Facebook: @Gmeiner.Verlag
Instagram: @gmeinerverlag
Twitter: @GmeinerVerlag

Besuchen Sie uns im Internet:
www.gmeiner-verlag.de

© 2016 – Gmeiner-Verlag GmbH
Im Ehnried 5, 88605 Meßkirch
Telefon 0 75 75 / 20 95 - 0
info@gmeiner-verlag.de
Alle Rechte vorbehalten
3. Auflage 2023

Lektorat: Claudia Senghaas, Kirchardt
Herstellung: Julia Franze
Umschlaggestaltung: U.O.R.G. Lutz Eberle, Stuttgart
unter Verwendung eines Fotos von: © DutchScenery – Fotolia.com
Druck: Custom Printing Warschau
Printed in Poland
ISBN 978-3-8392-1834-1

Für Mama,
die immer da ist, wenn ich sie brauche

1. KAPITEL

Routinen machten Erna Wetzel glücklich. Mehr noch – sie brauchte die bekannten Rituale ihres Alltags geradezu zum Überleben. Eisern klammerte sie sich an den gewohnten Tagesablauf wie ein Ertrinkender an einen Rettungsring. Durch den Tod ihres Mannes Fritz vor gut vier Jahren war Erna heftig aus der Bahn geworfen worden. Nur sehr langsam war es ihr gelungen, zu sich selbst und in die Welt an sich zurückzufinden. Feste Regeln und Gesetze, immer gleiche Abläufe hatten ihr geholfen, einen Rahmen aufzubauen, in dem sie Sicherheit, ja sogar Geborgenheit empfand.

Daher stand sie auch heute, wie jeden Tag in den vergangenen drei Jahren, um 5 Uhr auf, warf sich ihren Morgenmantel über und schlurfte in die Küche. Noch ein wenig schlaftrunken stellte sie die Kaffeemaschine an, die sie am Abend zuvor bereits mit Wasser und der entsprechenden Dosis Kaffeepulver gefüllt hatte. Als das gurgelnde Geräusch des Gerätes erklang, schlappte sie ins Badezimmer und machte sich fertig für den Tag. Sie wusch Gesicht und Hände, sprühte ein wenig Deo unter ihre Achseln, cremte sich ein und kämmte sich das graue, aber noch volle wellige Haar. Gerade als der letzte Tropfen durch den Kaffeefilter in die Kanne fiel, betrat Erna Wetzel die Küche, nahm die ebenfalls am Vorabend bereitgestellte Tasse und goss sich von der dampfenden braunen Flüssigkeit ein. Aus dem Kühlschrank nahm sie den

Teller mit den Marmeladenschnitten und entfernte die Frischhaltefolie. Punkt halb sechs saß sie am Küchentisch und frühstückte wie jeden Morgen. Während sie genüsslich kaute und das schon leicht trockene Brot mit Kaffee herunterspülte, ging sie in Gedanken ihre nächsten Schritte durch. Abräumen, Tasse, Teller und Besteck spülen, das Mittagessen aus der Tiefkühltruhe zum Auftauen herausholen, Zähne putzen, Jacke, Schal, Mütze, Handschuhe anziehen.

Exakt um zehn vor sechs trat sie aus dem Haus. Dunkelheit und feuchte Kälte empfingen sie. Schnell drehte sie den Haustürschlüssel herum, steckte ihn in das kleine Seitenfach ihrer Handtasche und trippelte den Plattenweg zur Straße hinunter. Um diese Uhrzeit waren so gut wie keine anderen Leute unterwegs. Der Gehweg war noch nicht gestreut, daher bemühte sich Erna, möglichst vorsichtig den zum Teil glatten Steig entlangzutapsen. Bloß nicht ausrutschen und hinfallen. Ein Oberschenkelhalsbruch in ihrem Alter – das war kein Spaß. Wer wusste, ob sie sich davon erholen würde. Außerdem brachte solch ein Sturz ihre Routine durcheinander, und das war nicht gut. Gar nicht gut. Zum Glück war ihr Weg nicht weit. Normalerweise brauchte sie nur fünf Minuten, aber durch die Wetterverhältnisse erreichte sie die Praxis von Dr. Scholz heute erst zwei Minuten vor sechs – um 6 Uhr war Arbeitsbeginn. Erna Wetzel putzte seit etwa drei Jahren die Praxisräume ihres Hausarztes. Er hatte ihr die Stelle angeboten, hatte ihr gesagt, dass es ihr sicherlich helfen würde, einer Aufgabe nachzugehen nach Fritz' Tod, und er hatte recht behalten. Seit Erna für den Allgemeinmediziner arbeitete, war es bergauf mit ihr gegangen.

Nicht nur körperlich und mental, auch finanziell konnte sie den Verdienst gut gebrauchen, denn die Witwenrente war klein und reichte gerade mal für Miete, Nebenkosten und Lebensmittel. Große Sprünge konnte sie zwar nun auch nicht machen, aber hin und wieder ein neues Kleidungsstück oder ein Besuch in ihrem Lieblingscafé waren durchaus drin.

Den Schlüssel zu den Praxisräumen hielt sie schon bereit, als sie vor die Tür trat. Eilig steckte sie ihn ins Schloss – doch was war das? Es ließ sich gar nicht aufschließen, weil – Erna ruckelte an dem Schlüssel hin und her – gar nicht abgesperrt war. Hatte Dr. Scholz vergessen abzuschließen? Freitags ging er eigentlich immer früher, meist zusammen mit den Angestellten. Oder war ihr Arbeitgeber bereits in der Praxis? Hatte es vielleicht einen Notfall gegeben? Mit zitternder Hand drückte Erna Wetzel die Klinke hinunter und schob die Tür einen Spaltweit auf.

»Hallo?« Sie lauschte in die Stille. »Dr. Scholz?« Sie trat von einem Fuß auf den anderen. »Renate?« Ihre Rufe blieben alle unbeantwortet. Wahrscheinlich hat Herr Doktor nur nicht abgesperrt. Er ist ja manchmal auch ein bisschen schusselig, versuchte Erna sich zu beruhigen und betrat den Flur, von dem die Anmeldung, das Wartezimmer und zwei Behandlungsräume abgingen. Immer noch ein wenig zittrig tastete sie nach dem Lichtschalter. Der grelle Schein schmerzte in ihren Augen. Sie brauchte einen Moment, dann blickte sie sich um und atmete kurz darauf geräuschvoll aus. Alles war wie immer. Erleichtert bog sie um die Ecke und quetschte sich am Empfangstresen vorbei in das dahinterliegende Zimmer, das als

Aufenthaltsraum für die Angestellten diente. Sie stellte ihre Tasche auf den linken Stuhl, zog sich Mantel, Handschuhe, Mütze und Schal aus und legte alles fein säuberlich dazu. An einem Haken an der Wand hing ein bunter Blümchenkittel. Erna warf ihn sich über und schlüpfte dann aus den dicken Winterstiefeln in die leichten Plastikpantoffeln, die ordentlich nebeneinander unter dem Kleiderhaken standen. Schnell noch aus der Abstellkammer Staubsauger, Eimer, Reinigungsmittel und Wischmopp geholt, schon legte Erna Wetzel los. Wie immer begann sie mit ihren Arbeiten im Sozialraum, putzte sich dann durch den Empfangs- und Wartebereich. Sie arbeitete gründlich, aber zügig. Trödeln oder gar eine Pause, kam für Erna nicht infrage. Dafür wurde sie schließlich nicht bezahlt. Außerdem musste sie in zwei Stunden mit der Praxis fertig sein, denn dann kamen die ersten Patienten zur Blutabnahme. Sie wechselte das Putzwasser, nachdem sie den Flur gewischt hatte, und holte dann den Staubsauger, der noch im Wartezimmer stand. Wie einen störrischen Hund zog sie das Gerät hinter sich her. Mit dem Ellenbogen drückte sie die Klinke zum ersten Sprechzimmer herunter und stieß die Tür mit dem Fuß auf. Mit der linken Hand tastete sie nach dem Lichtschalter, während sie mit rechts den Staubsauger schon durch die Tür bugsierte. Wieder flammte es hell im Raum auf, und Erna zuckte zusammen. Aber auch nachdem ihre Augen sich an die Lichtverhältnisse gewöhnt hatten, blieb sie wie angenagelt stehen, den Blick starr auf den Schreibtisch des Doktors gerichtet.

Dort saß Dr. Scholz zusammengesackt in seinem Ledersessel. Das Kinn war ihm auf die Brust gesunken, seine Augen waren geschlossen. Ob er schlief? »Dr. Scholz?« Ihre Stimme war mehr ein Krächzen als eine verständlich artikulierte Frage. Erna räusperte sich. »Dr. Scholz?« Der Mediziner reagierte nicht. Was sollte sie tun? Sich umdrehen und stillschweigend den Raum verlassen? So tun, als habe sie nicht bemerkt, dass er schlief? Und wenn er gar nicht schlief? Erna schluckte. Langsam, sehr langsam bewegte sie sich auf den Schreibtisch zu. Angestrengt versuchte sie, ein Atmen zu hören, doch das Rauschen in ihren Ohren übertönte alles. Hinzu kam ihr hämmernder Herzschlag, der in ihrem Kopf widerhallte. »Dr. Scholz?« Sie stand nun direkt vor ihm. Seine Haut wirkte bleich und wächsern, und irgendwie roch es eigenartig. Ob der Geruch von dem halb leeren Joghurtbecher stammte, der auf dem Tisch vor Dr. Scholz stand? Erna rümpfte unweigerlich die Nase, streckte dann aber ihre Hand nach dem Arzt aus. Mit leicht zitternden Fingern fasste sie den Mann am Arm. Dr. Scholz reagierte nicht, und als Erna ihn ein wenig rüttelte, rutschte er leicht zur Seite. »Huch!« Sie sprang förmlich rückwärts, immer den Arzt im Visier. Doch der rührte sich nach wie vor nicht, und Erna ahnte langsam, warum. Sie eilte an den Empfangstresen, griff nach dem Telefon und wählte die Nummer des Notrufs. Der kurze Augenblick, bis ihr Anruf entgegengenommen wurde, erschien ihr wie eine Ewigkeit. Tausend Gedanken sausten durch ihren Kopf, keinen konnte sie greifen. Ihr war schwindlig und sie stützte sich am Tresen ab, als sie endlich eine Stimme hörte. »Ja, hallo«, stotterte sie in den Hörer, »hier Praxis Dr. Scholz in Niebüll, Erna Wetzel. Ich, ich glaube, der Herr Doktor ist tot.«

2. KAPITEL

»Nun komm schon, Lotta. Wir müssen los!« Dirk Thamsen stand in der Haustür und wartete auf seine Tochter, die nach ihrer Kindergartentasche suchte. »Dann muss es heute eben mal ohne gehen.«

Das kleine, blonde lockige Mädchen blickte ihn mit tränengefüllten Augen an und schüttelte den Kopf. Er wusste, sie würde ohne den rosa Beutel mit der kleinen Prinzessin drauf das Haus nicht verlassen und er deswegen zu spät auf die Dienststelle kommen. Dabei lag jede Menge Arbeit auf seinem Schreibtisch, denn am Freitag hatte er bereits früher Feierabend gemacht, da Dörte für ein verlängertes Wochenende nach Düsseldorf gefahren war, und er sich um Lotta hatte kümmern müssen. Ebenso wie jetzt, denn seine Freundin kam erst am Nachmittag vom Rhein zurück. Eigentlich kein Problem, denn Lotta ging bereits in den Kindergarten – allerdings nicht ohne ihre pinke Tasche.

»Wo hast du sie denn am Freitag hingetan?« Thamsen durchforstete die völlig überfüllte Garderobe. Jacken, Mäntel, ein Stockschirm und etliche Taschen von Dörte, doch nirgends blinkte das rosa Täschchen zwischen all dem Zeugs. »Vielleicht in deinem Zimmer?« Dirk schaute seine Tochter eindringlich an, doch die schluchzte nur vor sich hin. »Oder im Auto? Bestimmt im Auto!« Lotta setzte sich endlich in Bewegung. Thamsen atmete auf, da klingelte sein Handy. Flüchtig warf er einen Blick auf das Display, ehe er das Gespräch annahm.

»Bin unterwegs, Ansgar. Lotta hat …« Er stockte plötzlich und schwieg. »Gut«, entgegnete er nach ein paar Augenblicken. »Ich komme.«

Er steckte das Handy ein und schloss die Haustür ab. Lottas Tasche lag nicht im Auto, doch er hatte keine Zeit, weiter danach zu suchen. Energisch schnallte er seine Tochter im Kindersitz an und versuchte, ihr Geheule zu ignorieren. Zum Glück war es nicht weit zum Kindergarten, ansonsten hätte Thamsen wahrscheinlich einen Gehörsturz erlitten. Lotta schrie mittlerweile aus voller Kehle, da konnte selbst die Soundanlage seines Wagens nichts dagegen ausrichten. Er trat das Gaspedal voll durch, um dieser nervenzerrenden Fahrt möglichst schnell ein Ende zu bereiten.

Die Erzieherin in der Frühbetreuung bedachte ihn mit einem vorwurfsvollen Blick, als er seine Tochter wenig später immer noch schreiend in der Kita ablieferte. Entschuldigend zuckte er mit den Schultern. »Muss zum Einsatz.« Er gab Lotta einen Kuss, betonte, dass ihre Mama sie später abholen würde, und eilte wieder zum Wagen. Laut seinem Kollegen hatte es einen Leichenfund gegeben, da wollte er möglichst schnell vor Ort sein.

Das Erste, was er erblickte, als er in die Straße, in der die Praxis von Dr. Scholz lag, einbog, war ein Leichenwagen. Die Rettungskräfte, die man sicherlich zuvor gerufen hatte, schienen bereits abgerückt. Für die ist der Fall erledigt, wenn der Tod festgestellt ist, dachte Thamsen.

Für uns beginnt die Arbeit nun erst. Der Notarzt hatte den Verdacht geäußert, dass Dr. Scholz nicht aufgrund einer natürlichen Todesursache verstorben war, und daher die Polizei verständigt. Ansgar Rolfs hatte neben Thamsen bereits die Kripo in Husum und die Spurensicherung benachrichtigt und sicherte nun den Fundort der Leiche, der zugleich auch als Tatort in Betracht kam. Solange sie nicht wussten, wie der Allgemeinmediziner umgekommen war, mussten sie in alle Richtungen denken. »Ich habe beim Staatsanwalt eine Obduktion beantragt. Wenn die Spusi nachher hier fertig ist, dann bringt der Bestatter den Leichnam gleich nach Kiel in die Rechtsmedizin.« Thamsen nickte, während er sich ein paar Handschuhe überstreifte. »Und kommt aus Husum auch jemand her?«

»Nö, nicht solange nicht feststeht, ob wir es mit einem Mord zu tun haben.«

»Typisch«, zischte Thamsen und folgte Rolfs in den Behandlungsraum. Dort befand sich die Leiche des Praxisinhabers nach wie vor auf dem Stuhl an seinem Schreibtisch.

»Haben die den überhaupt untersucht?« Dirk runzelte die Stirn.

Sein Mitarbeiter trat neben den Toten. »Na ja, dem sieht man ja eigentlich an, dass der nicht so ganz lebendig ist, oder? Außerdem riecht der auch schon ein bisschen.« Ansgar Rolfs hob den Kopf des Toten leicht an. Auf dessen Brustbereich waren Spuren von eingetrocknetem Erbrochenen erkennbar.

»Der Notarzt meinte, das könnte auf eine Vergiftung hinweisen.« Thamsen trat etwas näher an den Schreibtisch. Erst jetzt nahm er den ekelhaften Geruch, der sich mit dem süßlichen Verwesungsduft vermischte, wahr. »Hat er gesagt, seit wann der hier sitzt?«

»Den Todeszeitpunkt können wir nur grob einkreisen. Die Sprechstundenhilfe hat aber gesagt, dass Dr. Scholz am Wochenende nie in der Praxis war. Also können wir davon ausgehen, dass der Tod irgendwann zwischen Freitagabend 17 Uhr, da ist die Mitarbeiterin nämlich nach Hause gegangen, während Dr. Scholz noch einen Bericht fertig diktieren wollte, und heute früh bis zu seinem Auffinden eingetreten ist. Ich würde jedoch eher früher, wahrscheinlich sogar noch auf den Freitagabend, tippen, denn die Leichenstarre hat sich meiner Ansicht nach bereits wieder gelöst. Jedenfalls ist die Verwesung schon in vollem Gange.« Er schnüffelte geräuschvoll, während Thamsen beeindruckt nickte.

»Und wer hat den Toten gefunden? Die Sprechstundenhilfe?«

Rolfs schüttelte den Kopf. »Nee, die Putzfrau.«

»Klassiker«, kommentierte Dirk den Fall und ließ seinen Blick über den Schreibtisch wandern. Dort lagen einige Röntgenbilder und ein Diktiergerät neben einem aufgeklappten Laptop. »Und was ist das?« Ansgar Rolfs nahm den Joghurtbecher, der zwischen den anderen Sachen auf der Tischplatte stand hoch. »Küstentraum«, las er die Aufschrift laut vor. »Geschmacksrichtung Erdbeere. Lecker.« Thamsen verstand zwar nicht, wie sein Mitarbeiter neben der verwesenden Leiche zu solchen Äußerungen fähig war. Er hatte eher Mühe, das Frühstück in seinem Magen unter Kontrolle zu halten.

»Soll die Spusi sich anschauen«, bestimmte er. »Wo ist die Putzfrau?«

»Im Sozialraum.«

3. KAPITEL

»Niklas' Durchfall wird immer schlimmer«, bemerkte Haie, als Tom noch leicht schlaftrunken die Küche betrat.

»Und du meinst nicht, das hängt mit der anstehenden Mathearbeit in dieser Woche zusammen?« Tom ließ sich auf einen Stuhl am Frühstückstisch plumpsen.

»Glaub ich nicht.« Haie nahm den pfeifenden Wasserkessel vom Herd und goss einen Magen-Darm-Tee für sein Patenkind auf. »So was kann man doch nicht drei Tage simulieren. Er hat ja richtige Krämpfe.«

»Okay, ich schau mal nach ihm.« Tom erhob sich leicht seufzend, nahm den Teebecher, den Haie ihm hinhielt, und schlurfte ins Kinderzimmer. Niklas lag mit glühenden Wangen im Bett und schaute ihn mit schmerzverzerrtem Gesicht an. »Hast du etwa Fieber?« Tom stellte den Tee auf den schmalen Nachttisch und legte seine Hand auf die Stirn des Kindes. Die Berührung schien Niklas zu schmerzen, er zuckte zusammen. Hm, überlegte Tom. Ob es doch ernster war, als er gedacht hatte? Eigentlich war er davon ausgegangen, Niklas spiele ihnen sein Unwohlsein vor, damit er nicht in die Schule musste. Rechnen war nicht gerade seine Leidenschaft, mit Zahlen stand er auf Kriegsfuß, und Mathearbeiten bereiteten dem Jungen seit der ersten Klasse Bauchweh. Daher hatte Tom die Magen-Darm-Probleme seines Sohnes bisher nicht wirklich ernst genommen, doch der Kopf des Kleinen glühte förmlich.

»Macht Dr. Scholz noch Hausbesuche?«, fragte Tom Haie mit einem sorgenvollen Unterton in der Stimme.

»Keine Ahnung. Musst du mal anrufen und dich erkundigen.«

»Gut, wo ist die Nummer?«

»An der Pinnwand über deinem Schreibtisch.« Haie folgte seinem Freund ins Büro und wies auf den Zettel mit den Kontaktdaten des Hausarztes.

»Nur der Anrufbeantworter«, erklärte Tom, nachdem er die Nummer gewählt und kurz gewartet hatte.

»Ist der in Urlaub?«

»Nee, angeblich noch keine Sprechstunde.«

»Was?« Haie blickte zur Uhr. »Ist doch schon gleich halb neun.«

»Egal«, beschloss Tom, »ich fahre einfach hin. Wahrscheinlich haben die vergessen, den Anrufbeantworter auszuschalten. Ziehst du Niklas warm an? Ich mache mich dann schnell fertig.« Ohne eine Antwort abzuwarten, flitzte Tom ins Bad.

Nach einer Katzenwäsche verfrachtete er seinen Sohn auf den Rücksitz seines Wagens. Haie reichte ihm zusätzlich noch eine Wolldecke, in die er Niklas fest einmummelte. Der Junge stöhnte leicht, und Tom begann zu schwitzen. Eilig klemmte er sich hinters Steuer und gab Gas. Über den alten Außendeich fuhr er Richtung Niebüll und behielt dabei Niklas im Rückspiegel im Auge.

Als er in den Osterweg einbog, stutzte er. Wieso stand vor der Praxis seines Arztes ein Leichenwagen? Er verringerte das Tempo, stoppte am Straßenrand. Was war denn hier los? Er sah Ansgar Rolfs aus der Praxis treten und dem Bestatter zuwinken, der sich mit einem Kollegen in Bewegung setzte. Gemeinsam trugen sie einen grauen Metallsarg in die Praxis. Tom schluckte, drehte sich kurz zu Niklas um, der während der Fahrt eingeschlafen war, dann stieg er aus. Vor dem Eingang hatte sich eine kleine Menschentraube gebildet. »Was ist denn passiert?«, erkundigte er sich bei einem grauhaarigen Mann, der auf Zehenspitzen versuchte, einen Blick auf das Geschehen zu erhaschen. »De Doktor is dod.«

»Waaaas?« Tom lief es eiskalt den Rücken hinunter. »Wie denn, was ist denn …?«

Der ältere Herr zuckte mit den Schultern. »Aber wenn de Polizei kümmt … is he vielleicht nich unbedingt an Herzversagen gestorben.«

»Frau Wetzel, ich weiß, das ist nicht leicht für Sie.« Thamsen blickte auf die schluchzende ältere Dame, die zusammengesunken auf einem Stuhl im Sozialraum der Praxis saß. »Aber Sie müssen versuchen, sich zu erinnern.«

Erna Wetzel nickte zaghaft. »Es war nicht abgeschlossen«, wisperte sie. Thamsen fuhr sich mit der Hand über sein Kinn. Die Tatsache, dass die Praxis nicht verriegelt war, als Erna Wetzel am Morgen zur Arbeit gekommen war, fand er nicht verwunderlich angesichts des toten Arztes am Schreibtisch. Wenn er die Praxis am Freitagabend nicht mehr verlassen hatte – und danach sah es momentan aus – dann war klar, dass die Tür nicht zugesperrt worden war. »Und sonst? Irgendetwas Ungewöhnliches?«

Erna Wetzel schüttelte den Kopf. »Nein, alles wie immer. Bis ich ins Behandlungszimmer …« Sie schlug die Hände vors Gesicht. »Der arme Herr Doktor. Er war doch noch so jung.«

Da hat sie recht, dachte Dirk Thamsen, doch der

Joghurtbecher, das Erbrochene und die Äußerung des Notarztes wiesen darauf hin, dass Dr. Scholz keines natürlichen Todes gestorben war. Hatte da vielleicht jemand nachgeholfen? Thamsen äußerte seinen Verdacht laut.

»Mord?« Erschrocken sprang Erna Wetzel von ihrem Stuhl auf. »Aber wer sollte denn so etwas getan haben? Dem lieben Herrn Doktor!«

Die Putzfrau konnte ihm nicht weiterhelfen, stellte Thamsen fest. Ohnehin war es besser, erst einmal die Ergebnisse der Obduktion abzuwarten, ehe er die Leute aufscheuchte. Eventuell gab es eine natürliche Erklärung für den Tod des Arztes, obwohl ihm sein Bauchgefühl etwas anderes sagte.

»Mein Kollege fährt Sie nach Hause«, schloss er die Befragung der schluchzenden Alten und wandte sich an die Sprechstundenhilfe, die mit gehetztem Blick hinter dem Empfangstresen stand. »Ist Ihnen etwas aufgefallen?« Die blonde Frau schüttelte stumm den Kopf. »Gab es Probleme in der letzten Zeit? Mit Patienten oder jemandem vom Personal?«

»Nein«, presste die Mitarbeiterin hervor.

»Privat?«

»Hören Sie«, empörte die Frau sich plötzlich, »ich habe keine Ahnung, wer meinem Chef etwas angetan haben könnte.« Sie stemmte die Hände in die Hüften und holte Luft. »Außerdem schnüffle ich nicht in den Privatangelegenheiten von Dr. Scholz. Was denken Sie eigentlich von mir?«

»Okay«, versuchte Thamsen, die Blonde zu beruhigen. »Ich dachte nur …« Ja, was eigentlich hatte er gedacht? Dass einer Mitarbeiterin auffallen würde, wenn der Arbeitgeber Probleme hatte? Wenn es Beschwerden, Drohungen gab? Oder der Chef vielleicht anders als sonst wirkte? Ja, eigentlich nahm er an, man würde derlei Veränderungen oder Konflikte bemerken, wenn man zusammenarbeitete. Aber vielleicht hatte es tatsächlich keine Hinweise gegeben? Niemanden, mit dem der Arzt im Clinch lag, der ihm beispielsweise einen Behandlungsfehler vorwarf. Einfach nichts? Thamsen betrachtete die blonde Frau, die zwischenzeitlich puterrot angelaufen war.

»Nun gut, aber Sie können mir sicherlich sagen, ob es Angehörige gibt«, ließ er die Sache auf sich beruhen.

Die Angestellte räusperte sich. »Ja, eine Tochter. Die lebt in Humtrup.«

»Und sonst?«

»Niemanden.«

»Gut, schreiben Sie mir die Adresse der Tochter auf?«

Ohne die Antwort abzuwarten, ging er zurück in den Behandlungsraum, wo Ansgar Rolfs mit einem Kollegen der Spurensicherung sprach. Die Bestatter warteten im Flur.

»Das dauert hier doch noch eine Weile«, erklärte sein Mitarbeiter, als er Thamsen sah.

»Okay, dann fahre ich zu der Angehörigen.« Zwar gehörte das Überbringen von Todesbotschaften nicht unbedingt zu Dirks Lieblingsaufgaben in seinem Job, aber er hatte auch wenig Lust, hier zu stehen und zu warten, bis alle Spuren gesichert waren. Das Ergebnis würde er ohnehin morgen in dem Bericht lesen können. Er verabschiedete sich von Rolfs und den Kollegen, ließ sich von Dr. Scholz' Mitarbeiterin den Zettel mit der Anschrift der Tochter reichen und eilte aus der Praxis. Die Menschenmenge vor dem Eingang nahm er gar nicht wahr, wohl aber, dass jemand seinen Namen rief. Suchend blickte er sich um und erkannte schließlich ein bekanntes Gesicht zwischen all den Schaulustigen.

»Tom, was machst du denn hier?« Eigentlich war der Freund wenig sensationslüstern. »Ist Haie etwa auch hier?« Dirk ließ seinen Blick über die Menge schweifen.

»Nein, nein. Ich wollte mit Niklas in die Sprechstunde.«

»Oh«, entfuhr es Thamsen, »ist er krank?«

Tom nickte. »Magen-Darm.«

»Na, dann fährst du besser ins Krankenhaus«, empfahl Dirk. »Hier gibt es jedenfalls in der nächsten Zeit keine ärztliche Hilfe.«

»Hab schon gehört, Dr. Scholz ist tot.«

»Ja, und wie es aussieht, ist er nicht freiwillig aus dem Leben geschieden.«

4. KAPITEL

Haie bereute, nicht mit nach Niebüll gefahren zu sein. Sein Bauchgefühl sagte ihm, dass da irgendetwas nicht stimmte. Warum ging in der Praxis des Hausarztes niemand ans Telefon? Auch jetzt nicht? Er hatte bereits mehrere Male die Nummer von Dr. Scholz gewählt, aber nach wie vor sprang dort nur der Anrufbeantworter an. Seltsam. Tom hatte sich auch nicht gemeldet, und an sein Handy ging er nicht ran.

Gedankenverloren zog er Niklas' Bett ab und steckte die Bezüge anschließend in die Waschmaschine. Wen konnte er anrufen, um zu fragen, ob etwas passiert war? Elke? Nein, er schüttelte unweigerlich den Kopf. Zwar verstand er sich mit seiner Exfrau einigermaßen, aber er vermied trotzdem jeden Kontakt zu ihr. Auch nach über zehn Jahren der Trennung hatte er immer noch das Gefühl, sie sei darüber nicht hinweg. Ihre Augen leuchteten stets auf, wenn sie ihn sah, und an ihren Gesten und Äußerungen glaubte Haie zu erkennen, dass sie immer noch hoffte, er kehre zu ihr zurück. Doch das Kapitel Elke war für ihn schon lange abgeschlossen – jedenfalls das, was die Liebesbeziehung der beiden beinhaltet hatte. Aus und vorbei.

Er würde zum Spar-Markt fahren, beschloss er, während er Waschpulver in die entsprechende Kammer schüttete. Helene, die Inhaberin des kleinen Supermarktes, war bekannt für ihr Wissen über die Neuigkeiten aus der Umgebung. Außerdem konnte er bei der Gelegenheit gleich noch ein paar Dinge einkaufen. Der Tee neigte sich dem Ende zu, und auch vom Zwieback und den Salzstangen für Niklas war nur noch wenig da.

Er stellte die Waschmaschine an, nahm anschließend seine Jacke von der Garderobe und schwang sich auf sein neongelbes Mountainbike. Der Himmel war ein einziges Grau in Grau. Die Sonne hatte sich bereits vor ein paar Tagen verabschiedet. Haie zog den Reißverschluss seiner Jacke bis zum Hals und hatte trotzdem das Gefühl, die feuchte Kälte kroch unter seine Kleidung und griff mit kühler Hand nach seinem Körper. Kräftig trat er in die Pedale, um dem Frösteln zu trotzen.

Auf seinem Weg zum Spar-Markt traf er so gut wie niemanden. Nur ein Auto kam ihm auf der Straße entgegen, ansonsten wirkte das Dorf wie ausgestorben. Das änderte sich jedoch schlagartig, als er den kleinen Supermarkt gleich hinter der Abzweigung in den Herrenkoog betrat. Schon am Geräuschpegel konnte Haie hören, dass Hochbetrieb herrschte. An der Kasse stand eine lange Schlange, und Helene kassierte mit glühenden Wangen, während sie pausenlos auf ihre Kunden einredete. Ganz sicher war etwas Außergewöhnliches passiert.

Haie schnappte sich einen Einkaufskorb und holte zunächst die Sachen, die er einkaufen wollte, aus den Regalen. Mit etwas Glück verkürzte sich die Warteschlange, bis er die Kasse erreichte. Doch dem war nicht so. Ganz im Gegenteil. Die wartenden Kunden standen mittlerweile bis zur Fleischtheke, wo sie mit den dortigen Käufern beinahe eine Reihe bildeten. Ein untrügliches Indiz für Haie, dass etwas Sensationelles vorgefallen war.

»Hast du eine Ahnung, was passiert ist?«, fragte er den Mann vor sich in der Warteschlange. Ingwer Jensen drehte sich zu Haie um. Die beiden kannten sich seit der Schulzeit. Ebenso wie Haie hatte der KFZ-Meister seinen Geburtsort nie verlassen.

»Nee, bin selbst überrascht. Wollte mir nur kurz was fürs zweite Frühstück holen und nun steh ich hier schon über 15 Minuten. Dabei heff ich hüt de TÜV in de Werkstatt.«

Haie hob die Augenbrauen. 15 Minuten?

»Dann mut dat wat Außergewöhnliches sin. Oder hat Helene Probleme mit de Kasse?«

»Nee«, mischte sich eine Frau ein, die weiter vorne in der Schlange stand. »Die löppt, aber ik heff hört, dat de Doktor aus Niebüll tod sin schall.«

»Was?« Obwohl Haie nichts Gutes geahnt hatte, überraschte ihn diese Neuigkeit. Mit dem Tod des Arztes hätte er nun wirklich nicht gerechnet. Der war doch noch jung und fidel. Jedenfalls hatte Dr. Scholz bei Haies letztem Termin so gewirkt.

»Und wie is he umkomm?«, wollte nun Ingwer Jensen wissen, doch die Frau zuckte mit den Schultern. Sie mussten sich wohl oder übel gedulden, bis sie an der Reihe waren und von Helene die Neuigkeiten erfuhren.

»Hett jem all hört?«, fragte die Kaufmannsfrau, als Haie und Ingwer sich endlich bis zum Tresen vorgearbeitet hatten.

»De Doktor is tod«, tönte die Antwort aus ihren Mündern wie im Chor.

Kurz kniff Helene die Augen zusammen und nickte dann. »De Erna hett ihm gefunden. Angeblich hett he dod an sin Schreibtisch sitten.«

»Und is he einfach so …?«, wollte Haie nun wissen,

aber dazu konnte die Kaufmannsfrau noch nichts sagen. »Aber die Polizei ermittelt wohl, wenn das man nicht wieder ein Verbrechen war.«

Eigentlich war es in Nordfriesland eher friedlich, doch den einen oder anderen Mordfall hatte es in den letzten Jahren gegeben. Nicht alles in diesem nordischen Landstrich war so idyllisch, wie es schien. Das wusste Haie, der mit Kommissar Thamsen seit etlichen Jahren befreundet war, besser als jeder andere im Dorf. Doch wer sollte den Hausarzt aus Niebüll ermordet haben?

5. KAPITEL

Thamsen hatte sich von Tom verabschiedet und auf den Weg nach Humptrup gemacht. Die Tochter wohnte dort in einem Einfamilienhaus an der Hauptstraße laut Angaben der Sprechstundenhilfe. Dafür, dass sie sich nicht in die Privatangelegenheiten ihres Chefs einmischte, kannte sie sich erstaunlich gut aus, bemerkte Dirk, behielt diesen Umstand aber lieber für sich.

Von unterwegs versuchte er, Dörte anzurufen. Sie hatte einen festen Zug gebucht und musste eigentlich schon auf dem Rückweg sein. Wahrscheinlich hatte ihr Handy daher auch keinen Empfang, und er erreichte nur die Mailbox. »Ja, ich bin's«, hinterließ er eine Nachricht für sie. »Ich freue mich auf dich. Habe dich vermisst. Denkst du bitte daran, Lotta abzuholen? Küsschen.« Nachdem er aufgelegt hatte, überlegte er, ob Dörte seine Worte richtig verstehen würde. Sie hatten in der vergangenen Zeit ziemlich viele Probleme gehabt. Alles hatte eigentlich mit Lottas Geburt begonnen. Dörte litt anschließend unter postnatalen Depressionen, und es hatte lange gedauert, bis sie wieder einigermaßen klarkam. Ihre Beziehung hatte in der Zeit so gut wie gar nicht stattgefunden, und erst in den vergangenen Wochen war es ihnen gelungen, sich wieder etwas anzunähern. Viel geredet und auch miteinander geschlafen hatten sie. Dirk hoffte sehr, dass nun langsam wieder alles ins Lot kam, und hatte sich gewundert, als Dörte auf diesem Wochenende für sich alleine bestanden hatte.

Er stoppte seinen Wagen vor dem Haus aus rotem Klinker und stieg aus. Langsam, in Gedanken nach angemessenen Worten suchend, ging er den kleinen Weg zur Haustür entlang. Er hatte schon öfters derlei Nachrichten überbringen müssen, aber leicht fiel es ihm nicht. Wer war schon gerne der Überbringer einer Todesbotschaft? Passende Worte gab es in solch einer Situation seiner Ansicht nach nicht. Was konnte jemanden trösten, der gerade erfuhr, dass ein Familienmitglied gestorben war? Unter Umständen sogar ermordet? Dazu konnte

Thamsen in diesem Fall zwar noch gar nichts sagen, aber das machte die Angelegenheit nicht leichter. Ganz sicher würde die Tochter nach der Todesursache fragen, und was sollte er dann sagen?

Er legte den Finger auf den Klingelknopf und räusperte sich. Aus dem Inneren des Hauses ertönte ein melodischer Glockenklang und gleich darauf Hundegebell. Giftiges Gekläffe baute sich hinter der Tür auf.

»Ksch, geh weg«, hörte er eine zischende Frauenstimme. »Ksch …«

Die hölzerne Tür wurde einen Spaltweit geöffnet, und ein brauner Lockenkopf streckte sich ihm entgegen. »Ja bitte?«

Thamsen zückte seine Dienstmarke. »Polizei Niebüll. Frau Ohlschläger?«

»Ja?« Die Frau runzelte leicht die Stirn, regte sich ansonsten aber nicht.

»Ich müsste mit Ihnen sprechen.«

»Ja?« Die Falten auf der Stirn vertieften sich.

»Kann ich vielleicht reinkommen?«

»Ja also, der Hund. Moment.« Die Tür wurde wieder geschlossen, und ein mehrmaliges »Ksch« ertönte. Kurze Zeit später ließ Berrit Ohlschläger Thamsen ins Haus. Sie führte ihn durch einen breiten Flur ins Wohnzimmer und wies auf einen Sessel. »Setzen Sie sich. Darf ich Ihnen etwas anbieten?« Dirk schüttelte den Kopf und schluckte. »Vielleicht möchten Sie sich lieber hinsetzen?« Sie blickte ihn mit weit aufgerissenen Augen an. »Is was passiert? Mit meinem Mann? Mit den Kindern?« Ihre Stimme überschlug sich beinahe, während sie auf ihn zutrat.

»Nein, nein«, versuchte er, die Frau zu beruhigen, »es ist wegen Ihres Vaters.«

»Mein Vater?«

Thamsen nickte. »Ja, also, er ist heute Morgen tot in seiner Praxis aufgefunden worden.«

»Tot?« Die Braungelockte taumelte ein wenig und stützte sich dann auf der Lehne des Sessels ab. »Aber wieso denn? Wie denn?«

Das war genau der Augenblick, den Dirk vorausgesehen hatte. Was sollte er sagen?

»Momentan können wir noch keine Aussage zu den Umständen, die zum Tod Ihres Vaters geführt haben, treffen. Wir ermitteln noch.«

»Ermitteln?« Endlich setzte sich Frau Ohlschläger.

Thamsen zog sich einen Stuhl heran und beobachtete die Tochter genau. Oftmals ließen sich aus den Reaktionen der Hinterbliebenen Hinweise für den Fall ableiten. Außerdem war er ein wenig in Sorge. Nicht, dass die Frau in Ohnmacht fiel oder einen Zusammenbruch erlitt. Er hatte in seiner Laufbahn als Polizist schon einiges erlebt.

Die hübsche junge Frau schien geschockt. Ob dieser Zustand echt war, konnte Dirk nicht hundertprozentig sagen, wirkte auf ihn aber so. Sämtliche Farbe war aus ihrem Gesicht gewichen, die Augen weit aufgerissen atmete sie schwer. Ihre Hände zitterten. Er stand auf und schaute sich suchend um. Die Küche befand sich gleich gegenüber dem Wohnzimmer, auf der Spüle stand ein Glas, das er mit Wasser füllte und Frau Ohlschläger brachte. Sie trank langsam ein paar Schlucke.

»Die Putzfrau hat Ihren Vater heute Morgen gefunden«, begann er erneut von den tragischen Umständen zu erzählen.

»In der Praxis?«, fragte sie flüsternd.

»Ja, an seinem Schreibtisch.«

»Beinahe typisch für ihn.« Sie lächelte. »Die Praxis war sein Leben.« Es klang nicht vorwurfsvoll, wie sie es sagte. Nur traurig.

»Litt Ihr Vater an einer Krankheit? Oder vielleicht unter einer Lebensmittelunverträglichkeit?«

»Nicht, dass ich wüsste, wieso?«

Dirk dachte an die Einschätzung des Notarztes und den Joghurt, doch noch konnten sie nicht mit Sicherheit sagen, woran Dr. Scholz gestorben war.

»Und wissen Sie, ob es in der Praxis Ärger gab in der letzten Zeit? Mit Patienten oder Angestellten?«

»Nicht, dass ich wüsste«, wiederholte Frau Ohlschläger.

Seltsam, befand Thamsen. Keinerlei Hinweise auf ein Verbrechen, und doch war der Arzt tot, und sein Bauchgefühl grummelte nach wie vor, dass hier etwas nicht mit rechten Dingen zugegangen war.

»Na endlich. Da seid ihr ja«, empfing Haie Tom und Niklas. Vom Spar-Markt war er nach Hause geradelt und hatte ungeduldig auf die beiden gewartet.

»In der Notaufnahme im Krankenhaus war die Hölle los«, erklärte Tom, während er Niklas in sein frisch bezogenes Bett legte und zudeckte.

»Notaufnahme?«

»Ja«, meldete sich nun Niklas zu Wort. »Beim Onkel Doktor war heute zu.« Tom machte Haie ein Zeichen, ihm in die Küche zu folgen. Vor dem Jungen wollte er nicht über den toten Arzt sprechen.

»Dr. Scholz is …«

»Tot«, fiel Haie ihm ins Wort. »Hat im Dorf bereits die Runde gemacht.«

»Helene?«

Haie nickte. »Nur, was genau passiert ist, wusste man im Sparladen noch nicht.«

»In Niebüll aber auch nicht. Ich habe Dirk getroffen, aber die wissen noch nicht, was passiert ist. Nach einem natürlichen Tod sieht es wohl nicht aus, wie ich ihn verstanden habe.« Tom packte die verschriebenen Medikamente für Niklas aus und studierte den Beipackzettel.

»Nicht? Wie kommt er darauf?«

»Keine Ahnung«, brummelte Tom und drückte anschließend eine Tablette aus der Blisterverpackung.

»Aber wer sollte den Arzt denn umgebracht haben?« Haie war augenblicklich in seinem Element. Wenn es ein Verbrechen aufzuklären gab, setzte sofort sein Ermittlerinstinkt ein.

»Was weiß ich.« Tom goss ein Glas Wasser ein und ging zurück ins Kinderzimmer. Haie kratzte sich am Ohr. Er hätte gerne mehr über den toten Mediziner erfahren. Wie war er umgekommen? Was hatte den Täter veranlasst, Dr. Scholz zu töten? Sollte er Dirk anrufen? Aus Erfahrung wusste er, dass die ersten Stunden nach einem Leichenfund die stressigsten für die Polizei waren. Spuren mussten gesichert, Zeugen befragt und die Todesursache ermittelt werden. Der befreundete Kommissar hatte sicherlich keine Zeit für ein Schwätzchen. Außerdem, Haie blickte auf die Küchenuhr, konnten die Ergebnisse der Obduktion noch nicht vorliegen. Die Leiche musste schließlich erst einmal nach Kiel gebracht werden, und dann dauerte so eine Sektion zwei bis drei Stunden. Die Testergebnisse toxikologischer Untersuchungen sogar noch länger. So viel wusste er bereits aus den vergangenen Mordfällen, bei denen er Thamsen hier und da unterstützt hatte. Besser, er wartete noch ein wenig, bevor er Dirk anrief. Er konnte sich in der Zwischenzeit ja mal ein wenig in Niebüll umhören, dachte er. Das konnte bestimmt nicht schaden.

6. KAPITEL

Dirk warf rasch einen Blick auf seine Armbanduhr, ehe er den Besprechungsraum betrat. Anscheinend hatte Dörte Lotta abgeholt, ansonsten hätte die Kita ihn sicherlich verständigt, überlegte er, ärgerte sich aber insgeheim, dass Dörte sich nicht bei ihm gemeldet hatte.

Ihm blieb jedoch keine Zeit, sich weiter darüber Gedanken zu machen, denn seine Mitarbeiter saßen bereits an dem länglichen Tisch, und ein Husumer Kripobeamter war per Videokonferenz zugeschaltet. Etwas unscharf flackerte das Bild von Lorentz Meister über die Leinwand am anderen Ende des Raums. Thamsen murmelte kurz einen Gruß in die Runde und fasste dann die bisherigen Fakten zusammen.

»Leichenfund heute Morgen in der Praxis Dr. Scholz durch Erna Wetzel. Ich habe mit der Zeugin gesprochen, aber die konnte keinerlei Hinweise liefern. Haben wir eigentlich etwas über die Frau?« Er blickte zu Ansgar Rolfs, der den Kopf schüttelte.

»Habe die Personalien überprüft, aber Erna Wetzel ist bisher nicht auffällig gewesen.«

»Ihr habt eine Obduktion veranlasst. Warum?«, schaltete sich der Husumer Kollege ein.

»Der Notarzt geht nicht von einer natürlichen Todesursache aus. Er meint, es gäbe Vergiftungsanzeichen. Daher haben wir die Leiche in die Rechtsmedizin nach Kiel überführen lassen und auch einen Joghurtbecher, dessen Inhalt das Opfer zuvor verzehrt haben muss, sichergestellt. Aber die Ergebnisse stehen alle noch aus.«

Lorentz Meisters Nicken wirkte auf der flackernden Leinwand etwas abgehackt.

»Die Tochter«, fuhr Thamsen fort, »kann keine nennenswerten Angaben machen. Und die Angestellten in der Praxis auch nicht, oder?«

Wieder wanderte sein Blick zu Rolfs. »Nee, die habe ich alle befragt, aber laut deren Angaben schien Dr. Scholz ein liebenswerter Mann gewesen zu sein, der mit allen bestens auskam.«

»Komisch«, bemerkte der Kripobeamte aus Husum, »und trotzdem ist er tot.«

»Es kann sich bei den Anzeichen natürlich auch um eine Lebensmittelunverträglichkeit oder -vergiftung handeln«, bemerkte Thamsen, der nicht scharf auf einen Mord war, denn die Ermittlungen in solch einem Fall waren meist stressig und äußerst zeitraubend. »Ich schlage daher vor, dass wir zunächst die Ergebnisse der Obduktion und der Spurensicherung abwarten und dann weitersehen.«

Die anderen in der Runde stimmten ihm zu. Gemeinsam verabredeten sie sich für den nächsten Morgen. »Bis dahin sollten die Berichte vorliegen«, stellte Thamsen fest und stand auf. Er verspürte eine Unruhe, die nicht nur aus dem Leichenfund resultierte. Wieder fragte er sich, warum Dörte sich nicht bei ihm gemeldet hatte, während er zurück in sein Büro eilte.

Haie hatte nach dem Mittagessen abgewaschen und sich dann auf den Weg nach Niebüll gemacht. Tom arbeitete heute von zu Hause. Er wollte bei seinem Sohn bleiben, falls die Medikamente nicht anschlugen, und es ihm schlechter ging. Haie war durch die Felder zum Risumer Weg geradelt, wo er anschließend den Fahrradweg bis nach Deezbüll nahm. Er wusste nicht genau, wo er hinfahren sollte, wen er ansprechen konnte, daher beschloss er, zunächst zur Praxis des toten Arztes zu fahren. Vielleicht würde er da jemanden treffen, der ihm etwas zu dem Tod von Dr. Scholz sagen konnte. In die Stadtmitte konnte er anschließend immer noch fahren, und falls er da nichts herausfand, würde er auf dem Heimweg einen Stopp bei Dirk einlegen, überlegte er, während er den Osterweg entlangfuhr. Als er an der Meierei vorbeiradelte, nahm er plötzlich im Augenwinkel einen Schatten wahr, dann wurde er auch schon gerammt. Haie geriet ins Schlingern. Er umklammerte den Lenker und versuchte krampfhaft, das Gleichgewicht zu halten, stürzte aber dennoch zu Boden. Das Fahrrad fiel scheppernd über ihn. Einen kurzen Augenblick spürte er gar nichts und schloss die Augen.

»Oh Gott, oh Gott«, hörte er eine krächzende Stimme über sich und schlug die Lider auf. Er blickte geradewegs in das Gesicht von Hanno Roloff, der ihn mit zusammengekniffenen Augen musterte. »Das tut mir leid, ich habe Sie nicht gesehen«, stammelte er, während er das Fahrrad aufhob. »Ich war, ich bin …« Haie betrachtete den Mann schweigend, der hektisch sein Mountainbike zur Seite stellte und ihm dann die Hand reichte, um ihm aufzuhelfen.

»Geht schon«, entgegnete er, als er endlich wieder auf den Beinen war und an sich herabblickte. Seine Jacke und

Hose waren schmutzig, aber zumindest schien alles heil geblieben zu sein. Sein Arm schmerzte ein wenig, aber er konnte ihn bewegen. Gebrochen war also nichts.

»Gut«, bestätigte Herr Roloff und ließ ihn einfach stehen. Haie, immer noch ein wenig überrumpelt, blickte dem Mann wortlos nach. Der hatte es aber eilig, wenigstens für einen kurzen Schnack hätte er sich ja Zeit nehmen können. Nach diesem Crash. Schließlich lag die Meierei nur wenige Meter von der Praxis des toten Arztes entfernt. Vielleicht hatte Roloff etwas mitbekommen? Haie blickte sich um. An der Lieferrampe der Molkerei stand ein Milchwagen, aber zu sehen war niemand. Er nahm sein Fahrrad und schob es den Rest des Weges zu Dr. Scholz. Wie erwartet, trieben sich ein paar Neugierige vor der Praxis herum. Neben der Tür lagen Blumen, und jemand hatte eines dieser roten Grablichter aufgestellt und für den Toten angezündet.

»So schnell kann's gehen«, bemerkte Haie, als er neben einem älteren Herrn in grauem Wollmantel stehen blieb, und schluckte unweigerlich. Was, wenn Roloff nicht zu Fuß, sondern mit dem Auto unterwegs gewesen wäre? Dann hätte es vielleicht auch ihn heute erwischt.

Der Mann neben ihm räusperte sich. »Jo, in unserem Alter kann jeder Tag der letzte sein, aber der Doktor war ja noch gar nicht so alt, oder?«

»50«, mischte sich eine rundliche Frau ein, die ebenfalls eine Rose vor dem Eingang abgelegt hatte. »Das ist kein Alter.«

»Ich hab gehört, dass Dr. Scholz nicht unbedingt eines natürlichen Todes gestorben ist«, erklärte Haie. »Die Polizei ermittelt, soweit ich weiß.«

»Ja, aber muss die das denn nicht immer in solch einem Fall?«, erkundigte sich der Mann im Wollmantel.

»In was für einem Fall?«

Der ältere Herr trat von einem Fuß auf den anderen.

»Na, ich habe gehört, Dr. Scholz soll an einer Vergiftung gestorben sein.«

»Ich bin dann weg«, informierte Thamsen seinen Mitarbeiter.

»Alles klar, Chef.«

Momentan konnten sie in dem Fall des toten Arztes nicht mehr tun, als auf die Berichte zu warten. Da wollte er die Zeit nutzen, um nach Lotta und Dörte zu sehen. Er hatte sich ohnehin nicht auf die Arbeit konzentrieren können. Immer wieder schweiften seine Gedanken ab. Er wollte Gewissheit, dass zu Hause alles in Ordnung war. Wenn sich herausstellte, dass sie es mit einem Mord zu tun hatten, würde ohnehin genügend Arbeit auf sie zukommen, da konnte er heute ruhig noch einmal eher Feierabend machen.

Als er die Haustür aufschloss, hörte er bereits das fröhliche Geplapper seiner Töchter. Zumindest ihnen ging es gut, stellte er mit einem leisen Seufzer fest und hängte seine Jacke an die Garderobe.

»Dörte?« Er streckte seinen Kopf in die Küche. Anne stand am offenen Kühlschrank und suchte nach etwas Essbaren, während Lotta am Küchentisch saß und mit einer Barbie spielte. »Wo ist Mama?«

»Mama Klo«, antwortete die Kleine und bürstete hingebungsvoll das Haar der Puppe.

Als er sich umdrehte, hörte er die Toilettenspülung,

kurz darauf öffnete sich die Badezimmertür. »Hallo, Liebling«, begrüßte Dörte ihn und gab ihm einen flüchtigen Kuss. Sie sah wahnsinnig blass aus und roch eigenartig. Irgendwie fremd und beinahe unangenehm. Sofort spürte Dirk einen Stein in seinem Magen, versuchte diesen aber zu ignorieren. »Und, wie war dein Wochenende?«

»Gut!« Thamsen wartete einen Augenblick, doch Dörte schwieg. »Hättest dich ja mal bei uns melden können.« Er versuchte, seiner Stimme einen leichten Ton zu verleihen, aber der Vorwurf war nicht zu überhören.

»Ich hatte doch gesagt, dass ich eine kleine Auszeit brauche.« Ja, das hatte sie gesagt, aber verstanden hatte Dirk es trotzdem nicht. Außerdem fragte er sich, ob es ihr so egal war, wie es den beiden ging. Es hätte ja auch etwas passieren können. Ein Unfall, oder Lotta wurde schwer krank. Sie wäre nicht erreichbar gewesen. Energisch folgte er ihr in die Küche, nahm sich ein Glas aus dem Küchenschrank und füllte es mit Leitungswasser. Anne verzog sich vorsichtshalber, denn wie ihre kleine Schwester spürte sie, dass Ärger in der Luft lag.

Lotta hingegen saß schweigend da und blickte vorsichtig von Dirk zu Dörte. Thamsen kippte das Wasser herunter. Vor den Kindern konnten sie das unmöglich klären. Gerade Lotta hatte in ihren jungen Jahren bereits genug mitgemacht. Wahrscheinlich reagierte sie deshalb mehr als sensibel auf die Stimmungen ihrer Eltern.

»Ich gehe laufen«, erklärte Thamsen und stellte das Glas mit einem Knall auf die Spüle.

Dörte zuckte kurz zusammen, nickte dann aber. »Gut.«

Er schlüpfte in seinen Laufdress und zog seine Turnschuhe an. Dann trat er hinaus vor die Tür. Es wurde bereits dunkel, was allerdings wenig verwunderlich war, da es heute ohnehin kaum hell geworden war. Das trübe Wetter passte jedoch zu seiner Stimmung. Dirk trabte los.

Die Bewegung tat ihm gut. Er spürte seinen Körper, begann zu schwitzen. Die kühle, feuchte Luft streifte sein Gesicht. Er fühlte sich lebendig. Schneller als sonst erreichte er die Badewehle und lief hinaus in die Felder. Wie er dieses Land doch liebte. Diese Weite, die einem das Gefühl von grenzenloser Freiheit verlieh. Er atmete tief durch und zog noch einmal das Tempo an. In seinem Rausch hörte er zunächst gar nicht das Klingeln seines Handys, bis der melodische Ton schließlich doch in sein Bewusstsein drang.

»Thamsen?«, keuchte er atemlos ins Telefon.

»Ja, hier Becker, Rechtsmedizin Kiel. Störe ich?«

Dirk, der immer noch langsam trabte, hielt nun an. »Nein, was gibt's?«

»Ja, ich wollte mich vorab schon mal melden. Also der Notarzt hatte recht, der Mann ist an einer Vergiftung gestorben.«

»Doch ein Mord, oder ist das auf eine Allergie zurückzuführen?«

»Nein, nein. Alles deutet auf eine giftige Substanz hin. Ich muss aber noch die Ergebnisse der toxikologischen Untersuchung abwarten, um genau zu sagen, um welches Gift es sich handelt, aber aufgrund der Schleimhautblutungen tippe ich auf Zyankali.«

»Zyankali? Hm«, Thamsen wischte sich über die feuchte Stirn. »Da stand ein Joghurtbecher, könnte er damit vergiftet worden sein?«

»Klar, aber schließt ihr denn einen Suizid aus? Als Arzt hätte er ja Möglichkeiten, an entsprechende Mittel zu kommen, und du glaubst gar nicht, wie viele Ärzte davon Gebrauch machen. Medikamentenmissbrauch ist unter Medizinern nicht ungewöhnlich.«

Dirk hatte davon bereits gehört, und im Prinzip hatte Dr. Becker recht. Sie mussten in alle Richtungen ermitteln.

7. KAPITEL

Niklas ging es am nächsten Morgen bereits bedeutend besser. Fröhlich hüpfte er in der Küche herum, als Tom zum Frühstück erschien.

»Ob ich Dirk mal anrufe?« Haie goss dem Freund einen Kaffee ein und setzte sich an den Tisch. Er hatte am gestrigen Nachmittag nichts mehr herausfinden können. Zwar war der tote Arzt in Niebüll ebenso Gesprächsthema in den Geschäften gewesen, aber niemand wusste Genaueres. Und sein Besuch bei Thamsen hatte nichts gebracht, da nur Dörte mit Anne und Lotta zu Hause gewesen war.

»Was willst du denn von ihm?«, fragte Tom und langte nach einer Scheibe Graubrot. »Der hat bestimmt genug um die Ohren. Oder willst du Anzeige gegen den Rowdy erstatten, der dir gestern ins Rad gelaufen ist?« Er grinste.

Haie hatte ihm natürlich von dem Unfall erzählt und ziemlich lange herumgeheult, weil sein Arm immer noch schmerzte. Das kannte Tom eigentlich gar nicht von ihm, hatte es aber auf sein zunehmendes Alter geschoben. »Sei froh«, hatte er den Sturz kommentiert, »dass du dir nichts gebrochen hast. Is in deinem Alter ja nicht gerade ohne.«

Beleidigt hatte Haie anschließend den Mund gehalten und reagierte nun auf Toms erneute Anspielung leicht gereizt. »Mir ist halt das Geschehen in meiner Umgebung nicht so egal!« Niklas, der den bissigen Unterton sofort heraushörte, horchte auf. »Was ist denn passiert?«

»Nichts, nichts«, erklärte Tom und warf Haie einen strafenden Blick zu. Sie hatten schon vor Langem beschlossen, vor dem Kind solche Dinge nicht zu diskutieren. Niklas sollte möglichst unbeschwert aufwachsen und sich nicht von Mord und Totschlag umgeben fühlen. Auch wenn es nicht immer einfach war, den Kleinen vor solchen Dingen zu schützen, sie versuchten es zumindest, so weit wie möglich.

So oder so war Niklas bereits mit seinen jungen Jahren ein Opfer der Gewalt. Zwar hatte er keine Schläge oder andere Demütigungen ertragen müssen, aber seine Mutter war bei einem Attentat ums Leben gekommen. Er war erst wenige Wochen alt, als er zum Halbwaisen wurde. Insbesondere Haie versuchte, die Erinnerung an Marlene lebendig zu halten, erzählte dem Jungen von ihr, integrierte sie in ihr Leben – und dennoch würde er sich nie in tröstende Mutterarme flüchten können; ihre Liebe nie wirklich spüren.

Schweigend aßen sie weiter. Nur das Ticken der Küchenuhr war zu hören und das Klimpern der Kaffeetassen. Tom blickte zu Haie und schüttelte beinahe unmerklich den Kopf. »Was ist?«

»Dann ruf ihn halt an.«

Thamsen druckte noch schnell den Obduktionsbericht aus, den Dr. Becker ihm in der Frühe gemailt hatte. Die Ergebnisse der toxikologischen Untersuchung waren nun da – Dr. Scholz war an einer Kaliumcyanidvergiftung gestorben. »Ob das Medikamentenmissbrauch war?«, murmelte Dirk und schnappte sich die Ausdrucke. Gut, die Todesursache schloss keine Selbsttötung aus, aber für wahrscheinlich hielt selbst Dr. Becker diese Möglichkeit nicht.

»Da würde man als Arzt wahrscheinlich doch eher auf Schlafmittel oder etwas anderes zurückgreifen, denn eine Kaliumcyanidvergiftung kann ein relativ qualvoller Tod sein«, hatte er am Telefon erklärt, als Dirk ihn nach dem Lesen des Berichtes noch einmal angerufen hatte.

»Anders als in irgendwelchen Filmen stirbt man nicht allein vom Zerbeißen einer Zyankalikapsel, sondern die Substanz wirkt erst im Magen. Dort bildet sich Blausäure, die das Hämoglobin an der Aufnahme von Sauerstoff hindert. Außerdem wird auch die Sauerstoffverwertung der einzelnen Zellen gestoppt. Im Kreislauf ist dann immer weniger Sauerstoff vorhanden, was ein langsames Ersticken zur Folge hat, obwohl man atmet. Kein schöner Tod.«

Vielleicht war dann doch der Joghurt vergiftet gewesen? Hoffentlich hatten die Kollegen von der Spurensicherung schon etwas. Thamsen eilte in den Besprechungsraum. Dort saßen die Mitarbeiter der Dienststelle bereits zusammen. Lorenz Meister aus Husum hatte sich heute persönlich eingefunden und riss sofort das Wort an sich.

»Also, die Obduktion hat bestätigt, dass Dr. Scholz vergiftet worden ist.«

»Das ist nicht ganz korrekt«, fuhr Thamsen dazwischen. Er wusste, dass sein Zwischenruf unklug war, doch dies war immer noch seine Dienststelle. Die Kripobeamten aus Husum ließen sich hier nur selten blicken. Die Drecksarbeit durfte immer Dirk mit seinen Angestellten erledigen, und die feinen Herren aus Husum heimsten dann die Lorbeeren dafür ein. Das ging ihm derart gegen den Strich. Normalerweise hielt er sich ja zurück, solche Äußerungen brachten nur Ärger, aber heute hatte er sich nicht im Griff. Die Stimmung zu Hause nagte an seinen Nerven. Noch immer hatte Dörte nicht mit ihm gesprochen, dabei hatte er sie mehrmals gestern Abend gefragt, was los sei, doch sie hatte stets abgeblockt und behauptet, sie sei nur müde vom Wochenende.

Lorenz Meister blitzte ihn an, doch Thamsen erklärte, dass ein Suizid nach wie vor nicht ausgeschlossen werden konnte. »Immerhin konnte Dr. Becker keinerlei Anzeichen für eine Fremdeinwirkung außer dem Gift nachweisen, das der Mediziner auch freiwillig eingenommen haben kann.«

»Gab es denn Anzeichen für solch einen Selbstmord?« Lorenz Meister schaute in die Runde. »Rolfs, Sie haben doch die Mitarbeiter der Praxis befragt. Haben die etwas in die Richtung bemerkt?«

Ansgar Rolfs vermied es, Thamsen anzuschauen. »Nee.«

»Na und?«, tat Dirk die Aussagen ab. Er wollte dem Husumer Beamten nicht nachgeben. Noch nicht. »Ansgar, haben die Befragten denn etwas über verärgerte Patienten oder andere mögliche Tatmotive geäußert?«

Immer noch hielt der Mitarbeiter seinen Blick gesenkt. »Auch nicht. Alle bestätigen, dass der Arzt äußerst beliebt und von allen geschätzt war.«

Genau das hatte auch die Tochter gesagt. Deutete das nicht auf die Möglichkeit eines Selbstmordes hin? »Auf jeden Fall können wir das nicht hundertprozentig ausschließen«, trumpfte Dirk noch einmal auf, ehe er allerdings anmerken musste, dass sie trotzdem auch in die anderen Richtungen ermitteln mussten.

Plötzlich läutete das Telefon im Konferenzraum. Lorenz Meister streckte seinen Arm nach dem Hörer aus, doch Thamsen war schneller.

»Aha«, erwiderte er, nachdem er das Gespräch angenommen und die Worte des Anrufers vernommen hatte. Es war mucksmäuschenstill im Besprechungszimmer – alle Augen auf Thamsen gerichtet, der den Moment durchaus genoss.

»Ja, danke«, verabschiedete er sich und legte auf. »Das war die Spusi«, verkündete er in die Runde und kostete kurz diesen triumphalen Moment aus. »In dem Joghurtbecher, den wir am Fundort der Leiche sichergestellt haben, befanden sich Rückstände von Kaliumcyanid.«

»Ha, also doch Mord«, brüstete sich der Husumer.

»Na ja«, nahm Thamsen ihm den Wind aus den Segeln und verkniff sich ein Grinsen. Er wusste zwar selbst gut genug, dass ein Selbstmord sehr unwahrscheinlich war, wollte dem anderen aber nicht bedingungslos recht geben. »Es bleibt letztendlich die Möglichkeit, dass Dr. Scholz das Zyankali selbst in den Joghurt gemixt hat. Vielleicht schmeckt das Gift pur nicht.«

»Welches Gift schmeckt schon?«, raunzte Meister. »Außerdem hätte er sich als Arzt ja etwas mit neutralem Geschmack suchen können.«

»Oder er wollte sich noch einen letzten Joghurt genehmigen. Vielleicht liebte er Joghurts?« Küstentraum, kam Thamsen die Bezeichnung auf dem Plastikbecher in den Sinn. Da war der Name beinahe Programm.

»Ich werde mich heute mal ein wenig in der Meierei umhören. Die liegt unweit entfernt der Praxis. Ansonsten sollten wir nochmals die Angehörigen und die Mitarbeiter von Dr. Scholz befragen; und auch die Nachbarschaft. Vielleicht hat jemand etwas bemerkt. Ansgar, kümmerst du dich darum?«

»Selbstverständlich, Chef.«

»Gut, dann an die Arbeit«, forderte er auf und erhob sich, ehe der Kripobeamte noch etwas sagen konnte.

Während er über den Gang eilte, hörte er in seinem Büro das Telefon klingeln.

»Thamsen«, schnaufte er ein wenig außer Atem in den Hörer.

»Oh, stör ich dich?«

»Aber nein, Haie«, betonte er laut, als er den Husumer vor seiner Tür stehen sah. »Warte nur einen Moment.«

Er legte das Telefon zur Seite und stand auf. »Entschuldigung, aber ein wichtiges Gespräch.« Dirk deutete mit einer Kopfbewegung zu seinem Schreibtisch und schloss die Tür. Ein Grinsen breitete sich in seinem Gesicht aus. Beschwingt ging er zurück. »So, was gibt's?«

»Ja, wegen Dr. Scholz«, stammelte Haie. Eigentlich hatte er keinen Grund, den Freund anzurufen, außer dass er selbst erfahren wollte, was mit dem Arzt aus Niebüll tatsächlich geschehen war.

»Ja, was ist?«

»Na, ich habe gehört, dass der vergiftet worden ist. Stimmt das?«

Dirk wunderte sich, woher der Freund bereits die Info hatte, die er erst vor einigen Minuten von der Spurensicherung übermittelt bekommen hatte. »Erzählt man sich das im Spar-Markt?«

»Nee, in Niebüll.«

War ja klar, dass Haie bereits seine privaten Ermittlungen aufgenommen hatte. Obwohl er schon in vielen Fällen von Haies Hinweisen profitiert hatte, hieß er die Alleingänge des Freundes nicht unbedingt gut. Schon oftmals hatte sich der Rentner durch sein Detektivspielen selbst in Gefahr gebracht. Und außerdem wurde er nicht jünger.

»Du warst also in Niebüll?«

»Ja, hat Dörte dir nicht erzählt, dass ich bei euch war?«

»Ach, nee, ich, wir haben … Und wer hat von Vergiftung gesprochen?«, wechselte er schnell das Thema. Haie entging das zwar nicht, aber er sprach Thamsen nicht darauf an. Ihm war selbst gestern Dörtes seltsames Verhalten aufgefallen. Sie hatte müde und abgelenkt gewirkt, hatte ihn nicht einmal hereingebeten, sondern recht kurz angebunden an der Tür abgewimmelt. Ob sie wieder unter Depressionen litt?

»Ja, also da waren mehrere Leute vor der Praxis. Haben Blumen niedergelegt und Kerzen angezündet.«

»Und Gerüchte verbreitet?« Thamsen konnte sich vorstellen, was vor dem Haus los war. Sicherlich spekulierten die Leute alles Mögliche.

»Wieso, stimmt das nicht?«

In diesem Fall musste Dirk zugeben, dass die Leute recht behalten hatten. »Sieht danach aus.«

»Und weiß man, womit?«

»Mit einem Küstentraum.« Thamsen fand den Namen immer noch ungewöhnlich. Er selbst mochte keinen Joghurt und kannte sich daher mit den Produktbezeichnungen nicht so aus. Ganz anders der Freund.

»Aus der Niebüller Meierei?«

»Ja, wieso fragst du so erstaunt?«

»Ach, nur so. Der Geschäftsinhaber ist mir gestern völlig kopflos vors Fahrrad gerannt.«

»Ja, aber dass Gift in dem Joghurt war, haben wir erst vor Kurzem erfahren. Davon kann der Mann nichts gewusst haben. War bestimmt ein Zufall.«

8. KAPITEL

Die feindselige Stimmung in dem geräumigen Büro des Meiereibesitzers war beinahe greifbar. Bastian Roloff hatte sich vor dem Schreibtisch seines Vaters aufgebaut und blitzte ihn wütend an. Der junge Mann war gut trainiert, eine imposante Erscheinung. »Wieso hast du die Joghurtproduktion gestoppt?«

Hanno Roloff verzog keine Miene. »Weil wir eine Überproduktion haben. Davon verstehst du nichts.«

»Davon verstehe ich nichts?« Der Sohn stemmte seine Hände in die Hüften. Sein Körper bebte förmlich. »Davon verstehe ich nichts?« Kleine Speicheltröpfchen spritzten über die mahagonihölzerne Tischplatte.

»Nein.«

»Mir zeigt das eher, dass du dein Geschäft nicht verstehst, Vater«, spottete Bastian. »Oder wieso hast du den Überschuss dann vernichtet? Das war bares Geld!«

»Geld, Geld, etwas anderes hast du ja eh nicht im Kopf.« Hanno Roloff sprang unvermittelt auf. »Lernt man das heute an der Uni? Dass es im Leben immer nur um Geld geht?«

Bastians Gesicht glühte. »Zumindest habe ich gelernt, kein Geld zum Fenster rauszuschmeißen!« Seine Stimme gewann immer mehr an Lautstärke. »Aber du weißt ja alles besser!«

»Entschuldigung«, drang es von der Tür her. Frau Lohmann, Roloffs Sekretärin räusperte sich. »Da ist ein Herr von der Polizei.«

»Polizei?« Bastian Roloff wandte seinen Blick von Frau Lohmann wieder seinem Vater zu.

Hanno Roloff schluckte. »Er soll kurz warten, ich habe gleich Zeit für ihn«, sagte er und begann mit leicht fahrigen Bewegungen, die Unterlagen auf seinem Schreibtisch zu ordnen. »Dich geht das nichts an, noch bin ich hier der Eigentümer«, giftete er seinen Sohn an, als er merkte, dass dieser ihn schweigend beobachtete. »Geh und mach deine Arbeit. Kontrollier, ob die Charge vom Küstentraum von Donnerstag vollständig beseitigt ist.«

Bastian Roloff runzelte die Stirn, angesichts der Polizei vor der Tür traute er sich anscheinend nicht zu widersprechen. Beinahe lautlos verließ er das Büro und traf im Vorraum auf Thamsen, der ihn interessiert musterte. Bastian senkte den Kopf und eilte wortlos an ihm vorbei.

Dirk vernahm ein Knacken und Rauschen, das aus der Sprechanlage auf dem Schreibtisch der Sekretärin knisterte. »Der Herr kann jetzt kommen.« Frau Lohmann lächelte Thamsen an und deutete auf die massive Bürotür.

»Was kann ich für Sie tun?« Hanno Roloff stand zwischen Schreibtisch und Tür, als Dirk den Raum betrat.

»Wir ermitteln in dem Fall von Dr. Scholz. Sie haben davon gehört?«

Der Meiereibesitzer schluckte. »Sicher. Ich kenne Dr. Scholz, ist ja quasi ein Nachbar.« Er verzog den Mund zu einem Lächeln, das ihm aber nicht recht gelang.

Thamsen spürte, wie angespannt der Mann war und fragte sich, woran das liegen mochte. Er hatte durch die Tür den Streit der beiden Roloffs hören können, aber war dies der einzige Grund für die Nervosität des Inhabers?

»Nun, die Untersuchungen haben ergeben, dass Dr. Scholz an einer Vergiftung gestorben ist.«

»Tatsächlich?« Hanno Roloff stand steif vor ihm, nur ein Augenlid flackerte leicht.

»Tatsächlich. Und das Gift konnte in einem Joghurtbecher Ihres Unternehmens nachgewiesen werden. Küstentraum.«

»Das kann nicht sein.« Auch die Entrüstung, die Roloff ihm nun scheinbar entgegenbrachte, wirkte gespielt. Hier stimmt doch etwas nicht, schoss es Dirk durch den Kopf. Der weiß Bescheid. Hatte der Unternehmer womöglich etwas mit dem vergifteten Joghurt zu tun?

Haie hatte nach dem Telefonat mit Dirk keine Ruhe gefunden. Ein vergifteter Joghurt? Wer tat nur so was? Ähnlich wie Dirk war er sich ziemlich sicher, dass Dr. Scholz sich das Gift nicht selbst verabreicht hatte, sondern ermordet worden war. Bei dem Gedanken daran lief ihm zwar ein kalter Schauer über den Rücken, aber seine Neugierde war geweckt. Solch einem Verbrecher musste doch das Handwerk gelegt werden, und er sah es als seine Pflicht an, Thamsen dabei zu unterstützen. Ohnehin hatte Haie den Eindruck, dass der befreundete Kommissar dringend seiner Hilfe bedurfte – auch privat. Da bahnten sich doch wieder Probleme zwischen Dirk und Dörte an. Dabei hatte es nach der Therapie, die Dörte gemacht hatte, in der letzten Zeit eigentlich wieder recht gut um die beiden gestanden. Jedenfalls war das der Eindruck, den Haie bei den letzten Treffen gewonnen hatte. Aber vielleicht trog der Schein? Dörtes seltsames Verhalten und das Telefonat mit Dirk, in dem er seiner Frage ausgewichen war, bedeuteten seiner Ansicht nach nichts Gutes. Ob er Dirk direkt darauf ansprechen sollte? Oder half es ihm mehr, wenn Haie ihn bei den Ermittlungen unterstützte, um den Freund zu entlasten? Er kratzte sich am Ohr, während er den Rechen aus dem Schuppen holte und im Vordergarten das restliche Laub zusammenharkte.

»Moin, Haie!«

Hektor Martens stoppte mit dem Fahrrad. Ähnlich wie Haie war der Risumer Rentner radelnd im Dorf unterwegs. Dabei ging es Martens allerdings nicht so sehr um die Bewegung – denn er fuhr eines dieser neumodischen E-Bikes – sondern vielmehr darum, hier und da einen lütten Schnack zu kriegen.

»Häst all von de tode Doktor hört?«

»Kloor.« Haie stützte sich auf dem Gartengerät ab und musterte den anderen. Hektor Martens wusste mit Sicherheit von der Freundschaft zwischen Dirk und ihm. Hoffte er auf exklusive Informationen, die er im Dorf verbreiten konnte?

»Wie sind denn diese Fahrräder?« Haie deutete auf das elektrische Gefährt. Vielleicht wäre solch ein E-Bike auch was für ihn? Immerhin hatte er in der letzten Zeit doch ab und zu Mühe mit dem Fahrradfahren. Die Puste ging ihm bei starkem Gegenwind schneller als früher aus. Ein wenig Unterstützung wäre da hilfreich.

Hektor Martens nickte. »Ganz doll. Ich wull keen anderes Fahrrad mehr hem. Mit dem alten bin ich auch öfters gestürzt.«

»Oh, mich hat es gestern auch aus dem Sattel geschmissen. De Meiereibesitzer is mi ins Rad löppen.«

»De alte oder de junge?«

»Wieso, soweit ich weiß, hat de Hanno die Firma noch nich överschrieven, oder?«

Martens zuckte mit den Schultern. Seine olivgrüne Windjacke schlackerte dabei ein wenig an seinem Körper herunter.

»Aber die streiten sich schon länger drüber, heff ik hört.«

»Echt?« Haie kratzte sich wieder am Ohr. Hatte es einen Streit zwischen Hanno und seinem Sohn gegeben, und der Inhaber der Meierei war ihm deshalb völlig kopflos vors Fahrrad gelaufen? Oder was war sonst der Grund für Roloffs Scheuklappengang gewesen?

»Wir haben hier strengste Kontrollen. Unsere Ware verlässt einwandfrei die Molkerei.«

»Mag sein, aber Fakt ist, dass der Joghurt, mit dem Dr. Scholz vergiftet worden ist, aus Ihrem Werk stammt. Und solange wir nicht wissen, wie das Gift in den Küstentraum gelangt ist, müssen wir auch davon ausgehen, dass der Becher bereits das Kaliumcyanid enthielt, als er Ihr Unternehmen verlassen hat.«

Die graugrünen Augen des Molkereibesitzers traten beinahe vollständig aus ihren Höhlen, während Thamsen ihn mit dieser These konfrontierte. »Wissen Sie, was Sie da sagen?« Die Frage war jedoch eher ein Flüstern, was Dirk verwunderte.

»Wenn das an die Öffentlichkeit dringt.« Roloff schlug die Hände plötzlich vors Gesicht. »Dann können wir einpacken.«

Thamsen, der zunächst einmal den Stimmungsumschwung einsortieren musste, schwieg, was den Inhaber der Molkerei anscheinend veranlasste, weiterzureden.

»Ich hab doch nicht gedacht, dass die Ernst machen. Oh Gott, oh Gott. So oder so – ich bin ruiniert.«

Dirk runzelte die Stirn. »Wovon sprechen Sie?«

Wieder blickte ihn Roloff an. Dabei seufzte er laut. »Ich werde erpresst.«

»Erpresst?«

»Ja«, schnaufte der Unternehmer und ging zu seinem Schreibtisch. Stöhnend plumpste er auf den ledernen Chefsessel. »Es begann vor ein paar Wochen«, erzählte er ohne Aufforderung weiter. »Da erhielt ich dieses Schreiben zum ersten Mal. Ich habe mir nichts dabei gedacht – oder doch …« Er grinste schief. »Als Scherz habe ich diese Drohungen abgetan.«

»Drohungen?« Thamsen hatte immer noch leichte Schwierigkeiten, dem Mann an dem Schreibtisch zu folgen. Das warf plötzlich den ganzen Fall durcheinander.

»Ja, zunächst waren es Drohungen, die aber bald schon konkreter wurden. Geldsummen wurden gefordert.«

»Haben Sie die Schreiben noch?«

Wortlos öffnete Roloff eine Schublade, holte eine blaue Mappe hervor und reichte sie Thamsen. Fein säuberlich hatte der Unternehmer die Erpresserbriefe abgeheftet. Jedes einzelne Blatt in einer Folie verpackt.

Dirk blinzelte. Er fühlte sich wie in einem schlechten Kriminalfilm. Solche aus Zeitungsschnipseln zusammengeklebten Drohungen gab es doch nur im Fernsehen, oder?

Zahlen Sie 300.000 oder es geschieht etwas Fürchterliches.

Jetzt sind Sie dran! 400.000 oder es sterben Leute!
Thamsen blätterte weiter.

Wenn Sie nicht zahlen, stirbt jemand!

»Wieso haben Sie uns nicht verständigt?«

»Ich habe doch nicht gedacht, dass das ernst gemeint war.«

»Und deswegen haben Sie die alle aufgehoben?« Thamsen hob seine linke Augenbraue.

»Na, ich hab … ich wollte … ach, Mist!«

»Ich muss die Mappe mitnehmen«, erklärte Dirk. Vielleicht befanden sich an den Erpresserschreiben Spuren, die sie sicherstellen konnten. »Außerdem müssen wir die Produktion hier bis auf Weiteres einstellen.«

»Was?« Roloff sprang aus dem Stuhl auf. »Aber das geht doch nicht!«

»Doch, das geht. Oder wollen Sie, dass noch weitere Personen zu Schaden kommen?«

»Aber ich habe die Charge bereits vernichtet.«

»Vernichtet? Und wie ist Dr. Scholz an den Joghurt gekommen?«

Der Meiereibesitzer wippte von einem Fuß auf den anderen. »Nun ja, ein paar Paletten waren bereits fertig, standen zur Abholung bereit.«

»Wo?«

»Oben auf der Rampe. Ich nehme an, dass einer meiner Mitarbeiter Dr. Scholz den Joghurt gegeben hat. Der bekam öfter was geschenkt – war ja schließlich unser Nachbar.«

Thamsen kniff die Augen zusammen. War vielleicht gar einer der Mitarbeiter für den vergifteten Joghurt verantwortlich? Konnten sie die vergifteten Lebensmittel tatsächlich dadurch eingrenzen? Ansonsten mussten sie einen Rückruf starten, aber das würde natürlich eine Panikwelle in der Bevölkerung auslösen, die ohnehin schon aus dem Häuschen war, auslösen. Doch wie sollten sie sonst die Menschen vor weiteren Vergiftungen beschützen?

»Und sonst ist kein Joghurt aus der Produktion in Umlauf gekommen?«

Roloff schüttelte den Kopf. »Die Erpresser hatten zum Glück ziemlich präzise Angaben zum Anschlag gemacht. Und seitdem habe ich die Produktion vom Küstentraum eingestellt. Aber wenn wir auch noch die anderen Produkte nicht herstellen, dann ist das mein Ruin!«

»Haben Sie denn nicht in Betracht gezogen, das Geld zu zahlen?«

Hanno Roloff seufzte laut. »Natürlich. Aber ich habe kaum noch Geld. Nicht mehr.«

»Dat mut de Meierei allns torüch nehm.« Helene stand vor zwei Paletten Joghurt, deren Verfallsdatum sich langsam näherte.

»Wieso?« Haie, der gestern Toilettenpapier vergessen hatte, stand hinter ihr und schaute fragend auf die Ware. Heute war es wesentlich ruhiger im Laden. Die Neuigkeit über den vergifteten Arzt hatte die Runde gemacht, den Rest hatten die Dorfbewohner bereits der Zeitung entnehmen können.

Helene drehte sich um. »Na, kauft doch nu keiner mehr.«

»Aber wieso?« Haie wusste zwar, dass Dr. Scholz durch einen vergifteten Küstentraum ums Leben gekommen war, aber das bedeutete ja nicht, dass deshalb jeder Joghurt eine Gefahr war.

»Na, kennst doch de Lütt«, jammerte Helene, während sie die Kartons zur Seite schob. »Gerade wenn es ums Essen geht, sind die heutzutage ganz verrückt.«

»Stimmt.« Haie musste an einen Bericht denken, den er vor Kurzem im Fernsehen angeschaut hatte. Darin war es darum gegangen, dass die Deutschen jährlich zig Tonnen Lebensmittel wegwarfen, weil das Mindesthaltbarkeitsdatum nur wenige Tage abgelaufen war, oder die Sachen eine kleine Delle oder braune Stelle hatten. Sie lebten halt im Überfluss, während anderswo auf der Welt die Menschen hungerten. Aber übertrieben sie es mit dem Wahn nicht? Alles musste immer ganz frisch und am liebsten Bio sein. Auf die Ernährung legte man heute viel Wert, und doch litten so viele Menschen unter Krankheiten wie Diabetes und Übergewicht. Außerdem, nur weil Dr. Scholz an einem vergifteten Joghurt gestorben war, bedeutete das ja nicht, dass jeder Joghurt in Nordfriesland zum Tode führte, oder? Haie schluckte.

»Ja, ich brauch auch keinen Joghurt, sondern nur Toilettenpapier.« Helene nickte.

9. KAPITEL

»Ja, Chef, ich bin in der Befragung der Nachbarn.« Thamsen hatte Ansgar angerufen, da er dringend in der Molkerei Unterstützung brauchte.

»Kannste abbrechen.«

»Was?«

Thamsen erklärte seinem Mitarbeiter kurz die Neuigkeiten, die so gut wie ausschlossen, dass Dr. Scholz ermordet worden war. Vielmehr war er Opfer eines feigen, heimtückischen Anschlags auf die Meierei geworden – deren Tätern es auf die Spur zu kommen galt.

»Ich brauche dich hier. Wir müssen die Mitarbeiter befragen und anschließend auch die Anwohner, ob denen in der letzten Zeit jemand Fremder hier aufgefallen ist.«

»Gut, dann komme ich gleich«, bestätigte Ansgar Rolfs und legte auf.

»Und von Ihnen benötige ich zuerst einmal eine Liste aller Mitarbeiter der Meierei«, wandte Dirk sich an Hanno Roloff.

»Selbstverständlich. Frau Lohmann wird ...« Schon drückte er die Gegensprechanlage und bat seine Sekretärin, die gewünschte Liste zu erstellen.

»Haben Sie denn keinerlei Verdacht, wer hinter der Erpressung stecken könnte?«

Der Unternehmer ließ sich stöhnend in den Sessel fallen. »Natürlich habe ich mir schon so meine Gedanken gemacht. Was denken Sie? Aber außer ein paar Aktivisten sind mir keine möglichen Täter eingefallen.«

»Aktivisten?« Thamsen setzte sich nun auf den Stuhl vor Roloffs Schreibtisch.

Der Mann, der plötzlich total erschöpft wirkte, zuckte leicht mit den Schultern. »Es gibt hier so eine Veganer-Gruppe.«

»Veganer, sind das nicht Leute, die kein Fleisch essen?«

»Jein, das sind eigentlich eher Vegetarier. Veganer gehen noch einen Schritt weiter. Sie verzehren nichts, was von einem Tier stammt. Keine Milch, Eier, Honig, Käse …«

Thamsen runzelte die Stirn. Von was ernährte man sich dann überhaupt? Nur Obst und Gemüse? War das nicht zu einseitig? »Und die könnten Ihrer Meinung nach etwas mit der Erpressung zu tun haben?«

»Hm«, Roloff schien zu überlegen. »Na ja, immerhin werfen Sie mir vor, ich und mein Unternehmen seien für die Ausbeutung von Milchkühen verantwortlich.«

»Wegen der Haltung?«

Roloff schüttelte den Kopf. »Nee, ach, was weiß ich!« Er winkte ab.

»Herr Roloff, wenn wir den Fall aufklären sollen, müssen Sie uns alles sagen.«

Es klopfte zaghaft an der Tür, und Frau Lohmann betrat mit der gewünschten Liste den Raum.

»Die nehme ich gleich!«, verkündete Thamsen und nahm das Papier an sich, ehe die Sekretärin es auf den Schreibtisch des Chefs legen konnte. Leicht verwundert blickte sie zwischen den beiden Männern hin und her.

»Stimmt etwas nicht?«, fragte sie dann mit brüchiger Stimme.

Während Roloff den Kopf schüttelte, fragte Thamsen: »Ist Ihnen in der letzten Zeit bei Ihrer Arbeit etwas Ungewöhnliches aufgefallen?«

Die kleine schlanke Frau rieb plötzlich ihre Handflächen aneinander. »Was meinen Sie?«

»Lass gut sein, Grete«, fuhr Hanno Roloff dazwischen. »Ich habe der Polizei von der Erpressung erzählt.«

»Ach so!«, klang es erstaunt aus dem schmallippigen, mit grellem Lippenstift betonten Mund.

»Und haben Sie denn dem Kommissar auch von diesen Vandalen erzählt?« Auf ihrem Hals bildeten sich plötzlich eine Reihe roter Flecken.

»Du meinst, von dieser veganen Gruppe? Free Nature? Oder wie die sich nennen?«

Sie nickte hektisch. Thamsen schaute von einem zum anderen und fragte sich, was für eine Art von Verhältnis die beiden hatten. Roloff duzte Frau Lohmann, während sie zumindest dem Anschein nach Distanz mit dem Siezen des Chefs suggerieren wollte. Doch hatte das etwas mit dem Fall zu tun?

»Immerhin haben die hier neulich ihre Schmierereien hinterlassen. Die ganze vordere Wand haben sie mit ihren Sprüchen verunstaltet.«

»Schmierereien? Und das haben Sie nicht gemeldet? Das ist doch Sachbeschädigung!«

»Jaja, aber ich glaube nicht, dass die etwas mit dem vergifteten Joghurt zu tun ha…«

»Nicht?«, kreischte plötzlich Frau Lohmann. »Vielleicht wollten die mal zeigen, wie ungesund der Verzehr von Tierprodukten ist.« Die roten Flecken breiteten sich in Richtung Dekolleté aus. »Also ich traue denen alles zu!«

Bastian Roloff stieg in seinen roten Sportflitzer und gab Gas. Er hatte eine Verabredung auf Sylt und fuhr zum Bahnhof.

Eine alte Studienbekanntschaft hatte ihn zu einer Party auf die Insel eingeladen. Susanne hatte das große Los gezogen und nach dem Abschluss die Firma des Vaters übernommen, ihre eigenen Ideen umgesetzt und scheffelte nun ordentlich Geld. Jedenfalls sah es für ihn so aus. Wohnung in Hamburg, Haus auf Sylt, Porsche 911.

Gegen sie fühlte er sich wie ein armer Schlucker, obwohl er weit über dem durchschnittlichen Einkommen in Deutschland lag. Außerdem hatte er Zugriff auf fast alle Konten – jedenfalls bis vor Kurzem. Vor zehn Tagen nämlich hatte der Alte ihm den Geldhahn zugedreht. Verdammter Mist. Wie sollte er nun zurechtkommen? Das Gehalt, das ihm sein Vater zahlte, reichte hinten und vorne nicht. Für sein Gastgeschenk an Susanne – eine 300 Euro teure Rotweinflasche – hatte er sein Konto bis ans Limit belastet. Wenn der Geizhals doch endlich einsehen würde, dass es an der Zeit war, sich auf das Altenteil zurückzuziehen, und ihm die Firma überschreiben würde. Er hatte bereits seine Fühler ausgestreckt – es gab interessierte Käufer, die eine hübsche Summe für das Unternehmen boten.

Den Betrieb fortzuführen, hatte er ohnehin nicht vor. Meierei – das war nichts für Bastian. Er wollte lieber sein Geld an der Börse machen. Vielleicht konnte Susanne ihm ein paar Tipps geben? Aktiendeals, mit denen er richtig Kohle machen konnte? Dann hätte sich sein Geschenk zumindest gelohnt.

Er parkte im Halteverbot und stieg aus. Für die wenigen Schritte zum Bahnhofsgebäude ließ er sich Zeit. Sein Zug fuhr erst in zehn Minuten, und außerdem drückten die neuen italienischen Schuhe. Er löste eine Fahrkarte – nur Hinfahrt, wer wusste schon, was der Tag und vor allem der Abend bringen würden, und ging hinauf zum Bahnsteig. Etliche Leute standen entweder alleine oder in Grüppchen und warteten auf den Zug aus Hamburg.

Wenn er die Firma erst einmal verkauft hatte, dann würde er in die Stadt ziehen. Hamburg schien ihm eine gute Wahl. Ein schönes Appartement an der Alster. Soweit er wusste, wohnte Susanne in Harvesterhude. Sylt war nur ihr Zweitwohnsitz. Für sich konnte Bastian sich gut eine Finca auf Malle vorstellen. Hoffentlich überschrieb der Alte ihm bald die Firma.

»Doch, das ist dieser Typ.«

»Meinste?«

Bastian wandte den Kopf und sah zwei junge Mädchen hinter sich stehen. Er lächelte ihnen zu, obwohl sie überhaupt nicht seinem Beuteschema entsprachen. Eine der beiden hatte Dreadlocks, während die andere einen asymmetrischen Kurzhaarschnitt trug. Beide bevorzugten anscheinend einen eher alternativen Kleidungsstil.

»Ganz sicher!« Die mit den Dreadlocks trat auf Bastian zu und musterte ihn abfällig. »Du bist doch der Sohn vom Roloff, oder?«

»Ja?«, entgegnete er immer noch freundlich. Statt sich zu fragen, was das Mädel von ihm wollte, beschäftigte ihn vielmehr die Frage nach der Pflege solch einer Haarpracht. Wie wusch man diese Locken? Gar nicht? Doch, ansonsten mussten die doch riechen. Kämmen ging ja wohl nicht. Sowieso stellte er sich vor, dass einem mit solch einer verfilzten Matte auf dem Kopf dieser eigentlich ständig jucken musste.

»Ach so, du bist also für diese Tierquälerei mitverantwortlich, oder?« Noch etwas verwundert ahnte Bastian langsam, warum sich das Mädchen für ihn interessierte. Unweigerlich wich er einen Schritt zurück, doch sie folgte.

»Schicke Schuhe«, bemerkte sie und spuckte direkt neben seinen Füßen aus. »Hast du bestimmt von dem Geld gekauft, was du mit dieser Tierquälerei verdienst. Pah, dass du dich nicht schämst!«

Er spürte, wie er unter den Armen zu schwitzen begann. Seine Hand begann leicht zu zittern, und in seinem Kopf spielte er verschiedene Szenarien durch, wie er dieser rotzfrechen Göre ein wenig Respekt beibringen könnte. Körperlich war er dem zierlichen Mädchen ohnehin weit überlegen. Seit Jahren ging Bastian regelmäßig ins Kraftstudio. Selbst wenn ihr die andere zur Hilfe kommen würde, mit den beiden Mädels wurde er fertig. Nur war Gewalt nicht seine Art. Hatte in seinen Augen so etwas Proletenhaftes, das ihm sauer aufstieß. Nein, er hatte schließlich Stil. Stumm und mit geradem Rücken ließ er seinen Blick über die beiden Gestalten wandern und entdeckte schließlich einen kleinen Aufnäher mit dem Emblem der veganen Gruppe aus Niebüll. Er grinste.

»Also Mädels, wenn ihr euch nicht sofort bei mir entschuldigt und mich in Ruhe lasst, dann stecke ich der Polizei, dass ihr neulich unsere Firmenwände mit euren Schmierereien verunstaltet habt.«

»Ha, mach doch, du Pisser«, raunzte das Mädel mit den Dreadlocks ihn an. »Ihr könnt uns ja sowieso nichts beweisen.«

Bastian spürte, wie sein Hemd nun auch am Rücken klebte.

»Gut, dann erzähle ich denen aber auch, dass ihr den Joghurt vergiftet habt – und zwar den, an dem Dr. Scholz gestorben ist.«

»Waaaas?« Die beiden Mädchen glotzten ihn an wie zwei abgestochene Kälber.

»Ah, gut, Ansgar, dass du kommst.« Thamsen hatte das Gefühl, er brauchte dringend Unterstützung. Das war ja das reinste Wespennest, in das er hier gestochen hatte. Der vergiftete Joghurt, die Drohbriefe, Schmierereien mit veganen Parolen …

»Also, ich denke, Dr. Scholz ist nicht ermordet worden, sondern Opfer dieser Erpressung gewesen.« Er reichte Rolfs die Mappe mit den Drohbriefen, in denen sich auch der befand, der den Anschlag auf den Küstentraum am Donnerstag angekündigt hatte.

»Die hier muss sofort ins Labor. Vielleicht finden wir Fingerabdrücke oder andere Spuren. Herr Roloff, wer außer Ihnen hat die Briefe angefasst?«

Der Meiereibesitzer räusperte sich leicht. »Außer mir wahrscheinlich nur Frau Lohmann.«

»Ihr Sohn nicht?«

»Nein.«

»Gut«, bestimmte Dirk, »dann müssen Sie und Ihre Sekretärin später mit in die Dienststelle kommen, damit wir Ihre Fingerabdrücke sicherstellen können. Vorher würde ich mich aber erst einmal gerne mit Ihrer Belegschaft unterhalten. Wo ist das möglich?«

Roloff, der wie erschossen auf seinem Stuhl hing, sprang plötzlich auf. »Mein Sohn ist nicht da. Sie können sein Büro nutzen. Frau Lohmann?«

Die schlanke Sekretärin trippelte los. Dirk und Ansgar folgten ihr über den Flur in ein gegenüberliegendes Büro, das sich in der Ausstattung von dem Chefbüro stark unterschied. Während das Büro von Hanno Roloff eher traditionell gediegen – mit schwerem Mahagonischreibtisch und gepolsterten Lederstühlen – eingerichtet war, fand sich in diesem Raum die Moderne wieder. Jung und Alt. Yin und Yang. Thamsen starrte auf den durchsichtigen Acrylschreibtisch, dessen Arbeitsfläche in der Luft zu schweben schien.

»Nehmen Sie Platz, ich sage den Mitarbeitern Bescheid.« Schon war Frau Lohmann verschwunden, und Ansgar und Dirk standen etwas verloren in dem großen Raum, in dem sich nur der schwebende Tisch und drei weitere Kunstobjekte – die wahrscheinlich Sitzmöbel darstellen sollten – befanden.

Trotz der Aufforderung wagte keiner von ihnen, sich zu setzen. Stattdessen traten sie an die breite Fensterfront, von der man auf die Anlieferung hinunterschauen konnte.

»Wir sollten auf jeden Fall auch mit dem Sohn sprechen«, bemerkte Thamsen mit Blick auf den Milchlaster. »Vielleicht hat der von hier oben etwas beobachtet.«

»Möglich.«

Es klopfte, und der erste Mitarbeiter – ein Herr Schmidt – betrat das Büro. »Sie wollten mich sprechen?«

Mittlerweile etwas genervt von der unpraktischen Einrichtung, deutete Thamsen nun einfach auf eines der Sitzobjekte. Herr Schmidt musste bereits hier gewesen sein, denn er nahm ganz selbstverständlich auf dem seltsamen Möbel Platz. Vorsichtig ließ sich nun auch Dirk nieder, während Ansgar Rolfs nach wie vor stehen blieb.

»Herr Schmidt, vielleicht haben Sie bereits bemerkt, dass die Molkerei, nun ja …« Er stockte, da er sich nicht wirklich überlegt hatte, wie viel er eigentlich von der Erpressung und dem vergifteten Joghurt preisgeben wollte. War es gut, sofort mit der Wahrheit komplett rauszurücken? Was, wenn der Mitarbeiter in die Erpressung involviert war? Andererseits hatten sie nicht wirklich eine Wahl. Sie mussten zumindest in Ansätzen erklären, was hier vor sich ging. Der Mann guckte ohnehin schon ziemlich verstört aus der Wäsche.

»… in Schwierigkeiten steckt?«

»Schwierigkeiten?« Herr Schmidt glotzte ihn an.

»Nun ja, nicht in der Form, dass Sie nicht Ihren Lohn bekommen«, versuchte Dirk, zu erklären, »aber Ihr Chef wird seit einigen Wochen bedroht.«

»Bedroht?«

So langsam, aber sicher ging Thamsen diese bräsige Art auf den Senkel. Er schaute zu Ansgar, der am Fenster stand und auf den Hof hinunterblickte. Das hob seine Laune nicht gerade. Wieso hatte er den Mitarbeiter hinzugebeten, wenn der sich an der Befragung nicht einmal beteiligte?

»Ja bedroht, um nicht sogar zu sagen, Ihre Firma wird erpresst und es wurde bereits eine Charge Joghurt vergiftet.«

Plötzlich hellte sich seltsamerweise die Miene seines Gegenübers auf. »Ach so, und ich hatte mich schon gefragt, warum der Chef die ganze Produktion hat vernichten lassen.«

Na, hast du das?, dachte Dirk.

»Sagen Sie, ist Ihnen denn in der letzten Zeit etwas Ungewöhnliches im Betrieb aufgefallen?«

Der Arbeiter nickte.

»Und was?«

»Na, dass wir palettenweise Joghurt wegschmeißen mussten.«

Dirk verdrehte die Augen. So kamen sie nicht weiter.

»Herr Schmidt«, mischte sich da plötzlich Rolfs ein. »Kann hier jeder so auf das Gelände?« Er deutete mit einem Kopfnicken zum Fenster.

»Klar. Müssen doch eine Menge Leute zu uns. Lieferanten, Kontrolleure, Kunden.«

»Kunden?«

»Ja, im Prinzip kommen zwar nur die Händler zum Chef. Wegen der Verträge. Aber ein paar Leute holen sich auch direkt ihre Sachen hier ab.«

»So wie Dr. Scholz?«

Herr Schmidt schluckte. »Der Herr Doktor war etwas Besonderes – hat als Nachbar seine Sachen immer umsonst von uns gekriegt. Noch am Donnerstag hat er sich abends einen Joghurt geholt. Habe ich ihm gegeben.«

»Küstentraum Erdbeere?«

Der Mann nickte zögernd. »War nicht gut, oder?«

»Kann man so sagen.«

Das Taxi hielt vor einem mondänen Reetdachanwesen. Bastian erschien der Besitz riesig, doch als er sich umblickte, musste er feststellen, dass auch die anderen Häuser hier in Kampen nicht von schlechten Eltern waren. Beinahe ehrfurchtsvoll stieg er aus dem Wagen, nachdem er gezahlt hatte. Tief sog er die würzige Seeluft ein und betrat den Vorgarten, der selbst um diese Jahreszeit frühlingshaft wirkte. Immergrüne Sträucher verliehen dem Grundstück eine frische Grundfarbe, dazwischen Tupfer von Heidegras, Winterastern und Hortensien.

Vom Haus wehten Musik und ein Stimmenkonzert zu ihm herüber. Die Brise war leicht, aber frisch. Er war froh, die grüne Wachsjacke übergezogen zu haben, und beeilte sich, zur Tür zu kommen. Dort öffnete ihm auf sein Läuten hin nicht Susanne, sondern ein Butler. Bastian vergaß vor Erstaunen völlig, den Gruß zu erwidern, und ließ sich wortlos die Jacke abnehmen.

»Soll ich die Flasche zu den anderen Geschenken stellen?« Der ältere Mann äugte auf die Rotweinflasche, die Bastian an den Körper gepresst hielt.

»Äh, nein.«

Er ließ sich den Weg in den Salon weisen, dann verschwand der Mann, um bereits die nächsten Gäste einzulassen.

Im Raum herrschte eine gelöste Stimmung. Mehrere Leute standen in Grüppchen zusammen und nippten an exklusiven Champagnergläsern. Ob er besser einen Dom Pérignon mitgebracht hätte? Ach nee, zu billig. Obwohl, kannte Susanne sich mit Rotwein überhaupt aus? Nicht, dass sie sein Mitbringsel nicht zu schätzen wusste. Wo war die Gastgeberin überhaupt? Suchend blickte Bastian sich um, als ihm plötzlich jemand über die Schulter strich. Vor Schreck hätte er fast den Rotwein fallen lassen.

»Hallo, Basti«, grüßte Susanne ihn mit ihrer Reibeisenstimme. Er hasste es, Basti genannt zu werden, so hatte man ihn in Kindertagen genannt, aber mittlerweile war er ein gestandener Mann, jedenfalls fühlte er sich so. Mit einem Lächeln schluckte er jedoch die negativen Empfindungen herunter.

»Susanne, wie schön.« Küsschen links, Küsschen rechts und noch mal links. Sie roch gut, aber ihr Kleidungsstil war wirklich gewöhnungsbedürftig. Bisschen überkandidelt, fand Bastian, dabei hatte er gedacht, auf der Insel sei man eher ein wenig Understatement. Galt wohl nicht für Kampen oder nicht für Susanne.

»Für dich!« Er überreichte ihr die Flasche, die sie kennerhaft musterte. »So ein edles Tröpfchen«, bemerkte sie und lächelte, während sie den Wein auf einen der im Salon verteilten Stehtische stellte, um die sich die anderen Gäste teilweise geschart hatten.

»Und hast du es endlich geschafft?«

Susanne wusste, dass Bastian die Firma des Vaters übernehmen und verkaufen wollte. Oft hatten die beiden sich im Studium über ihre Zukunftspläne unterhalten, doch im Gegensatz zu Susanne, hatte Bastian noch nichts davon umsetzen können. Das zugeben zu müssen, bereitete ihm einige Mühe.

»Nee, da gibt es noch ein paar Formalitäten zu klären.«

»Ach, kenn ich. Bis das mit so einer Überschreibung erst mal über der Bühne ist«, winkte sie ab. »Amüsier dich!« Und schon rauschte Susanne in ihrem glitzernden Fummel davon.

Bastian sah sich unschlüssig im Raum um. Alle Anwesenden schienen sich bestens zu unterhalten, die Stimmung war bombastisch. Wo konnte er sich am besten dazugesellen? Sein Blick schweifte über die hippen Leute, neben denen er sich in seiner dunklen Cordhose und dem karierten Hemd mit über die Schultern geworfenem Kaschmirpullover wie ein Trampel vom Dorf vorkam. Dabei wollte er nur eins: dazugehören.

»Du meinst also, hier kann jeder rein- und rausmarschieren?« Thamsen war neben Ansgar ans Fenster getreten, nachdem Herr Schmidt das Büro verlassen hatte.

»Im Prinzip schon. Hast du doch gehört.«

»Aber muss man sich nicht trotzdem in der Meierei auskennen? Ich meine, woher weiß man denn sonst, wo man das Gift reinkippen soll?« Thamsen fuhr sich mit der Hand übers Kinn und spürte die kleinen Bartstoppeln unter seinen Fingern.

»Du meinst, es war jemand aus der Belegschaft?« Ansgar blickte ihn an. »Dann sollten wir unsere Befragungstaktik noch einmal überdenken.«

Dirk zuckte mit den Schultern. »Eigentlich kann es jeder gewesen sein. Für eine Erpressung sehe ich kein spezielles Motiv. Kann Geldnot sein, kann auch Rache sein, vielleicht will irgendein Konkurrent der Firma schaden?« Er stöhnte. Die Möglichkeiten waren vielfältig, wo sollten sie da mit ihren Ermittlungen ansetzen? Er hatte in seiner Dienstzeit schon einiges erlebt, aber mit einer Firmenerpressung hatte er es noch nicht zu tun gehabt. Etwas ratlos kratzte er sich weiter im Gesicht.

»Na, vielleicht fangen wir doch mit dem Naheliegendsten an«, bemerkte Ansgar. »Immerhin haben die Erpresser eine ziemlich hohe Geldsumme gefordert. Das deutet auf finanziellen Vorteil hin, oder?«

»Ja, aber sollen wir deshalb die Aktivisten außen vor lassen? Denen geht es doch bei ihren Aktionen wohl nicht ums Geld, oder?«

»Wer weiß, könnte sein, dass sie die Summe als Wiedergutmachung fordern.«

»Hm, also gut. Dann sollten wir die auch mal unter die Lupe nehmen.« Er überlegte, wie er die Aufgaben am besten verteilen konnte. Dass die Husumer sich nicht an der Arbeit beteiligten, war mehr als ärgerlich. Und nun, wo sich abzeichnete, dass Dr. Scholz nicht ermordet worden, sondern eher ein Zufallsopfer war, würden die ohnehin keinen Finger krumm machen. Dabei hatte Dirk eh schon zu wenig Personal.

»Also gut, ich fahre in die Dienststelle zurück und bringe zunächst mal die Erpresserschreiben auf den Weg zur Spusi.« Die Aussicht auf eventuelle Fingerabdrücke schien ihm momentan am vielversprechendsten. »Du führst hier die Befragungen fort. Ich schicke dir Hans, der kann dich unterstützen.«

Ansgar wirkte wenig begeistert. »Und was machst du?«

»Ich kümmere mich mal um die Aktivisten.«

10. KAPITEL

Der alte Bauernhof im Gotteskoog sah ziemlich heruntergekommen aus. Das Reetdach schien an einigen Stellen löchrig, und Thamsen vermutete, dass es wohl in das Wohnhaus hineinregnete. Die Fenster wirkten undicht – da hatten Novemberstürme leichtes Spiel, durch das alte Gemäuer zu pusten. Gemütlich sah jedenfalls anders aus.

Auch das übrige Gelände wirkte mehr als ungepflegt. Weder war der Rasen gemäht noch das Laub der umstehenden Kastanienbäume, das schon vor einigen Wochen gefallen war, beseitigt worden. Aber vermutlich sollte das alles so sein – möglichst natürlich, ohne Eingriff durch den Menschen. Das war wohl das Motto der veganen Gruppe, die laut seinen Recherchen hier hauste – anders konnte man es kaum nennen.

Als er aus seinem Wagen stieg, kam ein filziges Etwas träge auf ihn zugetrottet. Der alte Hund, der sich unter dem Fellwust verbarg, blickte ihn mit trüben Augen an. Na, der würde auch lieber drinnen am warmen Ofen liegen bei dem Wetter, dachte Dirk und schlug den Kragen seiner Jacke hoch, da die feuchte Kälte ihn frösteln ließ.

Eine Türglocke gab es nicht, daher klopfte er energisch an die alte hölzerne Klönschnacktür, von der die Farbe in großen Flatschen abblätterte. Er hörte schlurfende Schritte, und als der obere Teil der Tür geöffnet wurde, schlug ihm ein leicht süßlicher Rauch entgegen. Der junge Mann mit den schulterlangen Haaren blickte ihn gleichgültig an. Dirk zückte seinen Dienstausweis, doch auch das erzeugte keinerlei Reaktion bei seinem Gegenüber.

»Und?«, seufzte der Langhaarige betont unbeeindruckt.

»Vielleicht haben Sie schon davon gehört, dass Dr. Scholz aus Niebüll durch einen vergifteten Joghurt gestorben ist?«

Auf dem Gesicht des Angesprochenen machte sich ein Grinsen breit. »Sag ich doch immer. Das bleibt nicht ungestraft, wenn man Tiere ausbeutet.«

»Na ja, der Arzt hat ja ...«

»Hat er das Zeug gegessen oder nicht?«, fiel der junge Mann lebhaft dazwischen, sodass Thamsen kurz stockte. So viel Energie hatte er seinem Gegenüber auf den ersten Blick gar nicht zugetraut.

»Ja, aber es hat jemand nachgeholfen. Mit Gift.«

»Ach so?«

Thamsen betrachtete den Mann, der eigentlich ganz friedlich auf ihn wirkte. Das konnte allerdings auch an dem Marihuana liegen, dessen Geruch deutlich in der Luft hing. Aber nur weil der Kerl gegen die Ausbeutung von Tieren war, hieß das noch lange nicht, dass er generell friedfertig war, oder? Vielleicht würde er für seine Ideologie auch töten? Wer wusste schon, was in dem langhaarigen Kopf vor sich ging? Thamsen hatte in seiner Zeit als Polizist schon einiges erlebt.

»Auf jeden Fall ist uns gemeldet worden, dass Sie vor Kurzem Sachbeschädigung an den Gebäuden der Molkerei betrieben haben.« Die Augen des jungen Mannes weiteten sich noch mehr, als sie eh schon waren.

»Ich?« Er tippte sich mit dem Zeigefinger auf die Brust. Dirk nickte lediglich.

»Sagt wer?«

»Zeugen.«

»Die mich persönlich gesehen haben? Kennen Sie überhaupt meinen Namen?«

Dazu konnte Dirk nur schweigen, denn im Prinzip hatte er nichts in der Hand, wusste tatsächlich nicht einmal, wie sein Gegenüber hieß. Er hatte gedacht, den Typen mit seiner Behauptung aus der Reserve locken zu können, doch da hatte er sich gewaltig geschnitten. Der Aktivist tobte vor Aufregung hinter der halben Tür. Thamsen war froh, dass die Holzhälfte sie trennte, als der Mann ihm rasend vor Wut seinen Namen entgegenbrüllte.

»Christian von Ludow!«

Thamsen stockte. Er kannte die sehr angesehene Familie von Ludow. Ob der langhaarige Bombenleger ein Sprössling von Heribert von Ludow war? Dann jedenfalls war er reichlich aus der Art geschlagen, denn die Ludows gehörten zum alten Landadel und waren sehr auf ihre Außenwirkung bedacht, soweit Dirk wusste.

»Selbstverständlich kenne ich Ihren Namen. Was sagt denn Ihre Familie zu Ihren Aktivitäten? Sind Ihre Eltern nicht selbst landwirtschaftlich organisiert? Der große Milchbauernhof im Herrenkoog gehört doch Ihrer Familie?«

Der Aktivist spuckte Thamsen direkt vor die Füße, der angewidert einen Schritt zurückwich. »Es ist nur ein Name – keine Verpflichtung.«

»Wie kommen Sie denn mit Ihrem Chef so aus?« Ansgar Rolfs blickte ein wenig gelangweilt auf die dicke Dame im weißen Kittel vor ihm. Er hatte nun schon beinahe alle Mitarbeiter der Molkerei zusammen mit seinem Kollegen befragt und trotzdem nichts Nennenswertes herausbekommen. Außerdem tat ihm langsam, aber sicher sein Hinterteil weh, denn das moderne Sitzmobiliar war nicht gerade das, was man bequem nennen konnte.

»Na ja, der alte Roloff scheint mir in letzter Zeit etwas überfordert. Außerdem gibt es viel Streit in der Firma.«

Ansgar horchte auf. »Streit? Zwischen wem?«

»Na, der junge Roloff will doch gerne den Betrieb übernehmen, und der Vater lässt ihn halt nicht. Dabei täte uns frischer Wind bestimmt mal gut.«

»Sehen das die anderen Kollegen auch so?«

Die Frau zuckte mit den Schultern.

»Gibt es denn Probleme im Betrieb?«

»Na ja, dass der Umsatz zurückgegangen ist, haben wir Mitarbeiter natürlich auch schon mitgekriegt. Sind ja schließlich nicht blöd.«

Ansgar überlegte, ob die Belegschaft eventuell etwas mit der Erpressung zu tun haben könnte? Vielleicht wollten Sie den alten Roloff in die Knie zwingen, damit der Junior das Steuer übernehmen konnte? Wie hatte die Frau gesagt? »Frischer Wind täte uns bestimmt mal gut?« Er beäugte die Mitarbeiterin und verwarf dabei den Gedanken sogleich wieder.

Warum sollte die Belegschaft das Geschäft kaputtmachen, das sie ernährte? Eher unwahrscheinlich. Da gab es sicherlich bessere Wege, um dem Chef klarzumachen, dass seine Zeit abgelaufen war, oder?

»Hat denn der junge Roloff mal mit Ihnen gesprochen?«

»Schon, aber nicht über die Übernahme.«

»Wie kommen Sie dann darauf, dass ein Wechsel in der Firma guttäte?«

»Na, der Bastian hat doch studiert. BWL oder so etwas. Der kennt sich bestimmt besser aus als der Alte.«

»Halten Sie es denn für möglich, dass der junge Roloff seinen Vater unter Druck setzt?«

»Inwiefern?«

Ansgar schwieg auf die Frage, woraufhin die Augen seines Gegenübers zu großen dunklen Löchern wurden.

»Sie glauben doch nicht etwa, dass der Junior …« Die Frau schluckte.

»Warum nicht?«

»Moin, Moin!« Dirk betrat nach einem kurzen Klopfen die Küche der Freunde. Haie war gerade dabei, das Abendbrot zuzubereiten, doch als er Thamsen sah, ließ er alles stehen und liegen. »Gibt es was Neues in dem Fall?«

»Na ja, wie man es nimmt.« Dirk ließ sich auf einen der Küchenstühle fallen. »Wir haben mittlerweile rausgefunden, dass die Meierei erpresst wird.«

»Erpresst?« Haie setzte sich zu dem Freund. »Von wem?«

»Ha, wenn wir das wüssten!«

»Keine Hinweise?«

Dirk schüttelte den Kopf. »Nur anonyme Erpresserschreiben.«

»Hm.« Haie kratzte sich am Ohr. »Und der vergiftete Joghurt ist eine wahr gemachte Drohung?«

»Sieht ganz so aus.«

»Aber wer macht denn so etwas?«

»Wie es aussieht, gibt es durchaus den einen oder anderen Verdächtigen.«

»Wen?«

Dirk wusste sehr wohl, dass er über den Fall nicht mit Zivilpersonen sprechen durfte, aber Haie war ja quasi nicht wirklich zivil. Er konnte ihn schon fast zu seinem Team zählen, so oft, wie er bereits in den vergangenen Jahren geholfen hatte, einen Fall aufzuklären.

»Na, zum Beispiel der Sohn des Besitzers«, verriet er angesichts dieser Umstände.

»Ach so, bestimmt wegen dem Streit.«

Thamsen zog beide Augenbrauen hoch, doch Haie winkte ab. »Erzählt man sich schon im Dorf. Angeblich will der Alte die Firma nicht übergeben.«

»Hm, das unterstreicht unseren Verdacht gegen Bastian Roloff, oder?«

»Weiß nicht. Möglich, dass er den Vater unter Druck setzt, aber mit den Anschlägen würde er ja dem Unternehmen schaden, das er übernehmen will. Macht man das wirklich?«

»Eher nicht«, musste Dirk eingestehen.

»Und wen gibt es noch?«

»Na ja.« Thamsen zögerte einen Moment. Wenn er den Namen von Ludow erwähnte, wäre der Freund bestimmt nicht zu bremsen. Der adelige Großgrundbesitzer war bei den Dorfbewohnern nicht gerade beliebt, soweit Dirk wusste. Ziemlicher Schnösel, sehr überheblich, mit dem war nicht zu spaßen. Die von Ludows hatten von jeher gute Verbindungen in die Politik – vor allem zum Innenminister in Kiel; Thamsens oberstem Chef.

»Es gibt da wohl so eine Aktivistengruppe.«

»Free Nature.« Tom stand plötzlich in der Tür, gefolgt von Niklas.

»Didi!«, begrüßte der Junge stürmisch den befreundeten Kommissar und sprang auf seinen Schoß. Sofort schwappte eine warme Welle durch Dirks Körper. Er liebte diesen Jungen, der ihn immer an Marlene erinnern würde. In ihm, das war sein Trost, lebte die Freundin weiter. Sanft fuhr er mit der Hand über Niklas' blonden Schopf und ließ sich von dem Kleinen die neuesten Abenteuer aus der Sesamstraße erzählen.

»Ich habe von der Gruppe im Nordfriesland Tageblatt gelesen«, erklärte Tom, woher er die Aktivisten kannte, nachdem Niklas losgerannt war, um sein neuestes Stickerheft zu holen. »Die sind angeblich nicht ohne, gehen sehr aggressiv auf Menschen los, die zum Beispiel im Supermarkt tierische Produkte kaufen.«

»Was?«, entfuhr es Haie. »Ich dachte, das sind alles naive, friedliebende Menschen.«

»Na, nicht ganz«, ergänzte Thamsen und erinnerte sich an seine Begegnung am Nachmittag.

»Aber kommen die wirklich als Attentäter in Betracht?« Tom schaute zweifelnd auf Dirk.

Der hob lediglich die Schultern und legte dabei einen Finger an den Mund, da Niklas mit geröteten Wangen in der Küche erschien.

»Es wäre aber gut, wenn du dich mal ein wenig umhören könntest«, bat er Haie, bevor er sich die neuesten Pokémon-Bilder zeigen ließ. »Aber bitte diskret.«

Bastian Roloff ließ sich in den Sitz fallen. Das war ja wohl nichts, schalt er sich selbst. Die 300 Euro hättest du dir sparen können. Kein gutes Investment. Der Zug ruckelte über den Hindenburgdamm Richtung Festland. Es war mittlerweile dunkel geworden, in der Ferne konnte Bastian nur die vielen rot blinkenden Lichter der Windkraftanlage erkennen.

»Mist«, entfuhr es ihm leise. Dabei hatte er so große Hoffnungen in die Party gelegt. Doch Susanne hatte sich den ganzen Nachmittag mit Gästen, die anscheinend vermögender als er waren, unterhalten, und auch die anderen Anwesenden hatten wenig Wert auf eine Konversation mit ihm gelegt. Beinahe mitleidig hatten sie ihn beäugt, wenn er versucht hatte, sich mit einem Gläschen zu ihnen zu gesellen, und lediglich aus Höflichkeit ein paar Worte mit ihm gewechselt, bis man sich entschuldigte, da man unbedingt noch jemanden begrüßen oder mal zur Toilette musste. Aber die werden sich noch umschauen, wenn ich erst mal den Betrieb verkauft und in Aktien meine erste Million gemacht habe, dann werden die alle noch angekrochen kommen. Leider hob die Aussicht auf diesen Triumph Bastians Laune nicht einen Deut. Bis dahin war es ein langer Weg. Sein Vater war stur, wollte die Firma partout nicht überschreiben. Oft hatten sie bereits über dieses Thema diskutiert, immer hatten diese Gespräche im Streit geendet. Er sei einfach noch nicht so weit. Es fehle ihm an Verantwortungsbewusstsein, solch ein Unternehmen zu leiten, und letzten Endes warf sein Vater ihm immer seinen verschwenderischen Lebensstil vor, mit dem er die Molkerei auf jeden Fall in den Ruin treiben würde. Dass man auch mal etwas investieren, sich nach außen gut verkaufen musste, davon wollte Hanno Roloff nichts hören.

Bastian seufzte, als der Zug in den Niebüller Bahnhof einfuhr, und stemmte sich von seinem Sitz hoch. Er war noch lange nicht an seinem Ziel angekommen, aber er arbeitete dran.

11. KAPITEL

Thamsen betrat mit einem Kaffeebecher bewaffnet den Besprechungsraum. Heute Morgen war kein Kollege von der Kripo anwesend – weder persönlich noch per Videoschaltung. Die feinen Beamten aus Husum hatten sich zunächst einmal zurückgezogen, da es sich bei dem Tod von Dr. Scholz nicht um Mord handelte. Jedenfalls nicht im eigentlichen Sinne, denn freiwillig war der Mediziner ja nun auch nicht aus dem Leben geschieden. Aber Lorenz Meister hatte den toten Arzt als eine Art Kollateralschaden in einem Erpressungsfall klassifiziert und daher an irgendwelche Kollegen verwiesen, die sich bisher aber noch nicht gemeldet hatten. Dafür waren die

Leute von der Spusi umso fleißiger – die Auswertungen der Erpresserschreiben lagen vor.

»Jede Menge Abdrücke, aber keine Übereinstimmung mit den registrierten Karteien«, fasste Dirk das Ergebnis, das er am Morgen in seinem Mailpostfach vorgefunden hatte, zusammen.

»Mist«, entfuhr es Ansgar Rolfs, obwohl, viel Hoffnung hatte von vornherein nicht bestanden, dass sie über die Drohbriefe den Erpresser fanden.

»Und was machen wir nun? Die Befragung der Belegschaft hat so gut wie nichts gebracht. Außer, dass wir nun von dem Übernahmestreit zwischen dem Inhaber und dessen Sohn wissen.«

Thamsen räusperte sich. Das war wirklich wenig, dabei drängte die Zeit. Denn der Meiereibesitzer hatte das Geld nicht gezahlt, also mussten sie von weiteren Anschlägen ausgehen. Und wie sollten sie die Bevölkerung davor schützen?

»Also, ich spreche heute mal mit dem Sohn«, begann er mit der Verteilung der Aufgaben. »Dann müssten noch die Nachbarn befragt werden, das haben wir ja gestern nicht mehr geschafft, und wir müssen uns mit Hanno Roloff über einen Sicherheitsdienst unterhalten. Wir jedenfalls können die Meierei nicht bewachen.« Das sahen die Mitarbeiter der Dienststelle genauso. »Es sollte auch jemand weiter die Aktivistengruppe im Auge behalten«, bemerkte Ansgar.

»Das mache ich!«, fuhr Dirk auf. Da war allerhöchste Diskretion gefragt, nicht auszudenken, wenn der von Ludow sich auf den Schlips getreten fühlte. Der war wahrscheinlich schon mehr als verärgert darüber, dass sein Sohn überhaupt zu dieser Gruppe gehörte, aber wenn nun auch noch die Polizei ins Spiel kam … Besser er kümmerte sich um die Gruppe persönlich.

»Müssen wir denn nicht eigentlich vorsichtshalber die Bevölkerung warnen?«

»Wie?«

»Na, vielleicht über die Presse?«

»Die bekommt noch früh genug davon Wind.«

Haie hatte Niklas bis zur Schule begleitet. Dem Kleinen ging es wesentlich besser, sodass nichts dafür sprach, ihn noch einen weiteren Tag zu Hause zu behalten. Tom hatte ohnehin heute einen Termin in Flensburg, und Haie wollte sich im Auftrag von Dirk mal ein wenig umhören. Daher hatte sowieso niemand Zeit für die Kinderbetreuung, auch wenn Niklas lieber noch daheim geblieben wäre.

Nach einigen Schwätzchen mit den alten Arbeitskollegen schwang Haie sich auf sein neongelbes Mountainbike und radelte Richtung Fahretoft. Hier draußen im Koog lag das Anwesen der von Ludows. Anders konnte man es nicht bezeichnen, denn es gab kaum einen größeren Betrieb in der Umgebung – erst recht nicht derart imposant. Die Auffahrt zum Wohngebäude war von einer kleinen Baumallee gesäumt und leider, so musste Haie feststellen, durch ein großes Eisengatter versperrt.

Er wusste allerdings eh nicht, unter welchem Vorwand er einen Besuch hätte rechtfertigen können. Mit der Familie hatte im Dorf so gut wie niemand Kontakt, nicht einmal die Kinder waren auf die örtliche Grundschule gegangen, sondern bei Beginn der Schulpflicht aufs

Internat geschickt worden. Daher kannte Haie aus seiner Zeit als Hausmeister nicht einmal einen der Sprösslinge. Was also hätte er sagen wollen, wenn er auf dem Hof aufkreuzte? Dirk hatte ihn um äußerste Diskretion gebeten. Nun gut, die sollte er haben, dachte Haie, hier konnte er eh nichts ausrichten, besser er hörte sich mal im Dorf um. Vielleicht wusste Helene etwas über die adelige Sippe zu berichten.

Er wendete sein Fahrrad und wollte sich gerade hinaufschwingen, als er einen dunklen Wagen näher kommen sah. Wie von Geisterhand schwang summend das Tor zur Einfahrt auf. Haie verharrte reglos neben seinem Drahtesel und beobachtete, wie das Fahrzeug auf ihn zukam. Es war ein großer Geländewagen, der plötzlich neben ihm stoppte. Das Seitenfenster wurde heruntergelassen, und ohne Tönung konnte er den Großgrundbesitzer nun erkennen.

»Kann ich helfen?«

Haies Mund war ganz trocken, er schüttelte den Kopf. Tausend Gedankenblitze sausten durch seine verknoteten Hirnwindungen. Das war die Gelegenheit, und er kriegte keinen Ton heraus. Schiet! Der bullige Mann im feinen Zwirn nickte würdevoll und gab Gas, ehe Haie nur den Hauch einer Chance gehabt hätte, seine Sprache wiederzufinden.

»Verdammig«, war daher das erste Wort, das über seine Lippen kam, als das Eisentor wieder zusurrte. So ein günstiger Augenblick, und er stand da wie eine Salzsäule und guckte nur dämlich aus der Wäsche. Wieso hatte er sich derart eingeschüchtert gefühlt? Der von Ludow war auch nur ein Mann, der sich nach dem Kacken den

Arsch mit Papier abwischte. Energisch stieg er aufs Rad und trat wütend in die Pedale. Wie Hein Blöd hatte er dagestan-den. Was der wohl gedacht haben mochte, ärgerte er sich den gesamten Weg bis zum Bäckerladen.

»Na, Haie!«, grüßte ihn die Frau hinter dem Tresen. »Wieder ermittlungstechnisch unterwegs?« Sie blinzelte ihm lächelnd zu.

Haies Ärger über den Vorfall im Koog war noch nicht verraucht, und er musste sich zusammenreißen, die Bäckereiverkäuferin nicht anzuraunzen.

»Nee, ich brauch Brot«, entgegnete er.

»Ach so, und ich dachte, du jagst den Mörder von Dr. Scholz.«

»Der is nicht ermordet worden«, entfuhr es ihm.

»Nicht?« Die Frau hielt inne. »Selbstmord?«

»Nee, der Roloff wird erpresst, und der Herr Doktor ist das Opfer eines Anschlags.«

»Was?« Die Frau riss die Augen auf und ließ beinahe das Brot fallen. Sofort war ihm klar, dass es ein Fehler gewesen war, doch nun konnte er das Gesagte nicht zurücknehmen. Dabei wusste er nicht einmal, ob die Erpressung überhaupt schon offiziell war.

Ansgar Rolfs straffte die Schultern und setzte ein Lächeln auf, ehe er den Klingelknopf des schmucken Einfamilienhauses neben der Meierei drückte. Im Inneren erklang ein melodischer Singsang, dann hörte er Schritte.

»Ja, bitte?« Eine junge Frau, vielleicht Mitte 20, blickte ihn fragend an. Er lächelte, während er seinen Dienstausweis ein Stück höher hielt.

»Wir haben ein paar Fragen zu der Meierei.«

»Wieso das denn?« Sie wippte von einem Fuß auf den anderen.

»Darf ich dazu vielleicht reinkommen?«

»Wenn es sein muss?« Zögernd trat sie einen Schritt zur Seite. »Aber ziehen Sie die Schuhe aus.«

Ansgar tat, wie verlangt, und war froh, am Morgen zwei farblich passende Socken erwischt zu haben. Heile waren sie zum Glück auch, aber als er über den glänzenden Terrakottaboden hinter der Frau her tapste, merkte er sofort, dass seine feuchten Füße Abdrücke auf den Fliesen hinterließen. Wie unangenehm. Er schnüffelte leicht. Nein, riechen taten seine Füße Gott sei Dank nicht.

»Sind Sie etwa erkältet?« Die Nachbarin der Meierei drehte sich flugs um und entdeckte dabei seine Schweißabdrücke. Feindselig musterte sie ihn, während er spürte, wie ihm das Blut ins Gesicht schoss. Warum musste auch immer er diese Hiwi-Jobs machen?

»Nein, nein«, beeilte er sich, ihre Frage zu beantworten.

Die gesamte Wohnung wirkte sehr steril, klinisch sauber. Ansgar traute sich nicht einmal, auf einem der Sessel Platz zu nehmen, fragte sich flüchtig, wie man so leben konnte. Wie in einem Museum. Alles sah total unbewohnt aus. Schnell schob er diese Gedanken zur Seite. »Also, ich würde gerne wissen, ob Sie in der letzen Zeit vielleicht etwas Ungewöhnliches drüben bei der Meierei beobachtet haben. Sie wohnen ja schließlich gleich nebenan, da kriegt man doch unweigerlich mit, was auf dem Gelände da drüben los ist, oder?« Er nickte zum Fenster hinüber.

»Na ja, ich bin viel beschäftigt«, entgegnete die junge Frau. Oh ja, das glaube ich. Putzt wahrscheinlich den ganzen Tag, fuhr es Ansgar durch den Kopf. Doch er lächelte freundlich.

»Es wäre wichtig, denn die Meierei, nun ja, also es muss jemand Fremder in der letzten Zeit auf dem Gelände gewesen sein und Schaden angerichtet haben.« Er atmete auf und war zufrieden über seine Formulierung.

»Schaden?«, hakte die Frau nach. »Meinen Sie etwa die Schmierereien?«

»Nein, weniger. Da ist aufgrund der Sprüche fast klar, wer das Gebäude verunstaltet hat.«

»Wirklich? Nun ja, also ich hänge nicht den ganzen Tag am Fenster, aber jetzt, wo Sie fragen. Da ist mir tatsächlich etwas aufgefallen.«

Ansgar horchte auf. »Tatsächlich? Und was?«

»Ja, also neulich nachts, es muss schon fast Mitternacht gewesen sein. Jedenfalls war es sehr dunkel, und ich habe kontrolliert, ob alle Fenster und Türen geschlossen sind, da habe ich drüben Licht gesehen.«

Rolfs runzelte die Stirn. Er nahm an, dass es in der Molkerei nie ganz dunkel war. »Licht?«, fragte er daher nach.

»Ja, da ist jemand mit einer Taschenlampe rumgeschlichen.«

»Und war das vor oder nach den Schmierereien?«

Ansgars Blick war auf die Lippen seines Gegenübers gerichtet. Das konnte ein wichtiger Hinweis in dem Fall sein. Er schluckte, während die Frau scheinbar konzentriert darüber nachdachte, wann sie den Lichtkegel einer Taschenlampe auf dem Nachbargrundstück bemerkt hatte. Sie schloss kurz die Augen, legte die Stirn in Falten, öffnete in Zeitlupe den Mund. »Ich bin mir fast sicher, dass es danach war.«

Thamsen hatte ein paar Telefonate geführt und sich bei Bastian Roloff angemeldet. Schnell erledigte er sein normales Tagesgeschäft – Mails lesen und beantworten, Berichte abzeichnen und den Dienstplan genehmigen – und machte sich dann auf den Weg. Als er die Meierei erreichte, traute er seinen Augen kaum. Vor dem Gebäude standen mehrere Journalisten. Dirk kannte die Reporter der örtlichen Zeitungen gut, und er hatte bereits am Morgen geahnt, dass es nicht mehr lange dauern würde, ehe die Presse von der Erpressung Wind bekam, aber so schnell hatte er eigentlich nicht damit gerechnet. Hoffentlich wussten sie wenigstens noch nicht über die Aktivistengruppe und den Sohn von Ludows Bescheid. Er stieg aus seinem Wagen und eilte auf die Ansammlung zu. Sofort war er in ihrem Fokus.

»Kommissar Thamsen, stimmt es, dass die Meierei erpresst wird? Ist Dr. Scholz Opfer eines Giftanschlags auf die Molkerei geworden? Ist die Bevölkerung gefährdet?«

Wie kleine Pfeile schossen sie ihre Fragen auf ihn, durchbohrten ihn mit Blicken. »Ja, ähm …« Dirk war nicht vorbereitet, und auch, wenn er wusste, dass die Verbraucher eigentlich gewarnt werden mussten, blieb er den Journalisten eine Antwort schuldig. Eilig lief er zum Eingang der Meierei und musste dabei eine Schimpftirade über sich ergehen lassen.

»Unverantwortlich!«

»Sehen Sie, was Sie angerichtet haben!«, schrie ihn Hanno Roloff an, der ihm auf der Treppe geradezu entgegenflog.

»Ich?«

»Na, wer denn sonst? Erst seit Sie ermitteln, hängen die Aasgeier hier rum.«

Thamsen schüttelte den Kopf. Seit er hier ermittelte? Aber doch nur, weil durch die Erpressung jemand gestorben war. Ansonsten hätte ja niemand davon erfahren, wenn es nach Hanno Roloff gegangen wäre, dem ein Verschweigen der prekären Lage auch jetzt noch lieber zu sein schien. Dirk ließ die Sache jedoch auf sich beruhen, die Gemüter waren ohnehin erhitzt genug. »Ich will zu Ihrem Sohn. Wir sind verabredet.«

»Zu meinem Sohn? Was wollen Sie von dem?« Der Tonfall klang nun beinahe feindselig und bestätigte Thamsen die Gerüchte um die Streitereien.

»Mit ihm reden.« Dirk ließ den Mann einfach stehen, der ihm seltsamerweise nicht folgte. Wo das Büro Bastian Roloffs war, wusste er von den Befragungen. Schnurstracks ging er auf den Raum zu, klopfte kurz und öffnete die Tür.

Bastian Roloff saß auf einem der seltsamen Sitzmöbel und telefonierte. Er deutete mit dem Kopf auf eines der anderen modernen Stücke, doch Thamsen lehnte mit einer flüchtigen Handbewegung ab und wandte sich stattdessen dem riesigen Gemälde an der gegenüberliegenden Wand zu.

»Ja, ich fand es sehr schön, musste aber leider abends noch zurück, Susanne. Du kennst das ja, Geschäfte.« Bastian Roloff schwieg, während er in den Hörer hineinlauschte. Die angesprochene Dame hatte anscheinend ein enormes Mitteilungsbedürfnis, immerhin schwieg der Sohn des Eigentümers ziemlich lang.

Thamsen konzentrierte sich auf das Bild. Wilde Striche und Gekleckse – nicht sein Geschmack, aber wahrscheinlich hatte der Junior ein Vermögen dafür ausgegeben, und vermutlich war gerade dieser Umstand schon einer der Streitpunkte zwischen Vater und Sohn, die so unterschiedlich wirkten. Unweigerlich musste er an Timo denken, der in diesem Sommer ausgezogen war, um in Kiel sein Studium zu beginnen. Jura. Dirk war mächtig stolz auf ihn.

»Ja, Susanne, wir sprechen ein anderes Mal weiter? Ich habe jetzt ein wichtiges Meeting.«

Thamsen musste schmunzeln. Das Getue des jungen Roloff unterstrich für ihn in gewisser Weise die kalte und unverbindliche Einrichtung.

»Entschuldigen Sie bitte!« Bastian Roloff stand auf und strahlte ihn geradezu an. Thamsen konnte die Geste kaum deuten. Dem musste doch klar sein, dass es keinen freudigen Anlass für Thamsens Besuch gab. »Wie kann ich Ihnen denn helfen?«, fragte er weiter freundlich lächelnd, während Thamsen nun doch versuchte, auf dem unbequemen Sitzmöbel eine halbwegs komfortable Position einzunehmen.

»Es geht um die Erpressung. Sie haben ja davon gewusst, oder?«

»Schon.« Der Mann verzog keine Miene. Nur dieses Lächeln. Schwer zu erkennen, was in ihm vorgeht, dachte Thamsen. »Ich bin der Meinung, Sie sollten sich diese Aktivisten noch einmal genauer ansehen. Bestimmt haben die etwas damit zu tun. Erst gestern bin ich von denen wieder belästigt worden.«

»Belästigt?«

»Ja, mich haben zwei Mädels von denen am Bahnhof angemacht.«

Dirk runzelte unweigerlich die Stirn. Angemacht? Hatte der Jungunternehmer da vielleicht etwas falsch verstanden?

»Und können Sie sich noch jemanden vorstellen, der Ihnen schaden will?«

»Nein.«

Diese Antwort erschien Dirk fast zu schnell. »Keine Konkurrenz?«

»Nein«, schüttelte Roloff seinen blonden Lockenkopf. »Wir sitzen ja quasi alle in einem Boot.«

»Wie meinen Sie das?«

»Na ja, im Molkereigewerbe laufen die Geschäfte momentan generell nicht gerade berauschend. Die Milchbauern wollen mal wieder mehr Geld pro Liter, aber das können wir und auch andere Unternehmen bei den aktuellen Verbraucherpreisen einfach nicht leisten. Den Landwirten ist gar nicht klar, dass wir aus dem europäischen Ausland mit billiger Milch überschüttet werden. Wie sollen wir da mithalten? Im Gegensatz zu den ganz großen internationalen Konzernen sind wir doch nur eine kleine Klitsche.«

»Aber wenn den Bauern das nicht bewusst ist, könnte von denen einer etwas mit den Erpressungen zu tun haben? Immerhin verlangen die Täter Geld, und das nicht zu knapp.«

Bastian Roloff schnalzte laut mit der Zunge. »Jetzt, wo

Sie es sagen, fällt es mir auf. Ja«, er nickte betont, »doch, da könnte was dran sein.«

Als Thamsen wenig später auf die Dienststelle zurück-kam, saß Ansgar vor seinem PC und tippte den Bericht der Befragungen. »Wir haben eine Spur, aber außer der einen Anwohnerin hat keiner der anderen Nachbarn etwas gesehen. Und sie selbst eigentlich auch nichts, außer einer Gestalt mit Taschenlampe.«

»Also doch keine Spur?«

»Na ja, ich habe die Dame trotzdem morgen mal her-bestellt, da kommt der Kollege aus Kiel und fertigt ein Phantombild an.«

»Aber ich denke, die hat nichts gesehen?« Thamsen zog die Augenbrauen in die Höhe. Er konnte sich nicht vorstellen, dass die Nachbarin eine hilfreiche Beschrei-bung liefern konnte, geschweige denn ein anständiges Phantombild, wenn sie in düsterer Nacht eine Person mit einer Taschenlampe gesehen hatte. Schon zu oft hatte er erlebt, dass Leute es anscheinend toll fanden, Hinweise zu liefern, die eigentlich gar keine waren. Wichtigtuer waren das in seinen Augen, die ihre Arbeit mehr behinderten, als ihnen mit konkreten Aussagen zu helfen. Aber gut, sie hatten ja sonst kaum etwas, außer der Liste der koope-rierenden Milchbauern, die Bastian Roloff ihm gegeben hatte. Thamsen wedelte Ansgar damit zu.

»Die klappern wir morgen mal ab und fragen nach deren Alibis.«

»Alle?«

»So viele sind es nicht. Dachte auch, dass es weitaus mehr Milchbauern in der Region gibt, aber die Landwirtschaft scheint in der Umgebung auf dem absteigenden Ast zu sein.«

Ansgar überflog die Liste. »Der von Ludow ist auch dabei.«

»Ja, aber bei dem müssen wir diskret vorgehen. Allerdings häuft sich der Name langsam im Zusammenhang mit der Erpressung. Kann mir zwar nicht vorstellen, dass der Typ sich selbst die Finger schmutzig macht, aber man weiß ja nie. Vielleicht hat auch der aufgrund der sinkenden Milchpreise finanzielle Probleme? So ein Lebensstil will schließlich aufrechterhalten werden.«

»So, und hier musst du den Deich noch ein wenig flacher zeichnen.« Haie saß mit Niklas am Küchentisch und half ihm bei den Hausarbeiten. Heimat- und Sachkunde, Thema war der Küstenschutz in Nordfriesland. »Weißt du denn auch, wer ein bekannter Deichbauer war?«

»Hauke Haien«, antwortete Niklas wie selbstverständlich, während er nach dem grünen Buntstift griff. Haie musste schmunzeln. Der Junge war mit dem »Schimmelreiter« groß geworden, ebenso wie mit anderen Figuren aus der traditionellen nordischen Literatur, die Haie so sehr mochte. Und auch Niklas' verstorbene Mutter hatte die Sagen und Märchen aus ihrer Heimat geliebt. Nicht zuletzt deshalb versuchte Haie, seine Begeisterung für diese Art der Erzählungen an den Jungen weiterzugeben.

»Das könnte man fast meinen, aber du weißt ja, dass das nur eine Geschichte von Storm ist.«

»Aber der Hauke Haien hat doch mal gelebt, ganz früher, oder?«

Haie strich behutsam über den blonden Schopf. »Das könnte man annehmen, aber das ist nicht so. Theodor Storm hat die Figur erfunden, obwohl der bestimmt Leute aus der Gegend als Vorbild genommen hat.«

»Wen denn?«

»Mommsen und Desmercières.« Tom stand plötzlich in der Tür. Er kannte sich mit dem Schimmelreiter und dessen Grundlagen bestens aus. Marlene hatte über die Storm'sche Novelle promoviert, und er hatte die Arbeit ein Dutzend Mal gelesen.

»Papa!« Niklas freute sich, den Vater zu sehen, und war froh über die Ablenkung. Tom hingegen schmerzte in diesem Moment die kindliche Nähe. Noch immer hatte er den Tod seiner Frau nicht verwunden, und in Augenblicken wie diesem, wenn ihn der Junge aus seinen tiefblauen Augen anstrahlte, wurde ihm das schmerzlich bewusst.

»Erst die Schularbeiten fertig machen!« Er wandte sich um und ging in sein Büro.

Haie folgte ihm kurz darauf. »Alles klar?«

Tom nickte. Und wechselte schnell das Thema. »Irgendetwas Neues?«

»Nicht wirklich«, verschwieg Haie seine stumme Begegnung mit dem Besitzer aus dem Koog, »aber ich bin dran.«

12. KAPITEL

Am nächsten Morgen wachte Thamsen von einem seltsamen Geräusch auf. Er brauchte einige Zeit, um sich zu orientieren, dann langte seine Hand hinüber auf Dörtes Bettseite. Leer. Dirk setzte sich auf und lauschte in die Dunkelheit. Die Leuchtziffern auf dem Wecker zeigten 05.21 Uhr. Also noch über eine halbe Stunde, ehe er aufstehen musste. Doch wo war Dörte? Er schwang die Beine aus dem Bett und fühlte den kalten Laminatboden unter seinen Füßen. Eilig tapste er in den Flur und horchte. Im Badezimmer wurde die Klospülung betätigt, kurz darauf öffnete sich die Tür, und Dörte stand im Pyjama im schmalen Lichtschein der Badbeleuchtung.

»Alles in Ordnung?«

Sie nickte. »Habe mir, glaube ich, den Magen verdorben.«

Magen verdorben? Womit?, fragte sich Dirk, denn gestern beim Abendbrot hatte Dörte kaum etwas gegessen. Er ließ die Sache allerdings lieber auf sich beruhen. »Komm schnell ins Bett, es ist kalt.«

Er wollte den Arm um sie legen, doch sie duckte sich weg. »Ich muss noch etwas trinken.«

»Ich bringe dir was.«

»Nein, ich …« Plötzlich brach Dörte in Tränen aus, und zeitgleich schnürte Dirk ein unsichtbarer Strick den Hals zu. Er bekam kaum Luft, starrte nur auf die schluchzende Freundin. Ging es wieder los? Hatte Dörte einen Rückschlag, verfiel sie wieder in Depressionen? Er zitterte plötzlich.

Doch so unvermittelt, wie die Tränen ausgebrochen waren, verschwanden sie, und Dörte stiefelte wortlos ins Bett. Thamsen hingegen konnte nun erst recht nicht mehr schlafen. Er knipste das Licht in der Küche über der Arbeitsfläche an und kochte Kaffee. Während die Maschine vor sich hin gluckerte, holte er die Zeitung, die er am Küchentisch flüchtig durchblätterte. Auf die Bilder und Artikel konnte er sich jedoch nicht konzentrieren. Die Frage, was mit Dörte los war, und die Angst, die schreckliche Zeit könne von Neuem beginnen, ließ ihn kaum einen klaren Gedanken fassen. Noch einmal würde er das nicht durchstehen. Er liebte sie – ja wirklich –, aber die psychische Belastung war hoch, sehr hoch.

Raschelnd blätterte er im Nordfriesland Tageblatt herum, da sprang ihm sein eigenes Bild entgegen und riss ihn aus seiner Sorge. Das Foto zeigte ihn bei seinem gestrigen Besuch in der Molkerei, darüber der Titel *Aus der Küstentraum – Polizei ermittelt in dem Fall des vergifteten Joghurts der Meierei Roloff*. Schnell überflog Thamsen die Zeilen, in denen der Journalist die Bevölkerung vor jeglichen Milchprodukten warnte. Oje, schoss es ihm durch den Kopf, doch letztendlich konnte er dagegen nicht angehen. Vielleicht war es sogar richtig, dass man die Leute darüber informierte, auch wenn es für Roloff den Ruin bedeuten konnte. Was aber, wenn Dörte zum Beispiel einen vergifteten Joghurt gegessen hatte und deswegen … Er sprang auf und riss die Kühlschranktür auf. Neben Milch und einem Päckchen

Quark befanden sich drei Joghurtbecher in dem Kühlregal. Er warf alles in den Müll und eilte anschließend ins Schlafzimmer.

»Hast du gestern einen Joghurt oder etwas anderes aus der Niebüller Molkerei gegessen?«

Dörte blickte ihn schlaftrunken an. »Nee«, entgegnete sie mit belegter Stimme.

»Und Lotta oder Anne?«

»Keine Ahnung.«

Er flitzte ins Kinderzimmer, doch Lotta schlief seelenruhig, atmete regelmäßig. Bei Anne stürmte er nicht einfach ins Zimmer. Sie hatten in der letzten Zeit öfter Stress gehabt, da seine ältere Tochter aus erster Ehe bereits durch Lotta ihre Privatsphäre gestört empfand. Daher klopfte er zunächst, doch als er keine Antwort erhielt, öffnete er leise die Tür. Das Bild war jedoch dasselbe wie zuvor bei Lotta. Thamsen seufzte erleichtert und zog die Tür vorsichtig wieder zu. Gott sei Dank!

Wie Thamsen mochte es an diesem Morgen vielen Leuten in der Umgebung ergangen sein. Als Bastian Roloff seinen Sportwagen auf den Firmenhof lenkte, sah er eine Menschentraube vor dem Eingang der Molkerei. Etliche hatten Milchtüten und Joghurtbecher dabei, die sie demonstrativ in der Luft hin und her schwenkten.

»Wir wollen Antworten!«, schrien sie ihm entgegen, als sie ihn erkannten.

»Mist!« Er schlug mit den Händen aufs Lenkrad. Das Ganze war wie ein böser Albtraum, und wenn er nicht bald aufwachte, war die Firma pleite, und er konnte sich den Verkauf abschminken. Bastian Roloff holte tief Luft, straffte die Schultern und stieg aus. Sofort stürmten die Leute auf ihn zu. Er hob die Arme und versuchte, zum Gebäude zu gelangen. »Wenn noch einer stirbt, ist das Ihre Schuld! Wir wollen Sicherheit!«

Die Leute waren geradezu in Panik. Wilde Blicke, erhobene Fäuste – die Wut der Menschen war beinahe körperlich zu spüren. Ohne ein Wort verschwand er in der Molkerei. Puh, so ging es nicht weiter. Energisch stiefelte er in das Büro seines Vaters, der dort mit dem Firmenanwalt zusammensaß.

Bastian platzte mitten in das Gespräch. »Was gedenkst du, gegen diese Panikmacher zu tun?«

»Was fällt dir ein?« Hanno Roloff blitzte seinen Sohn wütend an. Ihm war Bastians Benehmen höchst unangenehm vor dem Advokaten.

»Wir sind gerade dabei, eine Stellungnahme zu schreiben.«

»Das reicht nicht. Warum zahlst du dem Erpresser nicht das Geld?«

»Bist du verrückt?«

Bastian schüttelte den Kopf. »Einen Versuch ist es doch wert, oder glaubst du etwa, die Polizei bekommt das in den Griff?«

Hanno Roloff kniff seine Augen zusammen. »Wieso nicht? Vielleicht wenn ich ihr stecke, dass du etwas damit zu tun haben könntest?«

»Ich? Bist du jetzt völlig übergeschnappt?« Er schaute auf den Anwalt. »Ist er komplett irre geworden?«

»Nein, das bin ich ganz und gar nicht. Wer kann denn hier nicht mit Geld umgehen? Vielleicht bist du mal wieder pleite, hast Schulden?«

»Und ruiniere die Hand, die mich füttert? Für wie blöd hältst du mich?«

»Nicht für blöd, nur für gierig. Vielleicht glaubst du, dass ich in dieser schweren Zeit aufgebe und dir die Firma überlasse.«

»Die bald nichts mehr wert ist, wenn wir nicht handeln.«

Der Anwalt stand auf und räusperte sich. »Das sehe ich ähnlich. Vielleicht wäre es doch gut, wenn wir die Stellungnahme …«

»Papperlapapp, noch haben wir genügend Reserven«, entgegnete Bastian Roloff resolut.

»Ich bin mir nicht so sicher, wenn ich die Unterlagen …«, bemerkte der Anwalt zögerlich. »Dennoch denke ich, wäre die Zahlung der geforderten Summe irgendwie möglich. Immerhin besteht die Möglichkeit, die Erpresser bei der Geldübergabe zu fassen, oder?«

Hanno Roloff schnaubte laut, öffnete den Mund, schloss ihn wieder. Stöhnend ließ er sich in den Sessel fallen und fühlte sich plötzlich todmüde. Sein Lebenswerk ging gerade den Bach hinunter, und alles schien ihm aus den Händen zu gleiten. Was sollte er nur tun? Dabei hatte er geglaubt, alles richtig in seinem Leben gemacht zu haben. Jedenfalls fast alles, aber nun musste er erkennen, dass dem nicht so war. Und sein überheblicher Irrglaube hatte bereits einem Menschen das Leben gekostet.

Natürlich hatte sich der Erpressungsfall bis nach Risum rumgesprochen, und das nicht nur aufgrund des Zeitungsartikels. Als Haie am Morgen zur Bank radelte, um einige Rechnungen zu bezahlen, sprach man in der kleinen Filiale von nichts anderem.

»Da kann man ja gar keine Milchprodukte mehr kaufen. Was sollen wir denn nun bloß essen?« Unweigerlich musste Haie an Helene und ihre Paletten denken. Der Erpressungsfall würde die Panik unter den Leuten, wie man jetzt bereits sah, noch einmal verschärfen. Das hatten die Zeitungsleute ja gut hingekriegt. Obwohl, auf der anderen Seite musste die Bevölkerung informiert werden. Schmaler Grat.

Er ging an den Schalter und legte die Rechnungsformulare auf den Tresen. Die junge Frau in dunklem Kostüm und mit randloser Brille blickte ihn an.

»Bitte?«

»Ich wollte diese Rechnungen bezahlen.«

Die Angestellte nickte. »Und wo haben Sie die Überweisungsformulare?«

Haie runzelte die Stirn. »Die füllt doch Frau Johannsen immer aus.«

»So?« Sein Gegenüber musterte ihn über den Rand der Brille hinweg. »Frau Johannsen ist aber heute leider nicht da, und wenn ich Ihnen die Belege ausfülle, dann kostet das eine extra Gebühr.«

»Extra Gebühr?«, wunderte er sich. »Aber sonst zahle ich doch auch nichts.«

»Das mag sein.« Das Lächeln auf dem Gesicht der jungen Frau erlosch. Haie kannte die Bankangestellte nur äußerst flüchtig. Sonst arbeitete sie in der Hauptfiliale in Niebüll, soweit er wusste. Anscheinend half sie heute hier im Dorf aus – hoffentlich. »Sie können natürlich auch die Daten direkt am Automaten eingeben.«

»Automaten?« Er drehte sich zu der Geldmaschine um.

»Haben Sie Ihre Karte dabei?«

Als Haie nickte, stöckelte die Frau um den Tresen herum und nahm seine Rechnungen mit. »Dann zeige ich Ihnen das einmal.«

Ehe er es sich versah, stand er mit der Bankangestellten vor dem Automaten, und sie steckte seine Karte in den dafür vorgesehenen Schlitz.

»So, schauen Sie hier.« Sie tippte mit den lackierten Nägeln auf dem Gerät herum, dass es nur so klackte. Haie hatte nicht nur Mühe mit der Geschwindigkeit ihrer Demonstration. Er hatte keine Brille dabei und konnte daher nur wenig erkennen.

»So«, sagte sie nach einer Weile, »nun brauchen Sie nur noch Ihre Geheimnummer einzugeben.«

»Geheimnummer?« Haie blickte wie ein begossener Pudel drein. »Aber die weiß ich nicht.«

Noch ehe er den Satz zu Ende gesprochen hatte, spürte er ihren Zorn. Sie straffte die Schultern, und ihre Augen begannen zu funkeln. »Wieso haben Sie das denn nicht gleich gesagt?«, zischte sie ihn wie eine Schlange an.

»Sie haben nicht gefragt.«

Energisch klackte sie wieder auf den Automaten ein, der kurz darauf die Karte ausspuckte. »Hier.« Sie drückte ihm ein paar Überweisungsträger in die Hand. »Füllen Sie die aus.« Schon trippelte sie davon.

Haie blickte ratlos auf die orangefarbenen Formulare. »Wann ist denn Frau Johannsen wieder da?«, rief er zum Schalter hinüber. Doch die Bankmitarbeiterin tat, als höre sie ihn nicht.

»Schall ick di eben hölpen?« Neben ihm stand plötzlich Elke, seine Exfrau. Er hatte gar nicht bemerkt, wie sie die Filiale betreten hatte. Während ihrer Ehe hatte sie sich stets um die Bankangelegenheiten gekümmert. Nun war es ihm jedoch unangenehm, sich von ihr helfen zu lassen, denn in der Regel mied er jeden Kontakt, obwohl sie kein schlechtes Verhältnis hatten. Aber momentan blieb ihm scheinbar nichts anderes übrig, wenn er die Rechnungen heute bezahlen wollte.

»Wenn du Tied hast?«

Sie nahm ihm die Papiere ab und ging hinüber an das kleine Schreibpult. Er stellte sich neben sie. »Hast du auch Rechnungen zu zahlen?«

»Nee, ich wollte gucken, ob mein Lohn gekommen ist.«

»Lohn?« Er zahlte zwar keinen Unterhalt, aber bisher hatte Elke, soweit er wusste, stets unter der Hand als Reinemache- oder Kinderfrau gearbeitet. Es wunderte ihn, dass sie nun anscheinend einen festen Job hatte.

»Jo, ich arbeite beim Hotel in Niebüll. Halbe Stelle, aber immerhin.«

»Ach so!«

»Na ja, ich muss sehen, wie ich über die Runden komme. Rente krieg ich ja noch nicht, und die wird eh nicht hoch sein.«

Haie blickte unweigerlich zu Boden. Er konnte nicht anders, dabei war es Elke gewesen, die ihre Beziehung durch ihre Lügen kaputt gemacht hatte. Nicht er. Er hatte sie geliebt und würde es noch heute tun, wenn nicht …

»Ihr zahlt über 100 Euro für einen Schinken? Der ist ja selbst bei Helene billiger.« Sie hielt beim Ausfüllen des Formulars inne.

»Hat Tom bestellt. Im Internet.«

»Internet. Tsts.« Elke trug weiter die Daten in das Formular ein. »Ich finde es wichtiger, den Handel vor Ort zu unterstützen. Helene hat es eh schon schwer. Die kann dichtmachen, wenn nicht mal wir im Dorf zu ihr halten. Und nun, wo noch dieser Lebensmittelskandal hinzukommt. Das muss die arme Frau auch mit ausbaden.«

Haie bezweifelte, dass Helene arm dran war. Soweit er wusste, scheffelte sie eigentlich gut Geld. Die Preise in ihrem Laden waren nicht gerade das, was man billig nennen konnte, und doch hatte sie sich bisher gut gegen die Discounter in der Nähe durchgesetzt, da sie eben ein ganz anderes Sortiment führte. Nur keinen Schinken aus Parma am Stück. »Na ja, die kleine Krise wird sie wohl verkraften.«

»*Kleine Krise*? Das müsstest du doch eigentlich besser wissen, oder hat dein Freund, der Kommissar, schon eine Spur von den Erpressern?«

Die Hinweise in dem Fall waren in der Tat mehr als mau. Ansgars Zeugin hatte zwar ein Phantombild erstellt, aber damit konnten sie unmöglich an die Öffentlichkeit gehen, denn die Gestalt sah derart beliebig aus, das würde lediglich zu Tausenden Anrufen führen, die sie nicht einen Deut weiterbrachten. Nur eines hatte die Aktion gebracht. Die Beschreibung der Person, welche die Zeugin ihnen geliefert hatte, passte durchaus auch auf eine Frau, was den Täterkreis leider erweiterte, anstatt ihn einzugrenzen. Thamsen seufzte. Keine nennenswerten Spuren, dafür einen Toten und Panik in der Bevölkerung. Prost Mahlzeit.

Er stand auf und holte sich aus der Gemeinschaftsküche einen weiteren Kaffee. Ansgar Rolfs stand am Kühlschrank und drehte einen Joghurtbecher in den Händen. »Vielleicht haben die Aktivisten recht, und zu viele tierische Produkte sind gar nicht gesund«, bemerkte er, als er den Becher zurückstellte.

»Aber der Mensch braucht doch tierisches Eiweiß, Vitamin B12 und so. Oder willst du für alles Pillen schlucken? Außerdem geht es denen weniger um die Ernährung, sondern vielmehr um die Ausbeutung der Tiere.«

»Ja, aber wie kann dann jemand, der derart tierlieb ist, einen Menschen umbringen? Das passt doch nicht zusammen.«

»Na, vielleicht haben sie gedacht, Roloff zahlt, und sie können das Ganze noch stoppen. Schließlich hat Roloff die Produktion ja vernichtet. Wenn Dr. Scholz nicht schon vorher unter der Hand einen Becher abgegriffen hätte, dann wäre gar nichts passiert.«

»Ja, aber die Gefahr bestand so oder so – und wenn man so auf das Recht der Tiere pocht, kann ich mir einfach nicht vorstellen, dass man dann den Tod eines Menschen in Kauf nimmt.«

»Vielleicht war gar nicht die gesamte Charge vergiftet, sondern nur dieser eine Becher?«

»Aber auch dann bestand das Risiko, dass jemand den vergifteten Joghurt isst. Nee,« schüttelte Ansgar den Kopf, »irgendwie traue ich denen nicht zu, eine derartige Drohung in die Tat umgesetzt und dabei einen Menschen umgebracht zu haben.«

So ganz unrecht hatte Ansgar nicht, fand Dirk. »Wer, glaubst du, käme sonst infrage?«

Er goss sich aus der Kanne Kaffee in den Becher.

»Na, vielleicht der Sohn?«

»Bastian Roloff? Glaubst du wirklich, der ruiniert seine eigene Firma?«

»Na ja, vielleicht hat auch er gedacht, er könne das rechtzeitig stoppen. Oder aber er hofft, sein Vater streicht in dieser schwierigen Zeit die Segel und überschreibt ihm die Firma.«

»Schätzt du Hanno Roloff so ein?« Dirk pustete in die schwarze Flüssigkeit. »Das ist doch eher einer vom alten Schlag.«

»Hm, vielleicht braucht der Junior dringend Geld? Hast du mal gesehen, was der für einen Wagen fährt und wie der sich kleidet? Nur vom Feinsten. Kann mir aber nicht vorstellen, dass sein Vater ihm ein sehr großzügiges Gehalt zahlt. Der wirkt eher sehr, na, nennen wir es mal kostenbewusst.« Ansgar grinste schief.

»Das stimmt schon. Aber bringt uns das nun weiter?«

»Nicht wirklich.«

»Also, was schlägst du vor?«

»Ich gehe noch einmal der Sache mit dem Gift auf den Grund. Die Spusi hat mir gemailt, um welche Zusammensetzung es sich handelt. Das bekommt man entweder so in der Apotheke oder muss es selber mischen. Da forsche ich mal nach.«

»Gut«, stimmte Thamsen zu. Wenigstens etwas. Und er? Was konnte er tun? »Ich werde mir die anderen Aktivisten noch mal vorknöpfen. Und vielleicht auch deren Eltern befragen. Immerhin haben wir durch deine Zeugin eine mögliche Tatzeit für den Anschlag. Da sollten Verdächtige besser ein Alibi haben.«

Auf dem Rückweg von der Bank radelte Haie am Spar-Markt vorbei. Irgendwie hatte Elke ihm ein schlechtes Gewissen gemacht, obwohl er sich eigentlich diesbezüglich nichts vorwerfen konnte. Er kaufte oft und viel im Laden an der Dorfstraße ein. Schließlich fand auch er es wichtig, dass der Ort nicht ausstarb, und unterstützte gerne. Zu viele kleine Betriebe und Läden hatten in den letzten Jahren bereits aufgeben müssen. Schade, denn mit jedem Betrieb starb auch ein Teil von Haies Kindheit – jedenfalls empfand er es so. Und in Niebüll war es auch nicht viel anders. Die großen Ketten setzten sich durch, und der kleine Krämer musste schauen, wo er blieb. Er fragte sich, wie lange die Meierei durchhalten konnte mit diesen Schwierigkeiten. Die Leute vergaßen hier nur sehr langsam. Solch ein Skandal zog sich hin – zumal der Täter noch nicht gefasst war.

Das Ausmaß jedenfalls sah Haie auch im Spar-Markt. Die Regale mit Milch, Joghurt und Quark waren zum Bersten gefüllt, während Sojaprodukte, die der Laden allerdings erst seit Kurzem und auch nur in kleiner Menge anbot, ausverkauft waren. Ebenso wie Eier und Fleisch.

»Jo, die Leute haben regelrecht Panik«, erklärte Helene. »Tierprodukte ja, aber nicht aus der Meierei in Niebüll. Einige Kunden haben bereits angekündigt, ihre Sachen erst einmal in Dänemark zu kaufen«, seufzte die Kaufmannsfrau. »Dann kommen die gar nicht mehr.« Ohnehin sei der Umsatz zurückgegangen. Und nun auch noch das. Was hatten sich die Erpresser bloß dabei gedacht?

»Na, entweder ist es genau das, was sie wollten, oder sie haben darüber gar nicht nachgedacht«, bemerkte Haie und überlegte, was er ohne Eier und Fleisch heute kochen sollte.

»Ich könnt mir auch vorstellen, dass der Junior dahintersteckt«, mutmaßte Helene.

»Wie kommst du darauf?« Haie ließ ein Paket Nudeln, die er als Alternative ins Auge gefasst hatte, in seinen Einkaufskorb wandern. »Der ruiniert doch nicht die Firma, die er erben will.«

Helene stemmte die Hände in die Hüften. »Weißt du denn, ob es in dem Streit der beiden nur um die Firma geht? Vielleicht steckt da ganz etwas anderes hinter?«

Haie wiegte den Kopf hin und her. Nicht unmöglich, aber wenig realistisch. Obwohl, in diesem Fall mussten sie wahrscheinlich in alle Richtungen ermitteln. Schließlich hatten sie nichts – besser gesagt, die Polizei hatte nichts, und schon oftmals hatte er feststellen müssen, dass nichts unmöglich war und man stets mit dem Schlimmsten rechnen musste. Marlenes Tod war nur ein Beispiel aus der jüngeren Vergangenheit.

»Aber worum sollte es dann in dem Streit gehen?«

»Was weiß ich?« Helene zuckte scheinbar ratlos mit den Schultern. »Vielleicht wirft der Sohn dem Vater immer noch den Tod der Mutter vor.«

»Aber ist die nicht an Krebs gestorben?«

»Weiß man's?«

Nein, dachte Haie, das wusste man in der Tat nicht genau. Die Umstände des Todes von Evelyn Roloff waren seltsam, und man erzählte sich tatsächlich allerlei darüber. Offiziell hatte es geheißen, der Krebs habe sie dahingerafft, aber stimmte das wirklich? Schließlich hatte man die Leiche in der Niebüller Badewehle gefunden, und alles hatte darauf hingedeutet, dass die Frau sich selbst ins Jenseits befördert hatte. Das war etliche Jahre her. Bastian musste noch relativ klein gewesen sein, aber vielleicht verfolgte ihn dieses Ereignis immer noch?

Thamsen fuhr gerade auf den alten Hof im Gotteskoog und hoffte, dass der arrogante Sohn von Ludows nicht da war, als sein Handy klingelte. Es war Haie, der ihm seine neuesten Überlegungen mitteilte.

»Hm, möglich«, brummte er in den Hörer, während er zu dem Eingang des Resthofes schaute, wo gerade die Tür geöffnet und mehrere Jugendliche mit einem Plakat in den Händen ins Freie traten. *Kein Leiden, kein Sterben für euren Fraß,* stand darauf in großen roten Lettern.

»Ich melde mich später noch einmal«, beendete er das Telefonat, als er sah, dass die Gruppe ihn entdeckt hatte. Feindlich beobachteten sie, wie er aus dem Wagen stieg und auf sie zukam.

»Moin!« Die Jugendlichen blieben stumm. Thamsen musterte einen nach dem anderen. Jung waren sie, beinahe noch Kinder, doch von Anne wusste er, was für Haare auf den Zähnen sie haben konnten. Daher verwarf er seine autoritäre Taktik. Damit kam er hier ganz bestimmt nicht weiter.

»Oh, plant ihr eine Demo?«, fragte er interessiert und wies auf das Banner, doch die Gesichter blieben verschlossen. Unter Garantie ahnten sie, weshalb er gekommen war, und durchschauten sein Spiel. Allerdings war Dirk nicht ungeübt.

»Ich finde es gut, dass ihr euch einsetzt.« Hier und da hob sich eine Augenbraue. »Das ist wichtig.«

»Was wollen Sie?« Endlich schien einer der Teenager

seine Sprache wiedergefunden zu haben. Die junge Frau sah ein wenig verwahrlost aus, aber wahrscheinlich war das gewollt. Thamsen erinnerte sich an seine Jugendzeit, in der es auch einige Mitschüler gegeben hatte, die ein wenig ökomäßig drauf waren. Er selbst hatte sich in Wollsocken und Birkenstocks nie sonderlich wohlgefühlt – obwohl, das durften die Mitglieder der Veganergruppe streng genommen gar nicht tragen, oder?

»Ich müsste mit euch mal über die Molkerei reden.«

»Wieso?« Kleine Blitze trafen ihn.

»Ihr habt da ja neulich eine Schmiererei veranstaltet.«

»Sagt wer?«

»Der Inhaber.«

Ein hagerer Junge schnaubte abfällig. »Ach so, und wieso hat er uns nicht angezeigt?«

Das war eine gute Frage, auf die Thamsen keine adäquate Antwort hatte. Jedenfalls keine, die ihn in diesem Gespräch weiterbringen würde.

»Auf jeden Fall wird die Meierei erpresst, und wir müssen alle Alibis überprüfen«, legte er nun doch den Grund seines Kommens unverblümt offen.

»Von allen Einwohnern in der Umgebung?«

»Nur solchen, die verdächtig sind.«

»Und wir sind verdächtig, oder was?«

»Immerhin greift ihr das Unternehmen massiv an.«

»Ja, aber wir bringen keine Leute um«, meldete sich nun ein anderes Mädel zu Wort.

»Vielleicht habt ihr das ja auch nicht vorgehabt.«

»Sondern?«

»Der Tod des Arztes war ein Versehen?«

Ansgar Rolfs seufzte und legte das Phantombild zur Seite. Die Aktion hatte wirklich nichts gebracht. Die reinste Pleite – auf der ganzen Linie. Diese Person auf dem Bild konnte wirklich beinahe jeder sein, der etwa 1,70 groß und schlank war. Es waren ja quasi nur Umrisse, die die Frau erkannt hatte, aber dennoch war er sich sicher, den Täter vor sich zu haben. Schließlich passte die Zeit der Zeugenaussage zum Tatzeitpunkt. Jedenfalls hatte sich tags darauf der Arzt den Joghurt geholt und war kurz danach tot. Den Rest der Ware konnten sie ja leider nicht mehr untersuchen, da Roloff die Produktion vernichtet hatte. Und nach dem Stopp war die Anlage auch gereinigt worden, Fingerabdrücke fanden sich keine mehr. Vermutlich hatte der Täter sowieso Handschuhe getragen.

Stöhnend nahm er sich die Giftanalyse vor. Im Prinzip war es nicht so einfach, einen Giftanschlag zu verüben, denn als Normalsterblicher kam man nicht so leicht an irgendwelche giftigen Substanzen. Schon gar nicht an Zyankali, oder? Er nahm den Hörer zur Hand und wählte die Nummer einer ortsansässigen Apotheke.

»Nein, Zyankali kaufen ist in Deutschland tatsächlich längst nicht so schwer, wie man es bei der Gefahr, die von dem Gift ausgeht, vermuten sollte«, beantwortete der Apotheker überraschend seine Frage. »In Deutschland sind Zyankalikapseln frei verkäuflich, dennoch kann längst nicht jede Person sie bekommen. Nur die Menschen, die eine abgeschlossene Giftausbildung vorweisen können und damit im Besitz eines Giftscheins sind – also ich zum Beispiel –, können Zyankali erwerben.«

»Und wo?«

»In allen Apotheken, solange man die eben genannte Ausbildung nachweisen kann.«

»Hm«, entgegnete Ansgar. »Und haben Sie in der letzten Zeit welches verkauft?«

»Nein, und bevor Sie fragen, zu den Schränken habe nur ich persönlich Zugang.« Das war so etwas von klar, dachte Rolfs. Welcher Apotheker würde auch schon irgendwelche Ungereimtheiten in seinem Betrieb zugeben? So kam er nicht weiter.

»Und kann man sich solch ein Gift mit etwas Ahnung selbst zusammenmixen?«

Am anderen Ende des Hörers herrschte Schweigen. Entweder der Mann überlegte ernsthaft oder suchte den Haken an seiner vermeintlichen Fangfrage.

»Vielleicht«, erklang wenig später die unverfängliche Antwort, woraufhin Ansgar zunächst unweigerlich seufzte, sich dann bei dem Apotheker für die Auskünfte bedankte und anschließend auflegte. Warum waren die Leute in der Gegend bloß so misstrauisch? Oder hatten die generell etwas zu verbergen? Beinahe immer begegneten die Leute ihm als Polizisten mit Argwohn. Als wenn er nur auf der Suche sei, ihnen etwas anzuhängen und sie einzubuchten. Dabei liebte er seinen Job eigentlich, aber diese Haltung ihm gegenüber machte ihm echt zu schaffen.

Er nahm erneut den Hörer in die Hand und wählte die Nummer der Kollegen in Kiel. Vielleicht brachten ihn ihre Fachkenntnisse weiter. »Sagt mal, ihr kennt euch doch mit giftigen Substanzen sehr gut aus. Wo könnte denn der Täter das Zyankali hergehabt haben?«

»Schwer zu sagen. Vielleicht gestohlen? Angeblich gibt es sogar noch alte Nazibestände.«

»Wo?«

»Woher soll ich das wissen. Aber als Apotheker oder Chemiker kannst du das Zeug auch selbst herstellen.«

»Also doch«, triumphierte Rolfs.

»Klar«, entgegnete der Kieler ein wenig irritiert. »Schwierig, aber nicht unmöglich. An eurer Stelle würde ich mal die Apotheker und Chemiker in der Umgebung genauer unter die Lupe nehmen. Vielleicht werdet ihr da fündig.«

Noch immer standen die Jugendlichen ihm frontal gegenüber. Die Situation hatte sich nicht entspannt. Ganz im Gegenteil. Durch Thamsens Anschuldigungen hatte sich die Lage verschärft. Er konnte den Hass und die Wut der jungen Leute vor ihm beinahe körperlich spüren. Nicht zuletzt dadurch gewann Thamsen immer mehr den Eindruck, die Gruppe könnte etwas mit der Erpressung und dem Tod von Dr. Scholz zu tun haben. Auf jeden Fall versuchten sie, etwas zu verbergen, verriet ihm sein Bauchgefühl. Am liebsten hätte er alle auf die Dienststelle bestellt und die Fingerabdrücke abgenommen. Dann hätten sie womöglich schnell den Verfasser der Erpresserschreiben ausfindig gemacht. Aber ohne irgendeinen Beweis, geschweige denn einen Hinweis würde er hierfür keine Rückendeckung von oben bekommen. Das würde nur Ärger einbringen, zumal die meisten aus der Gruppe noch nicht einmal volljährig waren. Er holte Luft, um zu einer weiteren Frage anzusetzen, da klingelte sein Handy. Eilig fingerte er es aus der Innentasche seiner Jacke.

»Ja, hier Roloff. Sie müssen in die Meierei«, stammelte der Meiereibesitzer atemlos.

»Wieso?«

»Es gibt ein weiteres Erpresserschreiben.«

Wenig später stoppte Thamsen seinen Wagen vor der Molkerei, vor der sich immer noch Reporter herumdrückten. Haben die nichts Besseres zu tun?, knurrte er in Gedanken, während er die Journalisten auf seinem Weg zum Eingang mit einem »Kein Kommentar« abspeiste.

Die Sekretärin empfing ihn völlig kopflos. »Kommen Sie, Herr Roloff wartet. Schnell!« Auf ihren Pumps trippelte sie eilig ins Büro des Chefs voraus. Hanno Roloff saß mit hochrotem Gesicht am Schreibtisch und starrte auf den Drohbrief.

»Das gibt es gar nicht«, polterte er los. »Das ruiniert meine Firma. Ich muss alles stoppen. Viele Milchbauern haben schon umdisponiert, und der Handel bestellt auch nichts mehr. Ich bin pleite. Kann dichtmachen. Oh Gott, oh Gott.«

Abrupt hob er den Kopf. »Und Sie?«, schrie er Thamsen an. »Sie tun nichts, rein gar nichts!«

»Moment!« Dirk wehrte die Anschuldigungen zusätzlich mit seinen Händen ab. »Wir sind auf der Suche nach den Tätern, aber das gestaltet sich nun einmal schwierig, nicht zuletzt, weil Sie so lange geschwiegen haben. Dadurch sind unter Umständen wichtige Spuren vernichtet worden.«

Hanno Roloff kniff die Augen zu schmalen Streifen zusammen. Dirk ließ sich jedoch nicht einschüchtern. Es war schließlich nicht seine Schuld, dass der Erpresser noch frei herumlief. Wenn Roloff sich gleich bei ihnen gemeldet hätte … ach, hätte, hätte Fahrradkette. Das brachte sie ja jetzt auch nicht weiter.

»Wann ist der Brief gekommen?«

»Heute Morgen.«

»Mit der Post?«

Roloff schüttelte den Kopf. »Er lag plötzlich vor der Tür zum Sekretariat.«

»Das heißt, der Täter war hier?« Dirk starrte den Mann ungläubig an. Wieso hatte Roloff nicht auf ihn gehört und einen Wachmann engagiert?

»Ich weiß nicht, wahrscheinlich. Frau Lohmann hat nichts gesehen.«

In Dirks Kopf ratterten die Gedanken durcheinander. Warum war Christoph von Ludow nicht auf dem Hof gewesen? Wer von den Aktivisten hatte noch bei seinem Besuch gefehlt? Oder erpresste doch ein Mitarbeiter das Unternehmen? Oder gar der Sohn? Er zog aus seiner Jackentasche ein Taschentuch.

»Geben Sie mal her.« Vorsichtig nahm er Roloff das Stück Papier ab.

Euro 500.000 oder es stirbt noch einer!, hatte jemand die Drohung mit ausgeschnittenen Zeitungsschnipseln gebastelt. Darunter eine Nummer mit genauer Zeitangabe und der Anweisung, diese entsprechend zu kontaktieren.

»Haben Sie dort angerufen?«

»Ja, ist aber ausgeschaltet.«

Thamsen blickte auf seine Uhr. Noch gut eine Stunde, dann wäre unter dieser Nummer wahrscheinlich der Erpresser erreichbar. Er zückte sein Handy.

»Ja, Ansgar. Ich brauche hier in der Molkerei Unterstützung, und dann muss jemand eine Handyortung veranlassen.« Er gab seinem Mitarbeiter die Nummer vom Erpresserschreiben durch. »Ja gut, ich warte hier auf dich.« Vielleicht kamen sie dem Erpresser so auf die Spur. »Haben Sie eine Klarsichtfolie?«, fragte er an Frau Lohmann gewandt.

Die Sekretärin eilte los und kam wenig später mit der Folie zurück, in die Thamsen vorsichtig das Schreiben gleiten ließ.

Das würde sicherlich für Schlagzeilen sorgen, aus denen ihr Erpresser womöglich neue Drohungen bastelte, wenn sie ihm nicht auf die Schliche kamen. Apropos Presse. Thamsen wandte sich um und rannte geradezu aus dem Büro. Wenn hier jemand reingehuscht war, hatten die Presseheinis den doch bestimmt gesehen, oder?

»Also, ich bekomme Ärger mit meinen alten Herrn, wenn die Polizei bei denen auftaucht. Die sind eh schon nicht gut auf mich zu sprechen.« Die Jugendlichen der Aktivistengruppe saßen in der Diele des alten Bauernhauses um einen großen Holztisch herum.

»Vielleicht sollten wir mit der Demo noch warten?«

»Ach Quatsch!«, fuhr Christoph von Ludow dazwischen. »Mit dem Kommissar werden wir schon fertig. Das lass mal meine Sorge sein.«

»Und was willst du machen? Etwa deinen Alten einspannen, oder was?« Das Mädchen mit den Dreadlocks blickte ihn skeptisch an.

»Wenn's sein muss. Für irgendetwas muss mein Erzeuger ja gut sein«, grinste Christoph. »Die Demo startet morgen wie geplant. Basta.«

»Und wenn die Bullen uns doch etwas anhängen?« Durch Thamsens Auftritt schien die Gruppe verunsichert. Zweifelnd blickten die Jungen und Mädchen auf Christoph von Ludow, der geräuschvoll Luft holte.

»Wie sollen die denn? Uns hat keiner gesehen, und notfalls geben wir uns gegenseitig ein Alibi.«

Der Optimismus des vermeintlichen Anführers der Gruppe zeigte langsam Wirkung. Hier und da gab es eine Geste der Zustimmung, und obwohl alle am Tisch der Meinung waren, dass dem ausbeutenden Meiereibesitzer das Handwerk gelegt werden musste, war der anfängliche Enthusiasmus verflogen.

»Also gut, dann starten wir die Demo morgen Vormittag wie geplant«, schloss Christoph von Ludow das Beisammensein und erhob sich.

Ansgar Rolfs hastete keuchend in das Büro von Hanno Roloff. »Ortung ist veranlasst. Da waren die Kollegen in Husum mal schnell und haben unterstützt.«

Thamsen hob die Augenbrauen. Er konnte kaum glauben, was sein Mitarbeiter da sagte. Die Husumer hatten in ihrem Fall einen Finger krumm gemacht? Er hatte jedoch keine Zeit, sich weiter darüber Gedanken zu machen, denn es gab noch etliche Dinge, die abgesprochen werden mussten, und der Zeiger der Uhr schritt gnadenlos voran. Seine Nachforschungen bei den Zeitungsreportern hatten nichts gebracht. Dirk hatte die Problematik allerdings auch sehr vage formuliert, wollte die Medienleute schließlich nicht aufhetzen. Die hatten natürlich trotzdem sofort Lunte gerochen und ihn anstelle von erhofften Hinweisen mit Fragen bombardiert, woraufhin er schnell geflüchtet war.

»Sie stimmen diesmal einer Zahlung und Übergabe auf

jeden Fall zu. Verstanden?«, briefte er Roloff. »Und dann lassen Sie sich möglichst genau und lange erklären, wo die Übergabe stattfinden soll. Je länger das Handy eingeschaltet bleibt, umso genauer können wir es lokalisieren.«

Hanno Roloff schluckte. »Okay.«

Punkt 19 Uhr wählte Roloff mit zittriger Hand die angegebene Nummer und fuhr sich dabei immer wieder mit der Zunge über seine fleischigen Lippen. Das Telefon war auf Lautsprecher gestellt, und so dröhnte das Freizeichen in ihrer aller Ohren. Nur einmal, dann wurde der Anruf angenommen. Roloff zuckte zusammen, während Ansgar und Dirk sich noch näher zu dem Unternehmer beugten.

Die Stimme am anderen Ende wirkte verstellt. Wie eine elektronische Ansage wurden die Details der Übergabe heruntergerattert. Roloff wirkte erschrocken. Die Beschreibung des Übergabeszenarios ließ ihm kaum Raum für Rückfragen.

»Und warum soll ich in Westerland in den Zug steigen?«

Der Erpresser schickte Roloff mit dem Zug Richtung Süden. Da gab es unterwegs eine Menge Gelegenheiten für eine Übergabe, womöglich sollte der Unternehmer die Tasche mit dem Geld aus dem Zug werfen. Explizit hatte das die blecherne Stimme zwar nicht gesagt, für Dirk lag das jedoch nahe. Mist, fluchte er innerlich. Sie konnten unmöglich an der gesamten Bahnstrecke nach Hamburg ihre Leute postieren.

»Also morgen sitzen Sie pünktlich um 12.03 Uhr mit der Geldtasche im IC von Westerland nach Hamburg«, überging der Erpresser Roloffs Frage. »Verstanden?«

in so manchem Fall geholfen, aber so direkt war er von Thamsen noch nie eingebunden worden.

Bisher basierten seine Ermittlungen eher auf dem Prinzip »auf eigene Faust«. Dirk baute trotzdem auf die Unterstützung des Freundes. Er wollte keine weiteren Zivilpersonen in den Fall involvieren. Außerdem war Haie als verdeckter Ermittler geradezu perfekt. Rentner, unauffällig und trotzdem sehr umsichtig.

»Also?«, hakte Thamsen nach. »Wie sieht es aus, Agent 007?«

Haie strahlte wie ein Honigkuchenpferd. »Klar, mach ich!«

Am nächsten Morgen stand Haie noch früher auf als sonst. Er hatte ohnehin kaum ein Auge zugetan, sich unruhig in seinem Bett hin und her gewälzt. Die bevorstehende Geldübergabe ließ ihn nicht zur Ruhe kommen. Dirk war mit ihm zwar am gestrigen Abend noch mal und noch mal das geplante Szenario durchgegangen, doch das hatte seine Aufregung nur noch gesteigert. Heute Morgen würde Tom ihn zur Lagebesprechung auf die Dienststelle nach Niebüll fahren, anschließend ging es nach Westerland.

Zittrig füllte er Milch in einen kleinen Topf und blickte dabei immer wieder auf die Küchenuhr, die noch aus Zeiten stammte, als das Haus von Toms verstorbenem Onkel bewohnt wurde. Auch wenn sie schon einige Jahre auf dem Buckel hatte, normal lief sie wie eine Eins. Nur heute schienen die Zeiger wie festgeklebt, dabei tickte die Uhr laut und deutlich. Endlich hörte er Geräusche im Flur. Niklas tapste in die Küche. »Morgen!«

Er goss dem Kleinen seinen Kakao ein und schmierte ihm ein Pausenbrot. Bald darauf erschien Tom, für seine Verhältnisse viel zu früh, denn er war eher ein Langschläfer. Doch der bevorstehende Polizeieinsatz seines Freundes trieb auch ihn zeitig aus den Federn. Gemeinsam winkten sie wenig später Niklas hinterher, der heute alleine zur Schule fahren musste. »Kein Problem«, hatte der betont lässig erklärt, doch Haie wusste, dass der Junge bestimmt mindestens genauso aufgeregt war wie sein Patenonkel an diesem Morgen.

»Na, dann mache ich mich mal fertig«, erklärte Tom und stiefelte ins Bad, von wo gleich darauf das Rauschen der Dusche zu hören war. Haie räumte die Küche auf und fing dann an, Staub zu saugen, um sich abzulenken.

»Sag mal«, Tom schüttelte den Kopf, als er aus dem Badezimmer kam, »hast du sonst keine Sorgen?«

Viel zu früh erreichten sie die Dienststelle. Auf dem Parkplatz standen heute mehr Wagen als sonst, und im Revier herrschte Hochbetrieb. So viele Männer, die sie nicht kannten. Endlich, Ansgar Rolfs kam auf sie zu und nahm Haie mit. Tom stand etwas unschlüssig im Gang, ungern ließ er den Freund alleine, obwohl er wusste, dass Dirk auf ihn achtgeben würde. Außerdem, wenn es zu gefährlich wäre, hätte er ihn ohnehin nicht gefragt, oder? Die Sorge blieb. Haie war letztendlich Toms Familie, außer Niklas hatte er niemanden mehr auf der Welt. Seine Eltern waren gestorben, als er selbst noch ein Kind gewesen war. Sein Großvater hatte ihn großgezogen und nach dessen Tod der Onkel, der jedoch auch schon vor etlichen Jahren verstorben war.

Mit Marlene hatte er sein Glück gefunden, doch auch das war zerstört. Es schien ihm nicht vergönnt, eine Familie, ein Zuhause zu haben. Und ständig nagte die Angst an ihm, wieder einen geliebten Menschen zu verlieren. Jetzt auch. Langsam setzte er sich auf einen der Stühle im Flur und wartete.

Die kleine Gruppe auf dem Rathausplatz erregte kaum Aufmerksamkeit. Ein paar Jugendliche trieben sich hier meist rum, wobei die Uhrzeit schon ungewöhnlich war, denn normalerweise gehörten Teenager um diese Zeit in die Schule. Aber die vorbeihastenden Menschen nahmen kaum Notiz von den jungen Leuten. Bei dem trüben Wetter wollten die meisten Menschen einfach schnell ins Warme.

»Mist, vielleicht sollten wir die Aktion abblasen?« Einer der zwei jungen Männer, die das eingerollte Banner trugen, blickte in die Runde. Die anderen Mitglieder schienen auch nicht hundertprozentig überzeugt von der Demo, trauten sich aber nicht, ihre Bedenken zu äußern.

»Du hast doch gehört, was Christoph gesagt hat«, meldete sich schließlich ein Mädchen im olivfarbenen Parker zu Wort. »Wir starten, wie geplant.« Die anderen Jugendlichen nickten, nur der Junge mit dem Banner nicht.

»Ja, gehört habe ich schon, was er gestern gesagt hat, aber vielleicht hat er es sich anders überlegt?« Er legte demonstrativ seine Hand an die Stirn oberhalb der Augen und stellte sich auf die Zehenspitzen. »Oder warum lässt er sich hier nicht blicken?«

»Quatsch!«, erwiderte nun sein Mitstreiter, der mit ihm das eingerollte Plakat trug.

»Ach ja? Und wo steckt er jetzt?«

»Der ist heute Morgen ganz früh los. Hatte noch etwas zu erledigen, hat er gesagt«, mischte sich nun ein anderes Mädel aus der Gruppe ein.

»Und was?«

Die Angesprochene zuckte mit den Achseln. Schweigen machte sich breit, Schweigen und Ratlosigkeit. Einige der Demonstranten hielten suchend Ausschau.

»Was machen wir, wenn er nicht kommt?«

»Er wird schon kommen.«

»Du bist ja immer noch hier!« Haie hatte Tom im Flur der Polizeidienststelle entdeckt, als er mit den Beamten den Besprechungsraum verließ. »Du musst später Niklas abholen.« Trotz der Aufregung vergaß Haie den Kleinen nie. Tom sprang auf. »Hast recht. Ich wollte dir nur noch einmal alles Gute wünschen. Pass auf dich auf.« Er klopfte Haie auf die Schulter, der dann aber durch die anderen der Truppe, die ebenfalls durch den Flur drängten, weitergeschoben wurde. Sie mussten rechtzeitig am Bahnhof in Westerland sein, damit sie die Sondertruppe einschleusen konnten, und auf keinen Fall durfte der Zug Verspätung haben – obwohl eine pünktliche Abfahrt für die Bahn ja beinahe schon verdächtig war, hatte Haie während der Besprechung grinsend bemerkt. Thamsen musste noch Roloff abholen, er trug die präparierte Geldtasche.

»Ist da ein Peilsender drin?«, hatte Haie gefragt, als er die Tasche erblickte. Er kannte solche Dinge bisher nur aus dem Fernsehen. Dirk hatte genickt und erklärt, dass sich zusätzlich eine Farbpatrone in der Tasche befand.

»Also nicht aufmachen und nachsehen, ob das Geld drin ist«, hatte er ihn ernsthaft ermahnt.

Haie hatte stumm genickt und geschluckt. Diesmal war es wirklich ernst. Stocksteif saß er neben Dirk, als dieser zum Haus von Roloff fuhr. Sie hatten absichtlich nicht die Meierei als Treffpunkt gewählt, denn da tummelte sich nach wie vor die Presse, und sie wollten auf gar keinen Fall Aufsehen erregen. Nicht auszudenken, wenn die Zeitungsleute sie verfolgten und die Übergabe dadurch platzte.

Dirk stoppte in einer kleinen Stichstraße und stieg aus. »Bin gleich wieder da.«

Schön wohnt Roloff hier, dachte Haie, während er die Gegend inspizierte. Nicht so feudal wie von Ludow, aber der ist auch ein ganz anderes Kaliber. Er blickte zur Haustür, aus der Thamsen trat, sich in alle Richtungen umblickte und anschließend Roloff ein Zeichen gab. Schnell kamen die beiden auf den Wagen zugeeilt.

»Sie?«, entfuhr es dem Unternehmer, als er Haie erkannte. Verwirrt schaute er zu Thamsen. »Ich dachte, ein Beamter begleitet mich?«

»Wir wollen so unauffällig wie möglich wirken.«

»Aha.« Der Meiereibesitzer ließ sich auf den Rücksitz gleiten. Er wirkte unsicher, aber das war nur zu verständlich.

»Wo ist Ihr Sohn?«, fragte Dirk, als er den Wagen wendete und Richtung Bahnhof abbog.

»In der Firma.«

»Sicher?«

»Ganz sicher.«

Thamsen erklärte noch einmal das genaue Prozedere.

Die Anspannung, die dabei in der Luft lag, war beinahe greifbar. Unbewusst ließ Haie das Seitenfenster ein Stück hinunter, um besser atmen zu können, doch dann erreichten sie auch schon den Bahnhof. Thamsen fuhr am Bahnhofsgebäude vorbei und steuerte auf das Parkdeck um die Ecke zu. Der Boden wankte leicht unter Haies Füßen, als er ausstieg. Schnell griff er nach der Autotür.

»Alles in Ordnung?« Thamsen war das Schwanken des Freundes nicht entgangen.

»Jo, alles klar!«

Haie ging wie abgesprochen vor, während Roloff mit der Tasche in der Hand noch einen Augenblick wartete. Thamsen hielt es zwar für relativ unwahrscheinlich, dass der Erpresser sein Opfer bereits hier beobachtete, aber sicher war sicher. Wie verabredet trieb sich Haie in der Nähe des kleinen Kiosks herum und durchforstete vermeintlich die ausgelegten Zeitschriften, als Roloff den Bahnhof betrat und am Fahrkartenautomat eine Karte löste. Gleich darauf ging der Unternehmer durch die Unterführung hinauf zum Bahngleis.

Haie fiel auf, wie vornehm Hanno Roloff gekleidet war. Die schäbige graue Sporttasche, in der sich das Geld befand, passte überhaupt nicht zu dem dunkelblauen Anzug und dem Wollmantel mit Fischgrätmuster, aber wahrscheinlich achtete sowieso keiner darauf. Um diese Uhrzeit herrschte wenig Betrieb. Die Pendler waren längst schon bei der Arbeit auf der Insel, und Touristen, die jetzt auf die Insel fuhren, gab es wenige.

Haie schaute auf die große Bahnhofsuhr und folgte Roloff. Der Zug fuhr gerade ein, und Haie sah, wie der Meiereibesitzer in einen der mittleren Wagen stieg. Schnell sprang er in den vor ihm stehenden Waggon und arbeitete sich drinnen Richtung Roloff vor. Zwei Sitze von ihm entfernt fand er einen freien Platz und setzte sich ans Fenster. Immer wieder wanderte Haies Blick zu Roloff, der am Gang saß, die Tasche fest auf den Schoß gepresst. Zwischendurch nahm er die anderen Fahrgäste unter die Lupe. Einige der Gesichter kannte er zumindest vom Sehen, aber es waren auch etliche Fremde dabei. Ohnehin wussten sie nicht, ob es sich bei dem Täter tatsächlich um einen Fremden handelte. Immerhin hatte man das Handy des Erpressers in Niebüll geortet, da konnte es sich auch um einen Täter aus dem näheren Umfeld Roloffs handeln. Im Prinzip war jeder verdächtig. Unweigerlich tastete Haie nach dem kleinen Funkgerät in seiner Jackentasche. Dirk hatte ihm genau erklärt, wie es funktionierte. Ob er sich zum Test einmal bei Thamsen melden sollte?

Dirk war zurück in die Dienststelle gefahren, von wo er den Einsatz koordinierte. Ansgar Rolfs war mit der Sondereinheit bereits auf Sylt und meldete, dass alle Vorbereitungen planmäßig abgeschlossen seien. »Wir werden gleich angekoppelt, und dann gilt es nur noch, zu warten.« Hoffentlich meldete der Erpresser sich bald, betete Thamsen. Rolfs würde die Fahrt nur bis Itzehoe begleiten. Dort wurden wie gewohnt die Loks ausgetauscht, denn ab da fuhr die Deutsche Bahn mit E-Loks, weil der Rest der Strecke elektrifiziert war. Sie hatten zwar auch dort eine Truppe postiert, aber die Kollegen vor Ort kannte er nicht persönlich. In Ansgar hatte er jedoch vollstes Vertrauen. Außerdem wusste Dirk, je länger sich die Anspannung hinzog, desto größer die Gefahr, dass ihnen oder Roloff Fehler unterliefen. Neben dem Erpresser war Ungeduld bei dieser Aktion ihr größter Feind.

»Hallo?«, hörte er plötzlich Haies Stimme aus dem Funkgerät neben sich. Verwundert warf er einen Blick zur Uhr. Der Freund konnte unmöglich schon im Intercity sitzen.

»Haie, was ist los?«, fragte er im Flüsterton.

»Och, nichts.« Es knackte kurz. »Wollte nur testen, ob das Gerät funktioniert.«

»Tut es.« In Thamsen machten sich erste leise Zweifel breit, ob es wirklich eine gute Idee gewesen war, den Freund zu involvieren. Immerhin war Haie nicht mehr der Jüngste. Kam er mit der Situation klar, oder war es womöglich zu viel Aufregung für ihn? Andererseits war Haie durch seine Hilfestellungen in den letzten Fällen gut geschult. Er wusste, worauf es ankam, achtete auf Kleinigkeiten.

Früher war es in dem Freundeskreis stets Marlene gewesen, die durch ihre weibliche Intuition wichtige Details geliefert hatte, aber ihr Tod hatte sie alle sensibler gemacht, und besonders Haie hatte wahnsinnige Antennen entwickelt. Trotzdem, er war nun einmal nicht mehr der Jüngste, und vielleicht hätte Thamsen doch besser einen Kollegen aus Husum bitten sollen, Roloff zu begleiten? Doch dafür war es jetzt zu spät. »Denk dran, Haie«, wies er daher den Freund noch einmal an, »du meldest nur, wenn die Tasche rausgeworfen wird oder es irgendeinen Notfall gibt. Sonst lässt du bitte die Finger von dem Funkgerät.«

Haie traute sich nach dieser Ansage nicht, noch einmal die Sprechtaste zu betätigen, und ließ die Aufforderung daher unbestätigt. Roloff saß nach wie vor mit der Tasche zwei Sitze von ihm entfernt und schaute aus dem Fenster. Haie tat es ihm gleich. Draußen war es heute ungemütlich, wie er mit Erstaunen feststellte. Bisher war ihm das schlechte Wetter noch gar nicht aufgefallen. Aber nun registrierte er, dass es regnete, und der Wind schien das Wasser bis an den Damm zu drängen, den sie gerade passierten. Zumindest an der südlichen Seite schwappten die Wellen bis an die Befestigungskante. Haie liebte das Meer und die Naturgewalten, aber heute hätte er es lieber etwas ruhiger gehabt. Nicht dass ihnen der Wettergott Thor womöglich noch einen Strich durch die Rechnung machte. Dem Erpresser musste endlich das Handwerk gelegt werden, damit es nicht noch mehr Tote gab.

14. KAPITEL

Tom war von der Dienststelle nicht direkt nach Risum gefahren. Er hatte noch Zeit, bis er Niklas wie versprochen von der Schule abholen musste, und wollte nicht zu Hause sitzen. Er war viel zu aufgeregt. Die Sorge um den

Freund trieb ihn um. Sein Blick fiel auf die Uhr im Armaturenbrett seines Wagens. Jetzt müsste Haie Westerland erreicht haben, überlegte er. Wie lange musste er dann auf den IC warten? Eine halbe Stunde? Und dann hing alles davon ab, wann der Erpresser sich meldete. Notfalls ging die Fahrt für den Freund bis nach Hamburg.

Er fuhr die Osterstraße entlang und erreichte kurz darauf die Meierei, vor der sich nach wie vor ein paar Zeitungsreporter herumtrieben. Sonst war allerdings nichts zu sehen. Keine Mitarbeiter, kein Milchwagen und auch kein anderes Fahrzeug. Hoffentlich fassen die den Erpresser heute, dachte Tom, als er kurz darauf auf den Parkplatz eines Supermarktes fuhr.

Ansonsten sah es nicht nur für den Meiereibesitzer schlecht aus, sondern auch für die Bewohner in der Umgebung, wie er bei seinem Einkauf feststellen musste. Eine gähnende Leere klaffte in den Kühlregalen des Ladens. Anscheinend hatte das Management beschlossen, keine Milchprodukte zu verkaufen. Oder gab es keine mehr? Hatte Roloff die Produktion komplett eingestellt? Das würde erklären, warum scheinbar in der Molkerei kein Betrieb herrschte.

Er kaufte ein wenig Obst und Gemüse und orderte an der Fleischtheke ein Paar Wiener Würstchen für Niklas. »Bio oder normal?«, fragte die Fachverkäuferin ihn.

»Wo genau liegt der Unterschied?« Tom hatte sich noch nie näher mit den Lebensmitteln beschäftigt, die sie konsumierten. Da kümmerte sich in der Regel Haie drum.

Die Dame hinter dem Tresen schaute ihn ausdruckslos an. »Im Preis. Bio ist teurer als normal.«

»Und warum?«

Die Verkäuferin zog die linke Augenbraue hoch. »Na wegen Bio.«

Der Zug hatte den Sackbahnhof der Insel erreicht, und wie besprochen stiegen Roloff und Haie aus – natürlich nicht zusammen. Haie wartete einen Moment, ehe er dem Molkereibesitzer auf den Bahnsteig folgte. Der Intercity sollte vom Nachbargleis abfahren, war aber noch nicht bereitgestellt. Hoffentlich kriegen die das rechtzeitig mit der Lok hin, dachte Haie, während er beobachtete, wie Roloff in die Bahnhofshalle lief. Die graue Tasche fest in der Hand. Als Haie dem Unternehmer folgen wollte, stieß er mit ihm in der Tür zusammen. Hanno Roloff ließ die Wasserflasche, die er in dem kleinen Kiosk gekauft hatte, fallen und riss den Mund auf. Dann aber erkannte er Haie, bückte sich nach dem Getränk und stürmte wortlos zurück auf den Bahnsteig.

Haie fühlte sich plötzlich ein wenig unsicher und wusste nicht recht, wie er reagieren sollte. Hatte man sie beobachtet? Er drehte sich in alle Richtungen und musterte die Leute um sich herum. Niemand schien ihn wirklich zu beachten, und auch von Roloff nahm seiner Einschätzung nach keiner Notiz. Puh, Glück gehabt, dachte er und schnaufte laut aus.

»Kann ich Ihnen helfen?« Eine junge Dame mit Mütze sah ihn besorgt an. Er hatte gar nicht bemerkt, dass er immer noch in der Tür zur Bahnhofshalle stand und quasi den Durchgang versperrte.

»Nein, ich muss zum Zug. IC nach Hamburg.«

Sie lächelte ihn an. »Der fährt gerade ein.«

»Ja dann!« Er nickte ihr zu und beeilte sich, auf den Bahnsteig zu kommen. Bloß nicht Roloff aus den Augen verlieren. Immer in seiner Nähe bleiben. So hatte Dirk es ihm eingetrichtert. Obwohl, jetzt würde der Erpresser doch nicht zuschlagen, oder? Der wollte sich ja erst im Zug melden. Hatte er jedenfalls gesagt. Was aber, wenn der Täter seinen Plan änderte? Fieberhaft reckte er seinen Hals und suchte nach dem Meiereibesitzer. Der stand Gott sei Dank am Bahnsteig – die Tasche nach wie vor fest in der Hand. Mit quietschendem Lärm kam der Zug endlich zum Stehen. Die Türen öffneten sich, und einige Reisende stiegen aus, ehe Roloff in einen Wagen der 2. Klasse kletterte. Haie warf noch einen letzten Blick auf die beiden Dieselloks, doch von der Sondereinheit war nichts zu sehen. Genau, wie Thamsen es gesagt hatte.

Er folgte Roloff in den Großraumwagen und setzte sich zwei Sitze hinter den Unternehmer. Wieder wanderte seine Hand zum Funkgerät, doch er widerstand dem Drang, es herauszuholen, um sich zu vergewissern, dass das Batterielämpchen noch grün leuchtete. Dirk hatte sicherlich an alles gedacht, und er wollte sich an die Absprachen halten. Er heftete seinen Blick an Roloffs Hinterkopf, auf dem sich in der Mitte eine schon recht lichte Stelle abzeichnete. Is eben auch nicht mehr der Jüngste, kommentierte Haie den Haarverlust gedanklich.

Von draußen erklang ein Pfiff, dann fielen die Türen mit einem Krachen zu, und der Zug setzte sich langsam in Bewegung. Viele Mitreisende gab es nicht, was Haie als günstig wertete. Trotzdem musterte er unauffällig die anderen Fahrgäste. Gut möglich, der Erpresser oder ein Komplize saß mit ihnen im Waggon. Doch wie sollte er ihn erkennen? Und handelte es sich bei dem Täter überhaupt um einen Mann? Wie er Dirk verstanden hatte, wusste die Polizei das noch nicht genau. Angeblich gab es ein Phantombild, das zumindest von der Gestalt auch auf eine Frau passen könnte, hatte Dirk eher beiläufig erwähnt. Haie kratzte sich am Kopf, als er sah, wie Roloff plötzlich zusammenzuckte. Ein greller Klingelton durchschnitt den Zug, der bereits Morsum passiert hatte und nun auf dem Damm fuhr. Unweigerlich blickte Haie hinaus, aber auf dem Weg gleich neben der Befestigungskante war nichts zu sehen. Vielleicht auf der anderen Seite? Er sprang auf und zwängte sich zwischen den Sitzen auf der anderen Seite ans Fenster. Doch auch hier war weit und breit niemand zu sehen. Er drehte sich um und sah, wie Roloff mit dem Handy am Ohr nickte und dann aufstand.

Erst jetzt bemerkte Haie, dass man die Fenster im Abteil gar nicht öffnen konnte. Wie gelähmt ob dieser Erkenntnis klebte sein Blick an den Scheiben, bis ein »Okay« von Roloff in sein Bewusstsein drang. Der Unternehmer griff nach der Tasche und blickte dabei durch das Fenster. Haie beugte sich ein Stück vor. Immer noch war Hochwasser, und die Wellen schlugen nach wie vor bis an die Befestigungskante. Doch was war das? Haie kniff die Augen zusammen. In einiger Entfernung konnte er auf dem Wasser ein Boot näher kommen sehen. Wie Schuppen fiel es ihm von den Augen.

Fahrig fingerte er das Funkgerät aus der Tasche. »Dirk, da ist ein Boot!«

»Was?«, knarzte es aus dem Gerät zurück.

»Ja, der Täter kommt mit einem Schlauchboot.«

In Thamsens Kopf ratterten die Gedanken durcheinander. Da brachten die Kollegen, die aus der zweiten Lok hüpfen sollten, um den Täter zu stellen, gar nichts. Oh Gott, dass der Erpresser von der Wasserseite aus kommen würde, damit hatten sie nicht gerechnet. Was sollte er jetzt tun?

»Dirk?« Haie war sich nicht sicher, ob der Freund schwieg oder die Verbindung unterbrochen war. Er blickte gleichzeitig zu Roloff, der sich den Gang entlang zur Tür bewegte. Das Schlauchboot war inzwischen ziemlich nah am Damm, doch Haie konnte nur eine schwarze Gestalt erkennen. Sonst nichts.

»Dirk?«, versuchte Haie es nochmals, während er Roloff folgte, der anscheinend die Toilette ansteuerte. Konnte man dort das Fenster öffnen?

»Dirk?«

»Nicht das Geld rauswerfen!«, schallte plötzlich Thamsens Stimme aus dem Funkgerät. »Nicht rauswerfen!«

Haie rannte auf Roloff zu und stürzte sich auf ihn. Durch die Wucht des Zusammenpralls gingen sie beide zu Boden. »Nicht rauswerfen!«, wiederholte Haie die letzten Worte des Kommissars. »Wenn der die Tasche hat, kriegen wir den nie!« Doch der Molkereiinhaber wehrte sich und versuchte, wieder auf die Beine zu kommen. Es gab ein Ritsch, und Roloff hatte sich befreit. Haies Griff ging jedoch nicht ins Leere, sondern er bekam die Tasche zu fassen.

»Das ist mir egal! Sonst lässt der mich nie in Ruhe!«, kreischte der Unternehmer, während er versuchte, das Geld an sich zu reißen. »Der gibt so oder so keine Ruhe.«

Haie rappelte sich auf und stieß Roloff zurück. Dann

drängelte er sich zur Toilette und blockierte die Tür. »So«, schnaufte er, »nichts wird hier rausgeworfen!«

»Haie?«, erklang Thamsens Stimme. »Was ist da los?«

»Alles in Ordnung!«, antwortete Haie, während Roloff ihn zerknirscht anblickte.

»Was ist mit dem Boot?«

Das hatte Haie bei seiner Aktion völlig aus den Augen verloren. Er lehnte sich ein Stück vor, trat aber gleich darauf näher ans Fenster. »Hat abgedreht.«

»Und das Geld?«

»Ist hier!«

Thamsen seufzte. Auf den Freund war Verlass. »Gut, ich erwarte euch in Niebüll.«

15. KAPITEL

Schweigend saßen sie etwa eine Stunde später um den großen Tisch im Besprechungszimmer der Niebüller Dienststelle. Ansgar, Dirk, Roloff, Haie und noch ein paar weitere Kollegen aus Kiel. Die Sondereinheit war abgerückt, aber der Einsatzleiter geblieben.

»Warum haben Sie mich nicht zahlen lassen?«, jammerte Roloff zum hundertsten Mal. »Nun macht der Erpresser weiter, und ich bin bald ruiniert.«

»Wer sich einmal erpressen lässt, bleibt immer erpressbar«, erklärte Haie, doch der Molkereibesitzer nahm ihn gar nicht wahr.

»Was wollen Sie nun tun, um mich vor weiteren Anschlägen zu schützen?«

Ansgar räusperte sich. »Nun ja, ich hatte ja schon mal Ihren Sohn auf einen Sicherheitsdienst angesprochen.«

»Was? Ich soll auch noch dafür zahlen, dass Sie nicht in der Lage sind, die Bevölkerung zu schützen?«

»Dafür sind wir eigentlich gar nicht zuständig«, warf Thamsen zu seiner Verteidigung ein. Außerdem hatte er für einen ausreichenden Schutz der Meierei bei Weitem kein Personal. Sie waren ja jetzt schon chronisch unterbesetzt. »Ich bin mir sicher, der Erpresser meldet sich bald.«

»Und wenn nicht?«

»Na, der will doch Geld, also wird er sich melden. Wenn wir ihn mit dem Geld hätten entwischen lassen, wäre der wahrscheinlich auf und davon gewesen. Ganz schön clever, die Sache mit dem Boot«, bemerkte Haie anerkennend.

»Aber ich wäre doch froh, wenn der Täter auf und davon wäre.«

Schweigen breitete sich im Raum aus. Selbst der Kieler Kollege blickte betreten auf die Tischplatte.

»Also heute wird sich vermutlich eh nichts mehr tun. Daher lassen Sie uns Schluss machen«, schloss Thamsen die Versammlung. Alle nickten, auch wenn Ansgar und

Dirk sowie die anderen Kollegen noch ihre Einsatzberichte zu schreiben hatten.

»Wir müssen abwarten.« Dirk erhob sich. »Soll ich dich nach Hause fahren lassen?«, fragte er Haie beim Verlassen des Raumes.

»Nee, lass mal. Ich rufe Tom an. Der holt mich ab.«

Nur wenig später stieg er zu dem Freund in den Wagen. »Wo ist Niklas?«

»Zum Spielen verabredet.«

Erleichtert rutschte Haie im Beifahrersitz hinunter, und Tom fiel auf, wie geschafft er wirkte. »Alles in Ordnung?«

Haie seufzte. »War nur ein anstrengender Tag. Was hältst du von einem Feierabendbierchen?«

Tom musste grinsen und gab Gas. »Das haben wir schon lange nicht mehr gemacht«, bemerkte er, als sie vor der Gastwirtschaft anhielten, die sich etwas zurückgelegen an der Dorfstraße auf einem kleinen Hügel befand.

»Stimmt«, nickte Haie und schmunzelte. Sie waren beinahe wie ein altes Ehepaar.

»Oh, hüt is geschlossene Gesellschaft«, empfing sie Max, der Wirt. »Dat tut mir leid.«

»Auch kein schnelles Bier?«

Die beiden machten derart lange Gesichter, dass der Inhaber sich erweichen ließ. »Na, eins.« Schnell nahmen sie am Tresen Platz und beobachteten, wie der Wirt zwei Bier zapfte.

»Prost!« Der erste Schluck tat gut.

»So alleine haben wir noch nie hier gesessen«, bemerkte

Tom. Max war in die Küche verschwunden, aus der es herrlich nach leckerem Grünkohl duftete.

»Stimmt, aber dat is mir ganz recht. Dat war vielleicht ein Trubel heute«, erzählte Haie Tom von dem Einsatz.

»Und was habt ihr nun vor?«

Haie zuckte mit den Schultern. »Der wird sich schon wieder melden, so oder so. Clever is er ja. Ich glaube nicht, dass der so schnell aufgibt.«

»Wundert mich nur, dass der Roloff nicht gefragt hat, was da los war. Oder meinst du, der weiß, dass die Polizei im Spiel ist?«

Wie auf ein Stichwort öffnete sich die Gaststättentür, und Dirk betrat grinsend den Gastraum.

»Hab ich doch richtig geguckt.« Er hatte den Bericht schnell fertig getippt und sich auf den Weg nach Risum gemacht. Irgendwie hatte er das Gefühl gehabt, er müsse mit dem Freund noch einmal unter vier Augen sprechen, dass es nun allerdings sechs waren, störte ihn nicht. Nicht in diesem Fall. Lediglich als der Wirt schließlich auch noch für Thamsen ein Bier zapfte, schwieg er.

»Momentan kann man im Prinzip niemandem trauen. Eigentlich könnte jeder der Erpresser sein«, erklärte er seine Vorsicht.

Die beiden nickten. »Ich habe vom Zug aus auch nichts erkennen können. Nur eine schwarz gekleidete Gestalt. Wie die auf eurem Phantombild. Aber wahrscheinlich war es derselbe Täter.«

»Meinst du nicht, dass es Komplizen gibt?«, fragte Tom, der sich nicht vorstellen konnte, dass jemand zu solch einer ausgeklügelten Taktik und deren Umsetzung alleine fähig war.

Thamsen sah das anders. »Nee, sonst wäre diese Aktion mit dem Boot wahrscheinlich nicht nötig gewesen. Der Erpresser musste den Zug sehen und hat dann angerufen. Jemand der nicht dabei gewesen wäre, hätte ja gar nicht den genauen Zeitpunkt bestimmen können.«

»Aber es können ja trotzdem mehrere sein, oder?«

»Vielleicht.«

Schweigend tranken sie jeder einen Schluck.

»Hat denn jemand den Sohn im Auge behalten?«, erkundigte sich Tom nach einer Weile.

Thamsen schüttelte den Kopf. »Aber ich weiß nicht. So, wie das Ganze momentan ausartet und die Molkerei schädigt, hätte er das nicht stoppen müssen? Schließlich gehen wir davon aus, dass er am Geld interessiert ist. Was hat er davon, wenn das Unternehmen pleitegeht?«

Die Freunde stimmten Dirk zu. Was sollte Bastian Roloff mit einer Firma, die nichts mehr wert war?

»Dann doch eher die Aktivistengruppe«, mutmaßte Haie. »Da wäre auf jeden Fall auch die Frage nach einer Komplizenschaft geklärt.«

»Schon«, bestätigte Thamsen und musste unweigerlich an den arroganten Anführer der Gruppe denken. »Ansgar Rolfs kümmert sich um deren Alibis. Mal sehen, was dabei rauskommt.«

»Da bist du ja endlich!« Einige Mitglieder saßen in der Diele versammelt, als Christoph von Ludow den alten Bauernhof betrat. Sein Blick fiel als Erstes auf den Packen Flugzettel, der auf dem Tisch lag. »Was ist das denn? Habt ihr etwa nicht demonstriert?« Erstaunt schaute er von einem zum anderen.

»Hast du nicht gesagt, du seist pünktlich da?«, ergriff Ose, ein hageres Mädchen mit langen glatten Haaren, das Wort.

»Und?«, fegte Christoph den verbalen Angriff vom Tisch. »Das hättet ihr ja wohl auch ohne mich hingekriegt, oder? Ein Banner in die Luft halten und Zettel verteilen, mehr hatten wir doch gar nicht geplant.«

»Wo warst du?«, ignorierte Ose die Provokation.

»Ich hatte etwas Wichtiges zu erledigen.«

»Und was? Das Leid der Tiere zu verringern, ist ja wohl wichtiger als alles andere, oder?«, mischte sich nun ein weiteres Mädchen ein.

Christoph ging an den Kühlschrank und holte sich eine Bionade heraus.

»Schon«, entgegnete er, nachdem er einen Schluck getrunken hatte, »aber wichtig ist auch, wie wir das hier finanzieren können, den Hof, unsere Aktivitäten.« Er machte ein ausholende Geste mit den Armen. »Habt ihr darüber überhaupt mal nachgedacht? Gerade billig ist unsere vegane Lebensweise ja nicht.«

»Immer noch billiger, als wenn wir Fleisch essen würden«, verteidigte Ose ihre Ideologie.

Christoph von Ludow setzte sich auf einen freien Stuhl. »Das wage ich zu bezweifeln. Tiefgefrorene Chicken Nuggets sind nicht so teuer wie euer Biogemüse.«

»Ja, aber auch nur, weil die kein Lebewesen in den Hühnern sehen«, fuhr einer der Jugendlichen dazwischen. »Was ist eigentlich los, soll ich dir etwa einen Vortrag über Dinge halten, mit denen du dich besser auskennst?«

Christoph stellte die leere Flasche auf den Tisch. »Nee, ernsthaft, das Geld, was ich hatte, neigt sich dem Ende.

Wir müssen uns überlegen, wie wir das hier weiter finanzieren wollen.«

Die Anwesenden machten plötzlich betretene Gesichter. Das war ein Thema, mit dem sie sich nicht gerne beschäftigten, und um das sich bisher vor allem Christoph gekümmert hatte.

»Meine Eltern haben mir seit dem Rauswurf das Taschengeld gestrichen«, maulte Ose nach einer Weile. »Aber wir könnten Spenden sammeln gehen.«

»Und dann das Geld für uns anstatt für die Tiere verwenden?« Christoph schüttelte den Kopf.

»Was ist mit deinem Alten?«, warf ein anderes Mitglied in die Runde.

Christoph sprang auf. »Der«, schnaubte er, »dem geht es nur um sich selbst. War schon bei ihm und habe ihn angepumpt, aber natürlich unterstützt er uns nicht. Das schade seinem Image.«

»Na ja«, bemerkte Ose, »wäre ohnehin nicht richtig, sein Geld zu nehmen. Schließlich klebt da das Leid der Tiere dran.« Die anderen nickten.

»Aber irgendeine Idee brauchen wir, sonst können wir einpacken«, bemerkte Christoph, und die anderen stimmten ihm zu.

»Du Idiot!« Bastian Roloff hätte am liebsten vor seinem Vater ausgespuckt, wenn da nicht der teure Designerteppich gelegen hätte. »Wieso hast du das Geld nicht einfach übergeben? Dann wären wir jetzt alle Sorgen los. Warum hast du überhaupt die Polizei eingeschaltet?«

»Weil es richtig war«, konterte Hanno Roloff, der den Tag noch einmal hatte Revue passieren lassen und langsam die Einsicht gewann, dass die Entscheidung des Kommissars richtig war. Der Erpresser hätte ihn wahrscheinlich auch nicht in Ruhe gelassen, wenn er das Geld gezahlt hätte. Oder es wären Trittbrettfahrer aufgetaucht und hätten weitere Forderungen gestellt. Einmal erpressbar, immer erpressbar. Er stöhnte. Irgendwie war er müde und hatte fast die Hoffnung verloren, dass alles wieder in Ordnung kommen würde. Für ihn war es nur eine Frage der Zeit, bis die nächste Katastrophe eintrat.

»Wie viele Rücklagen haben wir noch?«

Bastian Roloff schaute erstaunt auf.»Was fragst du mich?«

»Tu nicht so, ich weiß, dass du trotz Verbot in den Finanzen herumschnüffelst. Also?«

Bastian zuckte mit den Schultern. Sein Vater hatte ihm zwar die Kontenzugänge gesperrt, trotzdem wusste er ziemlich genau über die finanzielle Lage des Unternehmens Bescheid. »Nicht viel. Lange halten wir das nicht durch, und die Gehaltszahlungen stehen auch nächste Woche an.«

»Hm.« Hanno Roloff fuhr sich über das Gesicht. Auch das noch. Niemals hätte er gedacht, in solch eine Lage zu kommen. Seine Angestellten nicht bezahlen – wenn das sein Vater mitbekommen hätte. Er würde sich jetzt noch im Grabe herumdrehen. Was er wahrscheinlich eh schon tat, denn schließlich war das Unternehmen, das er einst aufgebaut hatte, schuld am Tod eines Menschen. Wenngleich es objektiv betrachtet nicht ganz stimmte – aber sein Vater hätte es so gesehen. Alleine das belastete Hanno Roloff sehr.

»Ich möchte einen Wachmann einstellen. Jemanden,

der nachts das Unternehmen bewacht. Tagsüber kann die Belegschaft das leisten. Beruf gleich mal eine Mitarbeiterversammlung für morgen ein.«

»Morgen ist Wochenende«, bemerkte Bastian. »Außerdem, was, wenn es jemand aus der Belegschaft ist?«

»Glaube ich nicht.«

Roloff junior runzelte die Stirn. »Hast du etwa einen anderen Verdacht? Hast du den Täter vielleicht erkannt?«

Der Vater schüttelte den Kopf. »Käme denn überhaupt einer aus der Firma infrage?« Gedanklich ging er die Liste der Mitarbeiter durch. Nein, da konnte er sich niemanden vorstellen.

»Jemand aus dem Labor vielleicht?«, mutmaßte Bastian. »Die kennen sich doch mit solchen giftigen Substanzen aus.«

»Nein, das glaube ich beim besten Willen nicht.«

»Oder willst du es dir nicht vorstellen?«

Natürlich hatte die Presse von der verpatzten Geldübergabe Wind bekommen.

»War aber auch eine coole Aktion«, bemerkte Tom, der beim Frühstück die Zeitung las. »Auf die Idee musst du erst einmal kommen. Mit dem Boot übers Meer. Da muss man sich schon ziemlich gut auskennen.«

»Spricht dafür, dass es jemand von hier oben ist, oder?« Haie goss sich eine Tasse Kaffee ein und rührte ein wenig Sahne hinein.

»Na ja, ein gewiefter Täter macht sich schlau.«

»Ich weiß nicht, ob das reicht. Schlaumachen. Man muss sich mit den Gezeiten bestens auskennen und zusätzlich mit der Strömung vor dem Damm. Ansonsten ist es ein schwieriges Unterfangen, mit einem Schlauchboot an die Befestigungskante heranzukommen.«

Tom sah das anders. »Hat so ein bisschen was von diesem Dagobert.« Er grinste. »Und das hier bei uns in Nordfriesland. Wer hätte das gedacht?«

»Wieso? Hier ist ja nun nicht alles nur öde. Im Gegenteil, ich finde es dramatisch, dass überhaupt so viele Verbrechen passieren«, konterte Haie, und Tom blätterte schnell in der Zeitung weiter.

»Guck mal, hier gibt es am Wochenende eine Sagen- und Märchenausstellung in Husum. Wollen wir da hin?«

Haie reckte interessiert den Hals. Er liebte alte Erzählungen. »Wo denn? Im Storm-Museum? Oh ja, gerne!«

16. KAPITEL

Thamsen war am Montag wie gewöhnlich als Erster im Büro. Zu Hause war die Stimmung momentan eher angespannt, daher hielt ihn ohnehin kaum etwas daheim. Das gesamte Wochenende hatte Dörte im Bett gelegen, und seine Angst war erneut aufgeflammt. Sie hatte behauptet, es nur mit dem Magen zu haben – immer noch.

»Du hast doch keinen Küstentraum gegessen?« Ein wenig mulmig war ihm, auch wenn er wusste, dass die Molkerei die Produktion des Joghurts eingestellt hatte.

»Vielleicht solltest du lieber zum Arzt gehen?«

»Nein, nein, da war ich. Es ist alles in Ordnung. Ich muss das ein wenig auskurieren.«

Er wunderte sich allerdings, dass nur Dörte an dem angeblichen Magenvirus erkrankt war, denn für gewöhnlich ging so etwas in ihrer Familie reihum, und als Erstes erwischte es Lotta. Daher war er am Morgen froh, dass er das Wochenende irgendwie überstanden hatte, und war regelrecht geflohen. Schließlich wartete auf der Dienststelle jede Menge Arbeit auf ihn, denn auch wenn sie es nicht mit Mord im eigentlichen Sinne zu tun hatten, nun, da die Geldübergabe geplatzt war, bestand weiterhin Gefahr für die Bevölkerung. Sie mussten den Erpresser stellen. Und zwar schnell.

Er stellte die Kaffeemaschine in der Gemeinschaftsküche an und ging anschließend in sein Büro. Draußen war es diesig, daher drang kaum Licht durch die Fenster. Er schaltete zu der kleinen Lampe auf dem Schreibtisch heute auch die Raumbeleuchtung an. Diese dunkle graue Jahreszeit fand er schrecklich. Vielleicht sollte man einmal im öffentlichen Dienst über Tageslichtlampen nachdenken, dann wären die Mitarbeiter wesentlich motivierter. Ob man in Kiel welche hatte? Denn dort schienen die Jungs äußerst fleißig. Als er sein E-Mail-Postfach öffnete und die Nachrichten durchging, fand er bereits den Bericht über die Untersuchung des Erpresserschreibens.

Zwar hatte man wieder keine Übereinstimmung mit gespeicherten Abdrücken in der Kartei gefunden, dafür aber dieselben wie auf den anderen Briefen. Zumindest hatten sie es also immer noch mit dem gleichen Täter zu tun. Kein Trittbrettfahrer, wie es in anderen Fällen so manches Mal bereits vorgekommen war. Nur wem die Abdrücke gehörten, wussten sie nicht. Und auch die Mobilfunknummer brachte sie nicht weiter. Zwar war das Handy erneut eingeschaltet worden, jedoch zu kurz.

Dirk seufzte und stand auf, um sich einen Kaffee zu holen, als plötzlich sein Telefon läutete. Thamsen hob unbewusst die Augenbraue und nahm das ungewöhnlich frühe Gespräch an. Es war sein Vorgesetzter aus Husum.

»Ja, also mir ist zu Ohren gekommen, dass Sie in dem Erpressungsfall den Sohn von Herrn von Ludow im Visier haben«, begann er ohne Umschweife, den Grund seines Anrufs zu nennen.

»Ja, er gehört zu einer Aktivistengruppe, die gegen die Tierhaltung aus kommerziellen Konsumzwecken sind.«

»Aktivisten gegen was? Soweit ich verstanden habe, sind das harmlose Pflanzenfresser.«

»Harmlos?« Dirk dachte an das aggressive Auftreten Christoph von Ludows.

»Ja, harmlos. Die kämpfen für die Rechte der Tiere.«

»Hm, vielleicht, aber nicht unbedingt immer mit legalen Mitteln.«

»Wie meinen Sie das?«

Thamsen erzählte von den Schmierereien an der Meierei.

»Ich sagte doch, harmlos. Das sind dumme Jungenstreiche. Mit einer Erpressung oder gar dem Giftanschlag haben die nichts zu tun. Das hat mir Herr von Ludow persönlich versichert.«

Aha, dachte Dirk, aber bestimmt nicht uneigennützig. Er konnte sich nicht vorstellen, dass der adelige Großbauer die Veganer verteidigte, wo er doch selbst aus deren Sicht die Tiere ausbeutete. Da steckte sicherlich etwas anderes dahinter, und Thamsen ahnte auch, was.

»Trotzdem müssen wir natürlich in alle Richtungen ermitteln«, versuchte er, sein Vorgehen zu rechtfertigen.

»Jaja, aber diese Richtung müssen Sie sehr diskret behandeln. Haben Sie verstanden?«

»Diskret?« Dirk spürte, wie ihm langsam, aber sicher der Hals zuschwoll. »Aber die bringen sich ja selbst mit ihren Aktionen ins Gespräch und machen sich damit verdächtig. Wer sagt mir denn, dass die Gruppe nicht von der Molkerei Geld für die Tiere erpressen will? Woher haben die überhaupt die Kohle, den Hof und ihre Aktivitäten zu finanzieren?«

»Das mögen ja berechtigte Zweifel sein, und natürlich müssen Sie Ihre Arbeit machen, aber den Namen von Ludow halten Sie da gefälligst raus.« Der letzte Satz seines Vorgesetzten duldete keinen Widerspruch. Das war klar und deutlich zu hören und stieß Dirk mehr als sauer auf. Wie sehr er das hasste. Zeigte es wieder nur einmal mehr, dass Geld und Macht die Welt regierten, nicht die Wahrheit. Doch was hatte er für eine Wahl?

»Selbstverständlich«, bestätigte er, während er sich vornahm, den Sprössling und seine Gruppe jetzt erst recht noch einmal näher unter die Lupe zu nehmen.

Tom war am Vormittag im Rathauscafé mit einem Kunden verabredet. Er arbeitete momentan für ein größeres Unternehmen in Niebüll, aber der Personalleiter hatte ihn um ein Gespräch unter vier Augen außerhalb der Firma gebeten.

»Also, die Geschäfte laufen doch prima. Personaleinsparungen sind eigentlich nicht notwendig«, erklärte Tom, da er vermutete, Lars Venderbrook habe ihn deshalb um ein Treffen außer Haus gebeten.

»Ich weiß«, der Mann schaute ihn offen an. »Ich wollte mit Ihnen auch eher über die Möglichkeit einer Übernahme sprechen.«

»Übernahme?« Tom krauste die Stirn. Zwar war der Personalleiter im Vorstand, aber dass er sich aktiv in die Firmenpolitik einmischte, hatte Tom noch nicht erlebt.

»Ja, es besteht das Angebot, eventuell in nächster Zeit ein zulieferndes Unternehmen zu erwerben.«

»Zulieferndes Unternehmen? Darf ich fragen, welches?«

Lars Venderbrook räusperte sich und beugte sich leicht über den Tisch. Er senkte seine Stimme, als er sagte: »Wir überlegen, ob wir die ortsansässige Molkerei kaufen sollen. Das wäre unserer Ansicht nach doch eine unschlagbare Kombi, oder? Entwicklung und Umsetzung aus einer Hand. Fehlt uns nur noch jemand, der den Vertrieb auf Vordermann bringt.« Er zwinkerte Tom zu.

»Kaufen? Ja, will der Besitzer das Unternehmen denn überhaupt veräußern?« Soweit er gehört hatte, war Roloff nicht bereit, aufzugeben.

»Noch nicht, aber mir ist zu Ohren gekommen, dass der Betrieb momentan nicht läuft, und jetzt mit dem

Erpressungsfall dauert es sicher nicht mehr lange, und der Inhaber ist froh, die Meierei loszuwerden.«

Tom starrte sein Gegenüber an. Lars Venderbrook grinste und lehnte sich zurück. »Was halten Sie davon? Wir bräuchten jemanden Kompetenten für den Vertrieb.«

Die Gedanken sausten durch Toms Kopf, und plötzlich formte sich, wenn auch vage, ein Verdacht. Hatte der Mann oder zumindest das Unternehmen, für das er momentan arbeitete, etwas mit der Erpressung zu tun?

Noch war ihm in der Richtung nichts aufgefallen, und dieses Gespräch war das erste, das überhaupt Ambitionen in Richtung Expansion zeigte. Aber nur, weil man ihn bisher noch nicht involviert hatte, hieß es ja nicht, dass die Idee nicht schon länger bestand. Und wenn die Molkerei am Boden lag, dann war ein Kauf natürlich günstiger.

»Nun, Herr Meissner?« Herr Venderbrook lächelte immer noch, als könne er kein Wässerchen trüben.

Tom verzog krampfhaft den Mund. Wenn er etwas herausfinden wollte, musste er gute Miene zum bösen Spiel machen. »Das müsste man entsprechend prüfen, denke ich.«

»Ja gut, dann tun Sie das. Aber ich bitte Sie um allerhöchste Diskretion. Nicht, dass irgendjemand davon erfährt und es an die große Glocke hängt. Sie wissen ja, wie das hier in der Gegend ist. Am Ende sind wir noch für den Giftanschlag verantwortlich. Haha.«

Thamsen hatte sich noch nicht wirklich beruhigt, als sein Handy klingelte. Er sah Toms Namen auf dem Display und wunderte sich. Ob mit Haie etwas nicht in Ordnung war? Vielleicht hatten sie ihn doch mit dem gestrigen Einsatz überfordert.

»Tom!«, begrüßte er den Freund. »Alles klar?«

Er hörte ein Rascheln. »Ja, na ja, ich müsste mal mit dir sprechen.«

»Wegen Haie, oder?«

»Haie?« Tom schwieg kurz. »Nee, wieso?«

Thamsen schob sein schlechtes Gewissen zur Seite. »Weswegen dann?«

»Schwer, am Telefon drüber zu sprechen.«

»Dann komm her. Ich bin in der Dienststelle.«

»Hm, geht es auch woanders?«

Dirk schwieg. Was wollte der Freund mit ihm besprechen? »Schlag was vor.«

»Vielleicht in Dagebüll? Nur, wenn es geht.«

Das alles klang so ungewöhnlich, dass Thamsen sofort zustimmte.

»Also ich könnte in einer halben Stunde da sein«, schlug er vor.

»Okay.«

Kurz darauf meldete er sich bei Ansgar Rolfs ab. »Ich treffe kurz zum Mittag einen Bekannten.«

»Gut, ich fahre nachher gleich in die Meierei und spreche mit Roloff über den Sicherheitsdienst. Ich denke nach wie vor, die Gefahr eines weiteren Anschlags ist groß. Der Erpresser ist bestimmt wütend.«

»Gut, ich komme später nach.« Er hob die Hand zum Abschied und eilte zum Parkplatz, auf dem sein Wagen stand. Das Wetter zeigte sich nach wie vor düster. Unglaublich, staunte Thamsen, als er hinter dem Steuer saß und auf die Uhr im Armaturenbrett blickte, es ist beinahe schon Mittag und dunkel wie am Abend. Würde es heute überhaupt einmal richtig hell werden? Er bezweifelte das. Seine Gedanken schweiften bei den trüben Aussichten unweigerlich zu Dörte. Kurz entschlossen wählte er ihre Nummer.

»Ja?« Sie hörte sich verschlafen an.

»Geht es dir besser?«

»Ein wenig.«

Er war nicht wirklich erleichtert. »Was hast du gegessen?«

»Einen Fruchtquark.«

Ihm stockte der Atem. Natürlich wollte er keine Panik verbreiten, gleichzeitig aber trotzdem seine Familie schützen. »Vielleicht wäre es gut, den Verzehr von Milchprodukten in der nächsten Zeit etwas einzuschränken?«

»Du meinst, wegen der Erpressung? Keine Angst«, gluckste sie, und sein Herz machte einen Sprung. Es schien ihr bedeutend besser zu gehen, seine Bedenken waren wahrscheinlich falscher Alarm. »Ich habe mir so einen Sojaquark geholt. Schmeckt gewöhnungsbedürftig, aber lässt sich essen.«

Er musste grinsen. »Wollen wir heute Abend vielleicht etwas Schönes zusammen kochen – ohne Milch?«

»Du meinst Tofu?«

»Nee, ich dachte eher an ein schönes Steak. Ich könnte später nach der Arbeit einkaufen gehen.«

»Das kann ich auch, muss sowieso noch etwas besorgen.«

Thamsen fühlte sich plötzlich ganz leicht. Einen schönen Abend hatten die beiden lange nicht mehr miteinander verbracht. Vielleicht kamen sie sich doch wieder näher? Er wünschte es sich mehr als alles andere – auch für Lotta.

Er nahm im Augenwinkel das gelbe Ortsschild Dagebülls wahr und ihm wurde bewusst, dass er die Strecke wie im Schlaf zurückgelegt hatte. Das hätte leicht ins Auge gehen können, du darfst dich nicht immer ablenken lassen, schalt er sich. Doch schon, als er den Wagen neben dem kleinen Strandkiosk parkte und ausstieg, waren seine Gedanken bereits wieder auf Reisen. Was Tom wohl mit ihm besprechen wollte? Es hatte wichtig geklungen. Wichtig und eilig. Dirk legte einen Zahn Richtung Strandhotel zu, wo die beiden verabredet waren.

Tom stand bereits vor dem Restaurant. Thamsen erkannte sofort den schlanken Mann, der in einen Wollmantel gehüllt vor dem Gebäude hin und her tigerte. Kurz darauf erblickte Tom ihn und stürmte ihm geradezu entgegen. »Wollen wir ein paar Schritte laufen?«

Thamsen, dem nach der Vorstellung auf ein schönes Steak am Abend schon jetzt der Magen in den Kniekehlen hing, nickte trotzdem. »Gerne.«

Sie liefen den Deich hinab zu dem geteerten Weg und gingen zunächst schweigend nebeneinander her. Das Wetter war auch am Meer wenig besser. Der graue Dunst hing über dem Wasser und versperrte die Sicht auf Föhr und die Halligen.

»Also«, begann Dirk nach einigen Metern, »was wolltest du mit mir besprechen?«

Tom holte tief Luft. »Ich darf eigentlich … nun ja, du erzählst ja auch immer …, es muss aber unter uns bleiben.«

Thamsen blieb stehen und blickte den Freund an. »Was ist los?«

»Also ich, ähm, arbeite ja momentan für diese Laborfirma in Niebüll, und heute hat mich einer der Chefs angesprochen. Die möchten die Molkerei kaufen.«

»Waaaas?«

Tom nickte. »Ich denke, das macht die Firma in dem Erpressungsfall verdächtig, oder? Aber Beweise habe ich keine.«

Thamsen war stehen geblieben und fuhr sich mit der Hand über sein Kinn. Besonders gründlich war seine Rasur am Morgen nicht gewesen. Ein paar Bartstoppeln verursachten ein kratzendes Geräusch.

»Und arbeiten die da mit Kalium oder irgendetwas, aus dem man Zyankali herstellen kann?«

»So genau kenne ich mich mit den Forschungen da nicht aus. Ich kümmere mich ja hauptsächlich um die Finanzen.«

»Aber im Labor sind ja auf alle Fälle Chemiker beschäftigt.« Er dachte an das, was Rolfs ihm über die Giftausbildung und den Erwerb von Zyankali erzählt hatte. »Und du könntest herausfinden, ob einer der Angestellten einen Giftschein besitzt, oder?«

»Schon.«

Thamsen wandte sich um und lief weiter. Tom folgte ihm. Beide schwiegen. Dirk wollte den Freund eigentlich nicht in den Fall hineinziehen. Schon schlimm genug, dass er Haie für die Geldübergabe eingesetzt hatte. Was, wenn Tom etwas passierte? Oder Haie? Niklas hatte außer den beiden niemanden. Dirk fühlte sich immer noch schuldig an Marlenes Tod, wenngleich das nicht ganz der Realität entsprach, aber ein schlechtes Gewissen und eigene Vorwürfe ließen sich nicht so einfach zur Seite schieben. Wenn er damals nicht …

»Vielleicht kannst du dich mal ein wenig umhören? Aber nichts unternehmen! Auf keinen Fall. Noch wissen wir nicht, wie gefährlich die Täter sind, und ein Toter in diesem Fall ist schon einer zu viel!«

17. KAPITEL

»Mama?«

Karin Jakobsen stieß vorsichtig die Tür auf. Obwohl sie einen Schlüssel besaß, fühlte sie sich wie eine Einbrecherin. Normalerweise betrat sie das Haus nicht unaufgefordert, außer ihre Mutter war verreist, aber das war in der letzten Zeit immer seltener vorgekommen, und in diesem Jahr hatte die Rentnerin Risum-Lindholm überhaupt noch nicht verlassen. Dabei war sie froh gewesen, dass ihre Mutter nach dem Tod des Vaters das Reisen für sich entdeckt hatte, so blieb ihr wenigstens ein bisschen Freude im Leben. Sie putzte

»J… ja.«

Thamsen wollte gerade mit einer Handbewegung andeuten, dass Hanno Roloff das Gespräch noch weiter hinauszögern sollte, aber schon war ein Klicken zu hören und das Telefonat beendet.

Ansgar blickte Dirk unsicher an. »Hoffentlich reicht die Länge, um das Handy möglichst genau zu orten.«

»Das werden wir gleich sehen.« Thamsen zückte sein Telefon und rief den entsprechenden Kollegen an. Beinahe atemlos lauschte er den Ausführungen des Experten, bis er schließlich die Augen verdrehte und nach einer knappen Verabschiedung auflegte.

»Hm, so ganz genau konnten sie den Aufenthaltsort des Handys nicht bestimmen. Nur die Funkzelle, und die liegt in Niebüll.«

»Also der Standort hilft uns kaum weiter. Alle unsere Verdächtigen treiben sich quasi in Niebüll herum«, maulte Ansgar. Da musste Thamsen seinem Mitarbeiter zustimmen. Diese Aktion hatte sie nicht wirklich weitergebracht in dem Fall, dennoch durften sie nicht die Flinte ins Korn werfen. »Nun schicken wir erst einmal das aktuelle Erpresserschreiben nach Kiel, und dann überlegen wir uns eine Vorgehensweise für die Geldübergabe.«

13. KAPITEL

»Wo ist denn dein Turnbeutel?« Tom packte mit Niklas zusammen die Schulsachen für den kommenden Tag.

»Gestern lag er noch drüben auf der Fensterbank«, jammerte Niklas, der wenig Lust hatte, nach dem Sportzeug zu suchen. Wie immer hatte er in seinem Zimmer ein Chaos veranstaltet und sah überhaupt nicht ein, aufzuräumen. Tom fragte sich, woher der Junge diese Angewohnheit hatte, denn ihm waren Unordnung und ständiges Verbummeln irgendwelcher Dinge ganz und gar fremd, und auch Marlene war ein sehr ordentlicher Typ gewesen, die stets auf ihre Sachen geachtet hatte. Aber Niklas würde sogar seinen Kopf versusen – Gott sei Dank war der angewachsen.

»Dann schauen wir noch einmal im Flur«, beschloss Tom und öffnete die Zimmertür, vor der unvermittelt Thamsen stand.

»Huch!«, entfuhr es Dirk, und auch Tom zuckte zusammen.

»Mein Gott, hast du mich erschreckt!«

Dirk grinste. »So schreckhaft? Schlechtes Gewissen? Was hast du denn ausgefressen?«

Tom knuffte den Freund in die Seite. »Blödmann! Was schleichst du hier auch so rum?«

»Ich suche Haie.«

»Haie? Der ist hinten in der Garage. Sein Fahrrad hat einen Platten, und er wollte das schnell reparieren.«

»Danke!« Flugs drehte Thamsen sich um und war verschwunden, ehe Tom noch fragen konnte, was er von dem Freund wollte.

Haie hing beinahe kopfüber in einem Wassereimer, durch den er immer wieder den Fahrradschlauch zog. »Mensch, wo ist denn die undichte Stelle?«, murmelte er vor sich hin.

»Moin, Haie! Na, hast du Glück?« Haie kippte nun vollends über den Eimer, aus dem das Wasser schwappte. Thamsen griff dem Freund schnell unter den Arm und zog ihn aus der Lache. Ob seine Idee, den Freund um Mithilfe bei der Geldübergabe zu bitten, wirklich so klug war?

Doch Haie fing sich schnell. Vergessen das platte Fahrrad. »Was gibt es Neues?« In Haies Adern floss schließlich Detektivblut.

»Einiges.« Dirk erzählte von dem weiteren Erpresserschreiben und dem Telefonat. »Ja, und jetzt bräuchten wir deine Hilfe.«

»Inwiefern?«

»Na, wir können nicht einfach so mitfahren. Die Gefahr, dass der Erpresser beobachtet, wie wir einsteigen, ist einfach zu groß.«

»Meinst du denn, der ist auch in dem Zug?« Haies Augen wurden immer größer.

»Möglich. Oder aber es gibt einen oder mehrere Komplizen.«

»Hm. Müsste es schon, wenn die Tasche aus dem Zug geworfen werden soll. Oder wer soll das Geld draußen einsammeln? Und wie wollt ihr den Erpresser dann fangen? Wenn ihr euch entlang der Bahnstrecke postiert, dann entdeckt der Täter euch auch.«

Über die genaue Vorgehensweise hatten sie sich reichlich den Kopf zerbrochen. »Wir werden eine Sondereinheit in einer zweiten Lok unterbringen.«

»Zwei Loks am Intercity?« Haie kratzte sich am Ohr. »Ist das nicht ungewöhnlich?«

»Schon, aber so können wir unbemerkt unsere Männer einschleusen. Wenn die Lok angehängt wird, sind die schon drin.« Thamsen wusste zwar, wie riskant das geplante Vorgehen war, denn wenn der Erpresser nur den Hauch eines Verdachts hätte, würde er die Aktion wahrscheinlich abbrechen. Aber alle anderen diskutierten Varianten kamen nun einmal nicht infrage. Entweder war es zu riskant, dass der Täter sie aufspürte, oder aber für die Umsetzung fehlte es schlichtweg an Personal. Zwar hatten die Husumer ihnen erstaunlicherweise erneut ihre Unterstützung zugesichert, und die Sondereinheit war auch von den Kriminalern angefordert worden, aber ansonsten war personaltechnisch wenig zu machen. Ohnehin brachte es nichts, entlang der Bahnstrecke Polizisten zu postieren, denn die würde der Erpresser, wie Haie richtig bemerkt hatte, ja auch sehen.

»Und wofür brauchst du mich?«

»Die Kollegen in der Lok können ja nicht sehen, wann die Tasche rausgeworfen wird, und ...«

»Na ja, wenn die rausgucken, wäre das zu auffällig«, fuhr Haie dazwischen. Seine Wangen glühten. »Aber ihr habt doch Funk?«

»Genau, aber irgendeiner muss eben die Info, dass die Tasche rausgeworfen wird, weitergeben, damit der Zug gestoppt werden kann.«

»Du meinst, ich soll ...« Haie schluckte. Er hatte schon

»Hm.« Dirk schaute ratlos auf die Leiche zu seinen Füßen. Sicher war für ihn nur, dass die Tote zu dem Erpressungsfall gehörte, auch wenn es noch keine Beweise gab, aber wie sonst sollte das hier zusammenhängen?

»Wer hat die Leiche gefunden?«

Ansgar deutete auf die Tochter, die auf einem Stuhl in der Küche saß. »Aber sie weiß nichts. Hat seit Tagen nichts von ihrer Mutter gehört und ist deshalb hergekommen.« Dirk musterte die Frau, die zusammengesunken am Tisch saß.

»Sie könnte eine Trittbrettfahrerin sein«, flüsterte er. »Schließlich weicht das hier doch vom Muster des ersten Anschlags sehr ab.«

Rolfs schaute nun ebenfalls zu Frau Jakobsen, schüttelte anschließend den Kopf. »Vielleicht ist es aber auch nur ein Zeichen, dass der Täter nervös wird.«

Haie räumte gerade Niklas' Zimmer auf, als Tom in den Flur trat. »Haie?«

»Ich bin hier!«

Tom versuchte, sich einen Weg durch die Legowelt zu bahnen. »Ist dein Gespräch gut gelaufen?«

»Jaja«, antwortete Tom flüchtig. Vergessen war der Verdacht, nun zählte erst einmal der nächste Todesfall. »Es gibt ein weiteres Opfer.«

»Was?« Haie machte einen Schritt auf ihn zu. Knack, da war es um das Legomännchen geschehen.

»Wen denn? Wo denn?«

»Keine Ahnung«, entgegnete Tom und erzählte, wie er lediglich den Anruf mitbekommen hatte. »Dirk ist dann gleich los.«

»Wieso hast du ihn getroffen?«

»Ach, nun ja, ich habe da so einen Verdacht.«

»Verdacht? Wegen der Erpressung?«

»Ja, Laktilus will die Molkerei kaufen.«

Haie kratzte sich am Kopf. »Das Unternehmen, für das du arbeitest? Langsam werden die Verdächtigen aber mehr als unübersichtlich, was? Die Aktivistengruppe, Bastian Roloff, eventuell irgendwelche Konkurrenten oder auch Zulieferer der Meierei und jetzt noch deine Firma? Ich blicke da langsam nicht mehr durch.« Er stöhnte, als er die restlichen Legosteine aufhob und in eine Kiste warf. Tom bemerkte, wie schwer dem Freund die Bewegungen fielen.

»Ist alles in Ordnung? Lass doch die Steine, dass soll Niklas später selbst aufräumen.«

»Nee, ich wollte noch schnell durchsaugen …« Haie ließ sich aufs Bett plumpsen. »Egal«, winkte er ab. »Geht ja. Muss mich auch erst mal ums Mittagessen kümmern.« Er stemmte sich mühsam hoch.

»Was hältst du davon, wenn wir heute Mittag essen gehen? Wir waren schon lange nicht im Frieseneck«, schlug Tom vor, der das Gefühl hatte, Haie sei ein wenig überlastet momentan. Sein Junge, der Haushalt, und bei den Ermittlungen steckte er auch schon wieder mittendrin.

Haie nickte. »Aber was ist mit Niklas?«

»Der ist doch heute in dieser Nachmittagsbetreuung. Deswegen hast du ihm zum Mittag eine Stulle mehr gemacht.«

»Ach ja, habe ich ganz vergessen«, murmelte Haie vor sich hin. »Der kommt ja erst um drei nach Hause.«

»Siehst du, wir haben also eine Menge Zeit«, stellte Tom fest und reichte Haie die Hand. »Komm, auf ins Frieseneck!«

18. KAPITEL

Die Spurensicherung war nach einer gefühlten Ewigkeit eingetroffen, obwohl der Fall sehr brisant war. Mit Sicherheit hatte sich der Tod Gerda Lists schon herumgesprochen, und Thamsen befürchtete, dass die Panik in der Bevölkerung nun eskalieren könnte. Ganz bestimmt lauerten auch schon die Reporter vor der Tür. Doch das alles interessierte die Kollegen in Kiel wenig. Wieder einmal bereute Thamsen, eine Dienststelle am Arsch der Welt zu leiten. Irgendwie erschien es ihm, die anderen Beamten hatten sie hier in Niebüll nicht wirklich auf dem Schirm. Nur wenn etwas schieflief, zeigte man gerne mit dem Finger auf seine kleine Provinzdienststelle. Und wahrscheinlich würde das schon bald wieder der Fall sein, spätestens wenn sich herausstellte, dass auch diese ältere Dame Opfer des Erpressungsfalls geworden war. Und danach sah es für Thamsen jetzt schon aus. Die Buttermilch aus der Niebüller Meierei, der Bittermandelgeruch, die Tote – da brauchte man im Prinzip kein Kriminaler zu sein, um die Zusammenhänge zu sehen.

Die Kollegen begannen mit einer Analyse des Fundortes. Die Tote wurde anschließend ins Rechtsmedizinische Institut nach Kiel überführt. Viel gab es für ihn hier nicht zu tun, daher verabschiedete er sich und wollte mit Ansgar Rolfs auf die Dienststelle fahren, doch schon beim Verlassen des Hauses an der Dorfstraße wurde ihnen klar, dass dies kein leichtes Unterfangen werden würde. Die Menschentraube auf der Zufahrt war mittlerweile zu einer größeren Versammlung angewachsen, und wie vermutet, trieben sich auch ein paar Journalisten herum. Als die Thamsen und Rolfs erblickten, stürmten sie augenblicklich auf die beiden zu.

»Handelt es sich um ein weiteres Anschlagsopfer? Was gedenkt die Polizei zu tun? Wie will man die Bevölkerung schützen?«

Die Fragen prasselten wie eine Gewehrsalve auf sie nieder. Dirk hob abwehrend die Hände. »Momentan können wir noch keine genauen Angaben machen. Die Untersuchungen laufen, bitte haben Sie Verständnis.«

»Verständnis?«, rief jemand aus der Menge, und Thamsen spürte, wie die Stimmung zu kippen drohte.

»Wir werden alles, was in unserer Macht steht, tun, um den Fall möglichst bald aufzuklären«, versuchte er, die Leute zu beruhigen und sich gleichzeitig möglichst schnell aus der Schusslinie zu ziehen. Er stieß Ansgar mit dem Ellenbogen leicht in die Seite und drängte durch die Schar, die kaum Platz machte.

»Und wie viele von uns sollen bis dahin noch krepieren?«, kreischte plötzlich eine Frau, die sich ihnen wie aus dem Nichts in den Weg stellte. Ansgar blieb stehen, doch Dirk zog ihn weiter. Wenn sie sich jetzt den Leuten stellten, würde die Meute sie zerreißen. Schließlich hatten sie nicht wirklich etwas in dem Fall vorzuweisen, und irgendwie fühlte Thamsen sich am Tod Gerda Lists schuldig. Sie hätten die Bevölkerung warnen und besser aufklären müssen.

»Meiden Sie in der nächsten Zeit einfach jegliche Milchprodukte«, rief er der Frau über die Schulter zu und riss die Tür seines Dienstwagens auf. Schnell glitt er auf den Fahrersitz und gab Gas, ehe Ansgar Rolfs neben ihm Platz genommen hatte.

»Wow, Chef«, rutschte dem raus, während er eilig die Wagentür zuzog.

»Wir müssen dringend eine Presseversammlung einberufen.« Thamsen lenkte den Wagen Richtung Bundesstraße. »Die schreiben sonst, was sie wollen, und verdrehen die Tatsachen.« Und das bedeutete auf jeden Fall Ärger mit den Vorgesetzten.

»Hast du mit Roloff sprechen können?«

»Ja, der ist ziemlich fertig. Hat tatsächlich einen Wachmann eingestellt. Sieht verständlicherweise sein Unternehmen den Bach runtergehen. Und nun, wo es noch ein Opfer gibt … Wenn rauskommt, dass die Frau an einer vergifteten Buttermilch gestorben ist, kann der den Laden dichtmachen.«

Das kann der wahrscheinlich so oder so, und Laktilus könnte die Meierei billig kaufen, dachte Thamsen. Wenn die man nicht etwas damit zu haben, überlegte er. Sabotage zur Firmenübernahme gab es sicherlich nicht selten.

»Aber von einem weiteren Drohbrief hat er nichts erzählt?«

»Angeblich hat der Erpresser sich nach der verpatzten Geldübergabe nicht mehr gemeldet.«

»Und das glaubst du ihm?« Dirk schaute kurz zu Rolfs, ehe er sich wieder auf die Straße konzentrierte.

»Weiß nicht. Fakt ist doch, so kommen wir nicht weiter.« Rolfs' Stimme klang resigniert.

Thamsen konnte diesen Gemütszustand sehr gut nachvollziehen. Er fühlte sich selbst machtlos in dem Fall, alles schien ihnen aus den Händen zu gleiten. Jede Spur, die sie aufnahmen, verlief sich irgendwie im Nichts, und die losen Ermittlungsfäden ergaben nur ein wirres Muster, das sich nicht enträtseln ließ. *Noch* nicht, denn so leicht gab Thamsen sich nicht geschlagen. Er wäre heute nicht dort, wo er sich befand, wenn er immer schon frühzeitig die Flinte ins Korn geworfen hätte. Er straffte die Schultern.

»Wir müssen noch die Alibis der Aktivistengruppe überprüfen«, versuchte er, Rolfs anzutreiben. »Zwar sollten wir bei dem von Ludow diskret vorgehen«, er dachte kurz an den Anruf des Polizeichefs, »aber verdächtig ist verdächtig. Prominentenbonus gibt es hier nicht. Basta!«

»Sieh an, sieh an«, flüsterte Haie, als sie den Gastraum betraten. »Der von Ludow diniert mit seinem Sohn. Ich dachte, die können nicht miteinander?«

»Jetzt starr aber nicht so rüber.« Tom kannte den Großgrundbesitzer nur vom Namen, hatte aber gehört, dass er kein angenehmer Zeitgenosse sein sollte. Und so, wie sein Sohn ihm am Tisch gegenübersaß, bestätigte sich das.

»Dass die miteinander essen«, flüsterte Haie, während er sich an einen freien Tisch setzte, von wo aus er die beiden gut im Blick hatte. »Der Sohn ist doch gegen diese Tierhaltung, die sein Vater betreibt.«

»Tja, von irgendwas muss der ja auch leben. Was glaubst du, wie die Gruppe sich finanziert? Da geht doch keiner arbeiten, oder? Und wenn, dann nur ehrenamtlich als Tierretter.« Tom musterte Christoph von Ludow unauffällig durch das Salatbüffet hindurch, das in der Mitte des Raumes stand.

Die Bedienung kam zu ihnen und brachte die Karte.

»Entschuldigung«, meldete sich eine Frau vom Nebentisch. »Ist die Suppe etwa mit Sahne?« Urplötzlich wurde es still im Gastraum, und die Köpfe der Anwesenden schnellten herum.

»Ja, die ist mit Sahne«, antwortete die Kellnerin leicht zögernd.

»Was?«, entfuhr es einer anderen Dame am Tisch nebenan. Ein Stimmengewirr erhob sich und schwoll nicht zuletzt aufgrund der hallenden Akustik in dem Raum enorm an.

»Dann will ich etwas anderes!«, kreischte nun die Frau mit der Suppe. Die Bedienung entschuldigte sich bei Tom und Haie, trat an den Nachbartisch und nahm wortlos den Teller. Weder der Ausdruck auf dem Gesicht der Kellnerin noch auf dem der jungen Dame war zu deuten. Wortlos verschwand die Servererin in Richtung Küche.

»Das kommt bestimmt jetzt öfter vor«, bemerkte Haie und inspizierte die Karte. »Dabei kann man sich ohnehin kaum entscheiden, was man essen soll. Ist ja alles lecker hier.«

»Am besten Fleisch«, grinste Tom, »da ist wenigstens keine Sahne drin.«

»Aber zu viel Fleisch ist auch nicht gesund«, erklärte Haie. »Außerdem sollten wir die Milchproblematik nicht auf die leichte Schulter nehmen. Nun, wo noch jemand vergiftet worden ist. Wer weiß?«

»Hast ja recht!«

Sie wählten zweimal Scholle mit Salzkartoffeln und Salat. Während sie auf ihre Bestellung warteten, schweifte Haies Blick immer wieder zu dem Tisch, an dem Christoph von Ludow mit seinem Vater saß. Die beiden hatten anscheinend eine heftige Diskussion. Haie konnte zwar nichts verstehen, aber der Senior schüttelte in einer Tour den Kopf, während sein Sohn wütend auf ihn einredete. Unerwartet sprang Christoph von Ludow kurz darauf auf und stieß dabei seinen Stuhl um, der mit einem lauten Knall zu Boden ging.

»So nicht, verreck an deinem Geld!«, spuckte der Junge seinem Vater geradezu vor die Füße und stürmte aus dem Gastraum.

Tom verfolgte den Abgang von Christoph von Ludow, blickte dann zum Vater, der weiteraß, als sei nichts geschehen.

»Siehste«, wandte er sich schließlich wieder Haie zu, »hab doch gesagt, es geht um Geld.«

Haie nickte nur stumm.

Die Kellnerin brachte ihr Essen und stellte auf dem Rückweg den umgestoßenen Stuhl wieder auf. Tom griff nach dem Besteck und machte sich über die Scholle her, während sein Freund anscheinend noch über den vorangegangenen Vorfall nachdachte.

»Es geht um Geld«, wiederholte er nach einer Weile.

»Klar.« Tom kaute und schluckte. »Aber ehrlich gesagt würde ich meinen Sohn auch nicht ewig beim Nichtstun unterstützen.«

»Aber das macht den adeligen Sprössling doch sehr verdächtig«, flüsterte Haie. »Die Gruppe braucht Kohle und anscheinend dringend.«

19. KAPITEL

»Du hast mich gerufen?« Bastian Roloff stand in der Tür zum Büro seines Vaters.

»Komm rein, mach die Tür zu.«

Bastian runzelte die Stirn, tat aber, wie verlangt.

»Wir müssen uns etwas überlegen. So geht es nicht weiter.«

Bastian setzte sich auf den Stuhl vor dem massiven Holzschreibtisch. »Und was schlägst du vor?«

Statt einer Antwort hob Hanno Roloff die Schreibtischunterlage an und beförderte einen Brief zutage.

»Schon wieder einer?«

»Hm.«

»Weiß die Polizei Bescheid?«

»Nein.«

»Verstehe«, nickte Bastian. Trotzdem hatte Hanno Roloff das Gefühl, sich rechtfertigen zu müssen. »Hat uns bisher ja auch nichts gebracht. Außer diese verpatzte Geldübergabe und einen weiteren Toten.« Er stöhnte, als er an die neuesten Meldungen dachte. Sie standen so gut wie vor dem Ruin. »Wir müssen das hier in den Griff kriegen.« Der Molkereibesitzer reichte seinem Sohn das Erpresserschreiben.

Morgen – halb zehn – eine Tasche mit Euro 1.000.000 – Botschlotter See – rotes Ruderboot – keine Polizei – sonst folgt der Supergau.

Bastian Roloff ließ das Schreiben sinken. »Und was hast du nun vor?«

»Zahlen, was bleibt uns anderes übrig. Sonst nimmt das nie ein Ende.«

»Stimmt«, entgegnete Bastian und reichte den Brief zurück. »Vielleicht könnte ich die Tasche …«

»Du?« Hanno Roloff schien überrascht über den Vorschlag seines Sohnes. Er wollte das lieber selbst erledigen. Wie immer. Daher schüttelte er den Kopf. »Nein, nein, das erledige ich persönlich. Schließlich ist das Schreiben an mich gerichtet. Nicht, dass der Erpresser die Biege macht, wenn da jemand anderes auftaucht.«

Bastian Roloff musterte seinen Vater. »Du willst dem Täter aber nicht etwa auflauern, oder?«

Etwas zu schnell verneinte Hanno Roloff die Frage seines Sohnes.

»Also, das ist wirklich zu gefährlich. Besser, ich mache das.«

»Dann ist es genauso gefährlich, und diesmal will ich nicht, dass etwas schiefgeht.«

»Aber wieso hast du mich überhaupt eingeweiht, wenn ich doch nichts tun darf?«, zischte Bastian seinen Vater an und stand auf.

Hanno Roloff zeigte sich jedoch wenig beeindruckt. Diese Ausbrüche seines Sohnes kannte er zu gut. Doch so ganz allein konnte er dieses Problem nun einmal nicht lösen. »Damit du die Polizei verständigst, falls mir etwas zustößt.«

Am späten Nachmittag kehrten Thamsen und Ansgar auf die Dienststelle zurück. Die Befragungen der Mitglieder der Aktivistengruppe hatten rein gar nichts gebracht. Die mauerten alle, oder aber die Eltern hatten einer Befragung nicht zugestimmt. Wussten wahrscheinlich schon, warum, was Thamsen und seinen Mitarbeiter zwar ärgerte, aber nicht half. Schließlich hatten sie keine handfesten Beweise.

Herrn von Ludow hatten sie nicht angetroffen. Oder aber, was Thamsen eher vermutete, er hatte ihnen nicht aufgemacht. Irgendwie hatte Dirk nämlich das Gefühl gehabt, beobachtet zu werden, und auch Ansgar hatte sich zu der vor dem Tor installierten Kamera umgeschaut. Aber es blieb dabei, sie kamen einfach nicht weiter. Stöhnend ließ er sich auf seinen Schreibtischstuhl fallen, fuhr aber augenblicklich wieder auf, weil sein Telefon klingelte.

»Jo, ich bin's, Bernd aus Kiel.«

Die Kollegen von der Spurensicherung waren wirklich fleißig. In der restlichen Buttermilch hatte man ebenfalls

Spuren von Zyankali gefunden. »Ich denke, Dr. Becker wird das als Todesursache bestätigen. Aber es gibt noch etwas. Wir haben an dem Deckel der Buttermilch ein Einstichloch gefunden und gehen daher davon aus, dass der Becher gezielt vergiftet wurde.«

»Also nicht die komplette Produktion?« Thamsen atmete kurz auf, ehe tausend Gedanken auf ihn einstürmten. Handelte es sich um einen Trittbrettfahrer? Wollte da jemand einen Mord dem Erpresser in die Schuhe schieben? Oder war der Täter aufgrund des Wachdienstes nicht in die Molkerei gekommen? Und wie war das Gift beim ersten Anschlag in das Produkt gelangt?

»Wahrscheinlich nicht. Obwohl, hundertprozentig wissen wir das nicht. Wir schauen uns den Joghurtbecher aber auch noch einmal genau an. Vielleicht haben wir da was übersehen.«

»Danke. Gebt sofort Bescheid, wenn ihr etwas habt, ja?«, bat Dirk den Kollegen, ehe er sich verabschiedete und auflegte.

Waren sie auf einer völlig falschen Spur gewesen? Hatte der Erpresser den Joghurt und nun auch die Buttermilch im Laden vergiftet? Aber fiel das nicht auf, wenn da jemand mit einer Spritze am Kühlregal rumhantierte? Er kratzte sich am Kopf. Oder hatte Frau Jakobsen den Skandal der Molkerei genutzt, um ihre Mutter umzubringen? Mannomann. So viele Ansätze und keine konkreten Hinweise. Wo sollte er nur weiter ermitteln? Er starrte aus dem Fenster. Draußen wurde es bereits dunkel, obwohl es heute ohnehin nicht richtig hell geworden war. Wie sollte er da Licht in den Fall bringen?

Tom war am Nachmittag noch einmal zu seinem Auftraggeber gefahren. Eigentlich hatte er in der Firma heute nichts zu tun, da er momentan mit einer Finanzanalyse beschäftigt war, die er für gewöhnlich von zu Hause aus erarbeitete, aber der informelle Auftrag von Thamsen sowie Haies Drängen, er müsse der Sache auf den Grund gehen, trieben ihn nach Niebüll. Als er nun jedoch in seinem Wagen saß und auf das Gebäude und dessen Eingang hinüberblickte, war er sich unsicher, was er tun sollte. Vielleicht in der Buchhaltung nach ein paar Zahlen fragen? Aber das hätte er auch telefonisch oder per Mail erledigen können. Hm, er überlegte fieberhaft. Seit gestern vermisste er seinen Füller. Ein Erbstück seines Großvaters. Das war doch ein Grund, oder? Er stieg aus und betrat die Eingangshalle.

»Moin, Herr Meissner, noch ein Meeting?«, grüßte ihn der Hausmeister, der gerade ein paar Leuchtmittel austauschte.

»Nein, nein, ich habe nur etwas vergessen.« Tom eilte die Treppe hinauf.

Im Personalbüro saß Frau Lechner. »Herr Meissner?«

»Hallo, Frau Lechner«, lächelte er charmant. »Gut, dass Sie noch da sind. Ich habe neulich meinen Füller vergessen. Hat ihn zufällig jemand gefunden und abgegeben?«

Die Assistentin des Personalbüros war unter anderem die gute Seele des Hauses und kümmerte sich um weitaus mehr Belange, als ihre Jobbeschreibung verlangte. Unter Firmenkostengesichtspunkten würde Tom es so formulieren: Die Frau war nicht ausgelastet, aber jetzt war er froh, sie auf den vermissten Füller ansprechen zu können.

»Ach herrje, nein, Herr Meissner. Nicht, dass ich wüsste. War der teuer?«

Tom wiegte den Kopf hin und her. »Das weiß ich nicht genau, war ein Erbstück. Aber gerade deswegen ist mir daran sehr gelegen.«

»Das verstehe ich.« Frau Lechner blickte ihn durch ihre dicke Hornbrille blinzelnd an. »Soll ich noch mal nachschauen?«

»Oh, das wäre furchtbar nett.« Langsam begann Toms Gesicht von dem Dauerlächeln zu schmerzen.

»Ja, aber wo könnte der sein?« Etwas ratlos huschten die Augen der Assistentin umher.

»Vielleicht in dem Büro von Dr. Stolpe?«

Sie hielt inne. »Aber Ihr letztes Meeting vorgestern hat doch unten im Besprechungszimmer stattgefunden, oder?«

»Ja schon.« Er biss sich auf die Lippe.

»Und da hatten Sie den Füller noch?«

»Bin mir nicht sicher. Ist Dr. Stolpe denn noch da?«

»Nein, er ist heute früher gegangen. Ein Auswärtstermin.«

»Dann könnten wir doch einfach schnell mal nachschauen, oder?«

Zögernd stand Frau Lechner auf. »Ich weiß nicht …«

»Was ist schon dabei? Nur kurz nachsehen, wir finden sicherlich keine Firmengeheimnisse, oder?« Tom gluckste laut.

»Gut, aber nur kurz.«

Sie ging über den Gang, schloss eine Tür auf und griff um die Ecke, um das Licht anzuschalten. »Bitte schön.«

Tom trat etwas zögerlich ein und blickte sich um. Ein großer Glasschreibtisch mit metallenen Streben dominierte den Raum, dahinter ein Aktenschrank und eine Vitrine. »Oh, was ist das denn?« Tom schritt auf den Glasschrank zu, hinter dessen Scheibe eine Dose mit einem Totenkopf drauf stand.

»Soweit ich weiß, sind das Substanzen, mit denen Dr. Stolpe arbeitet.«

»Hier? Und nicht im Labor?« Er drehte sich um und musterte Frau Lechner.

»Doch, doch, aber diese speziellen Sachen verwahrt er hier. Zur Sicherheit.« Die Assistentin schaute demonstrativ auf ihre Armbanduhr.

»Aber wieso? Im Labor gibt es doch auch Verschlussmöglichkeiten, oder?«

»Schon, aber das sind Mittel, die Dr. Stolpe selbst entwickelt hat. Er will sichergehen, dass niemand Zugriff darauf hat und sie kopiert.« Sie reckte den Hals. »Ist denn Ihr Füller nun hier?« Tom tat, als suche er angestrengt nach dem Schreibgerät, überlegte dabei jedoch, ob Dr. Stolpe etwas mit den Anschlägen zu haben könnte. Was waren das für Substanzen dort hinter dieser Glasscheibe?

»Tja, sieht nicht so aus, als befände sich mein Füller hier.« Er drehte sich im Kreis.

»Vielleicht doch im Besprechungsraum? Aber da ist gerade Meeting von Herrn Nissen.«

»Bestimmt wegen der Übernahme, oder?« Tom fragte wie selbstverständlich, und Frau Lechner nickte. Sie ging also davon aus, dass er Bescheid wusste.

»Was halten Sie denn davon?«

»Nun ja«, entgegnete sie, »ich bin ja nicht befugt, darüber zu sprechen.«

»Aber Ihre Meinung werden Sie dazu ja wohl äußern dürfen, oder?« Tom setzte wieder sein Lächeln ein, das auch diesmal seine Wirkung nicht verfehlte.

»Also ich finde es einen höchst unglücklichen Moment, die Meierei zu kaufen, wenn Sie nun so fragen. Wie sieht das denn aus, gerade jetzt, wo die wegen der Erpressung am Boden liegen?«

»Hm ja, wie sieht es denn aus?«

Frau Lechner zog die Augenbrauen hoch. »Na, als hätten wir damit etwas zu tun.«

Thamsen hatte Ansgar von dem Telefonat mit Kiel erzählt, aber auch den verwirrten diese neuen Informationen eher, als dass er sie einordnen konnte. Irgendwie hatten sie ein wenig den Durchblick verloren in dem Fall.

»Vielleicht fangen wir noch einmal von vorne an und beginnen mit dem Umfeld des Arztes«, schlug Dirk vor.

»Gute Idee, denn ich denke, noch können wir gar nicht ausschließen, dass hier jemand nur unter dem Deckmantel der Erpressung mordet«, stimmte sein Mitarbeiter zu, und Thamsen gab ihm recht. Wenn der Joghurtbecher eine Einstichstelle hatte, dann kam eigentlich jeder als Täter in Betracht – jeder mit einem entsprechenden Motiv. Zumindest musste der vergiftete Joghurt nicht zwangsläufig von dem Erpresser stammen. Nur passte dieser vermeintliche Anschlag zu gut ins Bild. Und was hatte es ansonsten mit der schwarzen Gestalt auf sich, die die Nachbarin der Molkerei beobachtet hatte? Dirk kratzte sich am Kopf. Nicht einfach, völlig unvoreingenommen den Fall noch einmal von vorne aufzurollen.

Er rief im Computer die Befragungen der Zeugen im Fall Dr. Scholz auf. Angeblich gab es in dessen Umfeld niemanden, der ein Motiv hatte, den Mann umzubringen. Laut Aussagen der Tochter und sämtlicher Mitarbeiterinnen, war der Arzt äußerst beliebt, hatte keine Feinde, keinen Ärger mit Patienten.

»Ist denn unter den Angestellten vielleicht einer mit entsprechender Giftausbildung?«, hakte Ansgar nach. Doch auf diese Frage fand Dirk keine Antwort in den Unterlagen. »Kannst du das noch einmal nachprüfen?«, forderte er Rolfs auf.

»Klar, Chef.«

20. KAPITEL

Als Tom am nächsten Morgen beim Bäcker Brötchen holte, stand vor dem Laden eine Menschentraube.

»Wie können wir denn sicher sein? Und wenn da nun auch Gift drin ist?«, hörte er die aufgeregten Stimmen, nachdem er aus seinem Wagen ausgestiegen war und auf den Eingang der Bäckerpost zuging. Die Menschen waren in Sorge, und die Stimmung drohte zu eskalieren. Ein Hauch von Panik hing bereits in der Luft.

Obwohl er kein großer Freund von Milchprodukten war, konnte er die Leute natürlich verstehen. Er selbst hasste den säuerlichen Joghurtgeschmack, aber Niklas verputzte meist zwei Becher pro Tag, die er wohl für sein Wachstum auch brauchte. Zwar war Haie zu Hause inzwischen auf Sojaprodukte umgestiegen, aber wer wusste heutzutage schon, wo überall Milch drin war? Sollte die Veganergruppe etwas mit den Anschlägen zu tun haben, überlegte Tom, dann hatte sie ein Teilziel erreicht. Das Thema Ernährung war ins Bewusstsein der Menschen gedrungen – und zwar gründlich. Jeder in der Umgebung schien momentan darüber nachzudenken, was er aß.

Gut, das bedeutete noch nicht, dass die Leute sich deshalb Gedanken über die Tierhaltung machten. Generell war die industrialisierte Tierhaltung etwas, was man in der Gesellschaft eher verdrängte. Jeder wollte selbstverständlich Steak, Schinken, Hähnchen essen, aber keiner diese Bilder von dicht eingepferchten und zum Teil misshandelten Tieren sehen. Wer aß schon gerne Eier mit dem Gedanken an ein völlig ausgemergeltes Huhn in einer Legebatterie? Das schmeckte niemandem. Also ignorieren wir das, ich auch, musste Tom sich eingestehen und schluckte.

Er machte sich selten Gedanken über seine Nahrung. Dabei gaben die immer wieder auftauchenden Skandale um Lebensmittel – Gammelfleisch, belastete Milch, erkrankte Hühner – einem eigentlich genügend Grund dafür. Er nahm sich vor, in Zukunft mehr darüber nachzudenken, was er seinem Körper und somit seiner Umwelt zumutete, und betrat den Laden. Hinter dem Tresen stand eine schniefende Verkäuferin.

»Niemand kauft etwas, dabei backen wir viele Dinge ohne Milch oder Eier. Und alles Bio!« Tom kaufte ein Vollkornbrot und ein paar Brötchen – garantiert ohne Milch. Doch er blieb die Ausnahme.

»Dieser ganze Skandal ruiniert nicht nur die Molkerei – auch wir sind betroffen, ganz zu schweigen von den Verbrauchern. Was soll ich denn nun mit den ganzen Waren machen? Und die Polizei tut nichts, um uns zu schützen. Und Infos bekommen wir auch keine«, schimpfte die Frau, während sie die Brötchen geräuschvoll in eine Papiertüte packte.

»Na ja, wäre es nicht auch die Verantwortung der Molkerei, wenn es da Probleme gibt?«, gab Tom zu bedenken.

»Die, ach was, der alte Roloff ist doch viel zu stolz, und der Junge ein Hallodri. Würde mich nicht wundern, wenn der sogar was damit zu tun hat, nur um seinem Vater eins auszuwischen.«

Hanno Roloff zog sich die Kapuze des Pullovers, den er sich von seinem Sohn geliehen hatte, tiefer ins Gesicht, als er in den Wagen stieg. Die Sonnenbrille hatte er weglassen müssen, denn draußen war es heute wieder so grau und schummrig, dass er durch die getönten Gläser die Straße hätte gar nicht sehen können. Nach wie vor war der Unternehmer entschlossen, das Geld wie gefordert am Botschlotter See zu deponieren und sich anschließend auf die Lauer zu legen. Er war extra gestern noch an die angegebene Stelle gefahren, um ein entsprechendes Versteck auszukundschaften, von dem er einen guten Blick auf das Ruderboot hatte, aber der Erpresser ihn nicht entdecken würde. Wenn der Täter auftauchte, würde er die Polizei verständigen. Auf dem Rücksitz lag das Jagdgewehr eines Freundes, dem er etwas von lästigen Kaninchen in seinem Garten erzählt hatte, die seine Beete verwüsteten. Er war sich nicht sicher, ob Jupp ihm die Geschichte abgekauft hatte, aber es war ihm auch egal. Mit dem Gewehr wollte er den Täter im Zaum halten, bis die Polizei eintraf.

Neben der Waffe befand sich die Tasche mit dem Geld – diesmal natürlich ohne Farbbombe oder Peilsender. Ein wenig mulmig war es Hanno Roloff, denn dies war letztendlich alles, was ihm geblieben war – seine letzten Reserven aus dem Firmentresor. Wenn es schiefging, konnte er einpacken.

Er schlug aufs Lenkrad – irgendwie war in den letzten Tagen alles aus dem Ruder gelaufen, sein Leben erschien ihm wie ein Albtraum, aus dem er nicht erwachen konnte. Dabei brauchte er gerade jetzt einen klaren Verstand, um die Kontrolle zu behalten. Angestrengt starrte er durch die Windschutzscheibe und lenkte den Wagen über den alten Außendeich. Er passierte Fahretoft und bog kurz darauf in einen kleinen Feldweg ab. Hier versteckte er das Auto hinter einem kleinen Knick und lief den Rest des Weges zu Fuß. Er kannte sich in dieser Gegend nicht sonderlich gut aus. Hierher verschlug es ihn eigentlich nie – das hatte seinen guten Grund, wie er fand. Außer flachem Land und piepsende, kackende Vögel gab es an diesem Ort für ihn nichts.

Er erreichte den See. Weit und breit war nichts zu sehen. Ob der Erpresser sich schon irgendwo postiert hatte? Beobachtete er ihn bereits? Er schluckte und blickte sich hektisch in alle Richtungen um. Nichts. Trotzdem blieb das Gefühl, jemand verfolge jede seiner Bewegungen. Langsam schlenderte er auf den hölzernen Steg zu, an dem das rote Ruderboot vertäut war. Sachte schaukelte es hin und her. Ein letztes Mal vergewisserte Roloff sich, allein zu sein, dann legte er das Jagdgewehr zur Seite, beugte sich zu dem Boot hinunter und schleuderte die Tasche hinein. Pomp. Der dumpfe Aufprall dröhnte in seinen Ohren. Eine unsichtbare Hand hielt ihn am Steg. Er konnte sich nicht von dem Geld trennen, dabei musste er dringend verschwinden. Nur widerwillig erhob er sich, nahm das Gewehr, warf einen letzten Blick auf die Tasche und entfernte sich vom Steg.

»Hm«, überlegte Haie, »hast du schon mit Dirk darüber gesprochen?«

»Nee, ich habe ja auch nicht wirklich was.«

»Na ja, so eine giftige Substanz und dann der Bezug

zur Molkerei ... ich finde, du solltest ihm davon erzählen.«

Tom schnitt sich eines der Brötchen auf und griff zum Honigglas. Nachdem Haie Niklas zur Schule begleitet hatte, gönnten sie sich in aller Ruhe ein zweites Frühstück. »Ja, aber was soll ich denn sagen? Dass mein Auftraggeber die Joghurts vergiftet hat, um die Molkerei möglichst billig zu kaufen?«

»Ist doch ein fabelhaftes Motiv. Und dann dieser Giftschrank. Das könnte passen. Wir sollten sehen, dass der Täter bald gefasst wird, denn langsam kann ich diesen Sojakram nicht mehr sehen.« Haie rührte seinen Kaffee um, der eine seltsame Färbung aufwies, und murmelte: »Es ist ohnehin erstaunlich, wo überall Milch drin ist.«

»Na, auf alles muss man ja nun nicht verzichten. Nur bei den Produkten aus der Niebüller Meierei wäre ich vorsichtig.«

»Ja, aber wenn doch die Aktivistengruppe etwas mit den Anschlägen zu tat, könnten noch andere Betriebe betroffen sein.«

»Schon, aber bisher hat sich ja keiner gemeldet, oder?«

»Vielleicht, weil die Schiss haben. Außerdem hätte Roloff wohl auch nichts gesagt, wenn es nicht einen Toten gegeben hätte.«

»Stimmt«, gab Tom zu. »Trotzdem kann ich meinen Arbeitgeber nicht einer Erpressung bezichtigen, wenn ich nichts in der Hand habe.«

»Sollst du ja auch nicht, aber mit Dirk könntest du mal sprechen.« Für Haie waren das zwei verschiedene Paar Schuhe. Aber Tom hatte weitaus mehr Skrupel als der Freund.

»Du weißt doch, wie das ist. Das sickert vielleicht irgendwo durch. Hier in der Gegend bleibt ja nichts so richtig lange geheim.«

Das war einer der Punkte, der Tom an seinem Wohnort störte. Und dass er hier Tag für Tag an Marlene erinnert wurde. Nach ihrem Tod hatte er wegziehen wollen, doch dann hatte er auf der anderen Seite Angst davor gehabt, alleine mit dem Kleinen irgendwo neu anfangen zu müssen.

Marlene hatte diese Landschaft geliebt – wie konnte er sie seinem Sohn vorenthalten? Aber dieses an sich ruhige und idyllische Leben hatte sein Preis. Nichts blieb den Leuten in dieser Umgebung lange verborgen. Akribisch wurde hier alles beäugt und im Dorfverbund – beispielsweise im Spar-Markt – ausgiebig diskutiert. Daher ging er davon aus, dass es auch in dem Erpressungsfall bald Neuigkeiten geben würde, die vielleicht in Kürze zur Aufklärung führten.

Roloff hatte in seinem Versteck Posten bezogen und starrte auf den Steg. Er hatte unterschätzt, wie kühl es um diese Jahreszeit war, denn die Kälte war bereits durch seine wetterfeste Jacke und unter den Kapuzenpullover gekrochen. Sein linkes Bein war eingeschlafen, vorsichtig versuchte er, es zu bewegen, um die Durchblutung wieder in Gang zu bringen. Über eine Stunde wartete er nun, dass der Erpresser sich zeigte und die Tasche aus dem Boot fischte. Doch es geschah nichts. Absolut nichts. Ob der Täter ihn doch gesehen hatte? Ob er wusste, dass Roloff nur wenige Meter entfernt im Reet auf ihn wartete? Der Unternehmer streckte seinen Kopf ein wenig in die Höhe, um sich einen besseren Überblick zu verschaffen. Außer Wasser, Vögeln und Schilf gab es nichts zu entdecken. Mist, fluchte Hanno Roloff gedanklich und schaute auf seine Uhr. Weitere 15 Minuten waren vergangen. Was sollte er tun? Auf keinen Fall würde er das Geld hierlassen. Um nichts in der Welt. Aber wenn er die Übergabe nun abbrach, dann würde der Erpresser weitermachen, bis sein Betrieb völlig am Boden war. War es das, was der Täter wollte? Vielleicht war das Geld völlig egal. Das würde erklären, warum hier niemand auftauchte. Ging es nur um Roloffs Ruin? Aber wer steckte dahinter? Welchem seiner Konkurrenten traute er solch ein Verbrechen zu? Oder hatte womöglich sein Sohn etwas damit zu tun? Energisch schüttelte Roloff den Kopf, versuchte den Gedanken daran abzuschütteln, doch so einfach war es nicht.

Seit Monaten stritten sie um die Übertragung der Firma. Nur, würde Bastian tatsächlich zu solch drastischen Mitteln greifen? »Das kann nicht sein«, flüsterte er und starrte wieder zum Steg hinüber. Es würde jemand kommen, um das Geld zu holen. Jemand anderes. Er musste nur warten, und wenn es den ganzen Tag dauerte.

Ansgar warf erschöpft seine Jacke an den Garderobenhaken und schlurfte in die Küche. Die schleppenden Ermittlungen in dem aktuellen Fall frusteten ihn, und er fühlte sich schlapp und müde. Zu kaputt, um sich etwas zu kochen. Er riss die Kühlschranktür auf und erblickte eine Reihe von Joghurts und anderen Milchprodukten der ortsansässigen Meierei. Augenblicklich verging ihm der Appetit. Mit einem Knall warf er die Tür wieder zu. Doch was konnte man heutzutage überhaupt noch mit gutem Gewissen essen, fragte er sich. Fleisch? Eier? Mais? Er legte Wert auf eine gute und ausgewogene Ernährung, doch das wurde scheinbar immer schwieriger und in ihrem aktuellen Fall endete es schon mal tödlich. Das regte ihn auf. Wie konnte man seine Geldgier nur auf dem Rücken Unschuldiger austragen? Oder ging es nicht ums Geld? Hatten die Anschläge gegen die Molkerei doch etwas mit der Ausbeutung von Tieren zu tun? Wollte man so eine Abschaffung der angeblichen Tiersklaverei erzwingen? Aber passten Gewalt und Mord zu Umwelt- und Tierschutzaktivisten? Thamsen hatte zwar gemeint, Christoph von Ludow sei nicht ohne, aber dennoch glaubte Ansgar nicht, dass die Gruppe tatsächlich etwas mit der Erpressung zu tun hatte.

Er stöhnte. Nicht mal in seiner Freizeit konnte er momentan abschalten. Zurück im Flur schnappte er sich seine Jacke. Er würde auswärts essen gehen. Vielleicht brachte ihn das auf andere Gedanken. Als er in seinem Wagen saß, wusste er allerdings nicht, wohin er fahren sollte, kreuzte einfach durch die Stadt und befand sich plötzlich im Osterweg vor der Molkerei. Er bremste. Das Gebäude lag eingehüllt in der bereits eingebrochenen Dunkelheit da. Niemand zu sehen, nicht einmal der Wachdienst, den Hanno Roloff angeheuert hatte. Oder doch? Da bewegte sich doch etwas. Da, am Seiteneingang, oder? Er löschte das Licht an seinem Wagen und starrte auf den dunklen Eingangsbereich, dorthin, wo auch die Nachbarin angeblich vor ein paar Tagen die schwarze Gestalt gesehen hatte. Da, da war es wieder. Eine Person wie ein Schatten – eindeutig, doch was schleppte die herum? Ansgar blinzelte, dann erkannte er eine Tasche.

Das gibt es doch nicht, fuhr es ihm durch den Kopf. Mit zitternden Händen nahm er sein Handy und wählte die Nummer seines Chefs.

»Auf keinen Fall gehst du da alleine rein. Warte, bis ich da bin«, lautete Thamsens Anweisung.

»Ja, aber beeil dich, sonst entwischt der uns.«

Thamsen hatte gerade Lotta gebadet und war selbst von oben bis unten nass. Er rief Anne, die ihn ablösen sollte. »Wieso, wo ist denn Dörte?«

»Hat sich hingelegt«, entgegnete Dirk knapp, als er seiner großen Tochter das feuchte Bündel in den Arm drückte. Er hatte keine Zeit, großartig zu erklären, dass seine Freundin es angeblich mit dem Magen hatte, letztendlich auf ihn aber leicht depressiv wirkte. Wahrscheinlich sah Anne es ihm ohnehin an, denn sie nickte nur kurz und trug Lotta ins Kinderzimmer, während er schnell in seine Jacke schlüpfte und zum Wagen rannte. Der Motor heulte auf, als er Gas gab, ohne einen Gang eingelegt zu haben. Gleich darauf rauschte er davon und erreichte in einer rekordverdächtigen Zeit den Osterweg und die Meierei.

Er stoppte neben Ansgar, der ausgestiegen war und nervös neben seinem Auto auf und ab wanderte. »Na endlich, Chef, noch ist der Typ drin.«

»Gut, dann mal los.«

Thamsen hatte seine Dienstwaffe dabei, die er nun entsicherte. Ansgar folgte ihm unbewaffnet. Im Schutz der

Dunkelheit schlichen sie zum Eingang. »Hier ist er rein«, versicherte Rolfs, als sie möglichst geräuschlos die metallenen Stufen zur Tür hinaufstiegen. Während Thamsens Gummisohlen keinen Laut von sich gaben, klackten Ansgars Absätze auf dem Stahlkonstrukt. Daher warteten sie einen Moment vor der Tür und lauschten, doch sie schienen unbemerkt geblieben zu sein. Dirk deutete eine Drei mit seinen Fingern und zählte hinunter auf null, ehe er die Tür aufriss.

Sie standen in einer Art Vorraum, der allerdings am anderen Ende direkt in die Anlage führte. Hier herrschte ein stetiges Gebrumme der Kühlanlage und anderer Maschinen, sodass sie sich nicht besonders leise verhalten mussten, aber dennoch möglichst unauffällig.

Die Lichtverhältnisse waren mager. Nur gedimmte Lampen schienen in dem riesigen Raum und brachten mehr Schatten als Helligkeit. Vorsichtig durchstreiften sie die Produktionshalle, fanden jedoch nichts. Dirk fragte sich, wo der angeblich von Roloff angeheuerte Sicherheitsdienst steckte, denn so war es ein Leichtes, die Produktion zu manipulieren und Lebensmittel zu vergiften. Unbemerkt erreichten sie den Zugang zum Bürotrakt.

Im Flur war es dunkel, aber aus dem Büro von Bastian Roloff drang ein schmales Lichtband. Thamsen gab Ansgar ein Zeichen, dann stürmten sie auf die Tür zu und rissen diese auf. Vor dem schwebenden Schreibtisch stand ihnen mit dem Rücken zugewandt eine dunkle Gestalt.

»Hände hoch, keine Bewegung!«

Die Gestalt ließ die Tasche auf dem Tisch los und hob langsam die Arme.

»Und nun ganz sachte umdrehen«, forderte Thamsen den Eindringling auf.

Wie in Zeitlupe drehte die Person sich um. Dirk und Ansgar verschlug es den Atem. Mit weit aufgerissenen Mündern standen sie da, bis Thamsen ein »Sie?« entschlüpfte.

21. KAPITEL

Elke Ketelsen war zwar froh über ihren Job, aber an das regelmäßige Arbeiten musste sie sich noch gewöhnen. Für sie war es normal, sich ihre Zeit frei einteilen zu können, Dinge auch mal liegen zu lassen, aber die Gäste in einem Hotel wollten jeden Tag ein sauberes Zimmer, frische Handtücher und gemachte Betten. Da konnte sie nicht trödeln oder gar mal etwas aufschieben. Dennoch war sie froh und auch ein wenig stolz auf die Arbeit. Besonders, weil Haie nun auch davon wusste. Endlich stand sie auf eigenen Beinen. Ohnehin war es finanziell schwer für sie gewesen, denn mit den bisherigen Gelegenheitsjobs hatte sie sich nur schwer über Wasser halten können. Mit dem nun festen Einkommen hoffte sie, auch längst fällige Reparaturen am Haus endlich in Angriff nehmen zu können. Und vielleicht war ja demnächst auch mal ein neues Kleid oder eine hübsche Bluse drin.

Sie schob den Wagen mit den Reinigungsutensilien und den frischen Handtüchern den Gang entlang. An einigen Türen hingen noch die »Nicht stören«-Schilder. Es war früh, und es gab immer Gäste, die länger schliefen, aber ein oder zwei Zimmer waren schon geräumt, und sie legte mit der Reinigung los. Beim Staubsaugen summte sie ein Lied, das sie heute Morgen im Radio bei Welle Nord gehört hatte und das sich als echter Ohrwurm entpuppte. »Er gehört zu mir, wie mein Name an der Tür …« Sie seufzte, als sie an den Text dachte, und für einen kurzen Moment überkam sie eine tiefe Traurigkeit. Dann aber stemmte sie sich auf den Staubsauger und ließ ihren Frust an dem Teppichboden aus.

Im Nu hatte sie das Zimmer fertig und zog ihren Wagen weiter den Gang entlang. Kurz blieb sie vor einem Bild an der Seitenwand des Korridors stehen. Es war von dem Maler Carl Ludwig Jessen und zeigte die blaue Friesenstube. Die Frau auf dem Bild am Spinnrad wirkte traurig und spiegelte Elkes eigene Gemütsverfassung wider. Schnell ging sie weiter und hielt vor einer Tür, an der kein Schild hing, und horchte. Das Zimmer schien leer, trotzdem klopfte sie leise. »Zimmerservice.« Es war ihr unangenehm, Leute zu stören, denn wer wusste schon, was die hinter den geschlossenen Türen trieben. Bei dem Gedanken errötete sie leicht, obwohl sie wusste, dass in diesem Raum eine junge Frau wohnte. Allein, und zwar bereits seit zwei Wochen. Elke hatte sie einige Male gesehen, das

Zimmer aber seither noch nicht gereinigt. Urplötzlich wurde die Tür aufgerissen, und die Frau blitzte sie mit hochrotem Kopf an. »Wie oft soll ich noch sagen, dass ich keine Reinigung wünsche?«

Elke zuckte zurück und fragte mit zitternder Stimme: »Nicht mal frische Handtücher?«

»Na, geben Sie her«, knurrte die Fremde und riss ihr die Tücher aus der Hand. Beinahe im selben Moment knallte sie die Tür wieder zu. Elke brauchte einen Augenblick, um sich von der unwirschen Begegnung zu erholen. Was war denn mit der los? Kopfschüttelnd schob sie den Wagen weiter.

»So, nun mal raus mit der Sprache, Herr Roloff. Was hat es mit dieser Geldtasche auf sich?«

»Das ist unser Geld, habe ich doch schon erklärt. Der Erpresser hat uns wieder kontaktiert, und mein Vater wollte es gestern übergeben.«

Thamsen beobachtete jede Regung des Mannes vor seinem Schreibtisch. Irgendwie glaubte er diesem Jungspund nicht. Sie hatten den Sohn des Meiereibesitzers gestern in den späten Abendstunden festgenommen, obwohl er bereits da die gleiche Aussage gemacht hatte. Sein Vater, der ihn angeblich entlasten konnte, war nicht erreichbar gewesen, daher hatten sie ihn kurzerhand in die Verwahrzelle gesteckt und die Vernehmung auf den heutigen Vormittag vertagt. Ansgar versuchte im Nebenraum, Hanno Roloff an die Strippe zu bekommen, während Thamsen wieder und wieder die gleichen Fragen stellte. Er hoffte, dass der Mann sich irgendwie in Lügen verstricken würde.

»Und was haben Sie dann mit dem Geld in Ihrem Büro gemacht?«

Bastian Roloff sank ein Stück tiefer in seinen Stuhl und stöhnte: »Weil niemand gekommen ist und mein Vater mich gebeten hat, das Geld in die Firma zu bringen.«

»Und wieso haben Sie uns nicht verständigt, als der Erpresser sich wieder gemeldet hat?«

»Na, Sie haben das ja auch nicht hingekriegt. Außerdem hat der Täter ausdrücklich ›ohne Polizei‹ geschrieben.« Ein Grinsen huschte über das Gesicht seines Gegenübers, und die Zweifel an dem Wahrheitsgehalt der Aussage wuchsen noch einmal beträchtlich an.

»Ach so, und Sie haben gedacht, dass Sie das alleine besser hinkriegen?«

»Ich nicht, mein Vater«, korrigierte der Junior ihn.

»Und wo steckt Ihr Vater jetzt?«

Bastian Roloff zuckte mit den Schultern.

»Wissen Sie, was ich glaube?« Thamsen beugte sich ein Stück weit über den Schreibtisch. »Ich glaube, dass es gar keinen Erpresser gibt, sondern dass Sie hinter dem Geld her sind.«

Das rechte Augenlid des jungen Mannes zuckte beinahe unmerklich.

»Der Streit zwischen Ihnen und Ihrem Vater um die Firmenübertragung ist ein offenes Geheimnis in der Gegend. Vielleicht wollten Sie einfach nicht länger warten?«

»Und da ruiniere ich mit solch einem Skandal das Unternehmen, das ich erben will? Sind Sie noch ganz bei Trost?« Der Verdächtige glotzte ihn mit großen Augen an und tippte sich mit dem Zeigefinger an die Schläfe.

Thamsen zeigte sich unbeeindruckt. »Warum nicht? Das Geld in der Tasche ist ja laut Ihrer Aussage ohnehin das letzte Firmenvermögen. Warum dann nicht zumindest das abgreifen?«

Bastian Roloff schluckte.

»Oder wie erklären Sie, dass niemand zur Geldübergabe gekommen ist?«

»Was weiß ich«, stammelte der Mann, »vielleicht hat der Täter meinen Vater entdeckt. Oder war plötzlich verhindert. Es gibt 100 Gründe, warum die Tasche nicht abgeholt worden sein könnte.« Dem Sohn schien bewusst zu werden, wie sich eine Schlinge aus möglichen Verdachtsmomenten gegen ihn langsam um seinen Hals zuzog. Beim Sprechen überschlug sich seine Stimme, und Speicheltröpfchen flogen bis auf die Schreibtischplatte.

Dirk lehnte sich zurück. Er verschränkte die Arme vor der Brust und bedachte sein Gegenüber mit einem süffisanten Lächeln. »Hm, oder aber Sie sind der Erpresser. Und natürlich konnten Sie das Geld nicht abholen, weil Ihr Vater Sie sofort erkannt hätte. Das war zu riskant. Hatten Sie vielleicht geplant, dass Sie der Geldbote sein sollten?«

»Was erlauben Sie sich eigentlich?« Bastian Roloff sprang von seinem Stuhl auf, der durch die abrupte Bewegung ins Wanken geriet. Seine Wangen glühten plötzlich, und Dirk sah etwas in den Augen des Mannes aufblitzen, was er jedoch nicht recht einordnen konnte. War es Wut? Zorn? Oder Panik? Nein, dachte Thamsen, da ist noch etwas.

»Setzen Sie sich, wir sind noch nicht fertig.«

Nur widerwillig nahm Bastian Roloff wieder Platz.

»Also«, wollte Dirk wissen, »hatten Sie sich angeboten, das Geld zu überbringen?«

»Ja.«

»Und wieso haben Sie sich dann im Dunkeln in die Meierei geschlichen?«

»Keine Ahnung. Nur so.«

»Nicht, weil Sie das Geld für sich behalten wollten? Weil Sie selbst die Erpressung inszeniert haben und es gar keinen Erpresser gibt?«

»Was?« Hanno Roloff war inzwischen auf dem Revier aufgetaucht und stand neben Ansgar in der Tür.

»Sag, dass das nicht wahr ist!« Der Kopf des Unternehmers schwoll zu einem roten Ballon an.

»Papa!«

»Brauchst du wieder Geld? Erpresst du mich deshalb? Das glaube ich nicht.« Noch ehe einer von ihnen reagieren konnte, stürmte Hanno Roloff auf seinen Sohn zu und packte ihn am Kragen. »Und dafür hast du Menschen auf dem Gewissen? Bist du noch ganz bei Trost?«

»Na, na.« Ansgar fing sich am schnellsten und griff aufgrund der Nähe zu Roloff als Erster ein. Er zog den Meiereibesitzer zurück und führte ihn aus dem Raum.

Thamsen starrte weiterhin stumm auf Bastian, der unter dem Blick auf seinem Stuhl anfing, hin und her zu rutschen.

»Nun«, räusperte sich Thamsen, »was haben Sie dazu zu sagen?«

»Ich sage jetzt gar nichts mehr ohne meinen Anwalt. Sie wollen mich hier in etwas reinziehen, mit dem ich nichts zu tun habe.«

»Gut.« Thamsen drehte das Telefon um. »Dann rufen Sie ihn an.«

Er verließ den Raum und ging hinüber in Rolfs Büro, wo Hanno Roloff aufgebracht debattierte.

»Mein eigen Fleisch und Blut. Ist es denn zu fassen?« Der Unternehmer kochte vor Wut. »Und ich habe ihm vertraut!«

»Wollen wir heute Nachmittag etwas zusammen unternehmen?«

Haie saß gut gelaunt am Frühstuckstisch, als Tom in die Küche schlurfte und sich einen Kaffee eingoss.

»Bei dem Wetter?« Er blickte mit schläfrigem Blick aus dem Fenster. »Da will man ja am liebsten im Bett bleiben.«

»Wir könnten ins Schwimmbad oder mal nach Flensburg in dieses neue Museum. Das soll für Kinder ganz toll sein.«

»Schwimmen?« Tom war wenig begeistert. Früher war er nicht so ein Bewegungsmuffel gewesen und er wusste, dass er eigentlich etwas tun musste. Im Sommer hatte er im örtlichen Fußballverein gespielt, aber für die Wintersaison hatte er sich abgemeldet.

»Oder ins SumSum!«, rief Niklas plötzlich.

»SumSum?« Tom blickte fragend auf seinen Sohn.

Der nickte jedoch begeistert. »Oh ja, lass uns ins Sum-Sum.« Etwas hilflos hob Tom den Kopf und blickte in ein breites Grinsen von Haie. »Ja, lass uns bitte, bitte doch dahin fahren«, bettelte Niklas weiter.

»Gut«, nickte Tom, der nicht als Spielverderber dastehen wollte. »Heute Nachmittag geht's ins SumSum.«

Während Niklas in der Schule war, machte Tom sich im Internet schlau.

»Na toll«, entfuhr es ihm. Ein Indoorspielplatz. Lauter johlende Kinder. Dabei reichte ihm bereits sein eigenes Exemplar. Wider Erwarten wurde es allerdings ein lustiger Nachmittag. Niklas hatte viel Spaß, und auch die beiden Männer jauchzten und johlten bei den Spielen. Besonders Tom konnte nicht genug von der Hüpfburg bekommen.

Mit roten Wangen und einem Lächeln im Gesicht fuhren sie am frühen Abend zurück. »Wollen wir beim Imbiss halten, dann brauchen wir nichts zu kochen«, schlug Haie vor.

»Oh ja!«, jauchzte Niklas begeistert, der schon wusste, was er essen wollte. Oft gingen sie nicht in diese Fastfoodkette, aber heute konnten sie eine Ausnahme machen, fanden alle. Um die Uhrzeit herrschte Hochbetrieb. Viele Leute suchten ein schnelles Abendessen, und anscheinend war gerade ein Autozug von Sylt gekommen. Tom blickte sich nach einem Platz um, während Haie mit Niklas Richtung Tresen abzog.

»Entschuldigung, ist hier noch frei?«

Zwei tiefblaue Augen blickten ihn stumm an. Dann folgte ein Kopfschütteln.

Gut, schaute er eben weiter. Schließlich fand er einen Platz und winkte Haie, als der sich mit Niklas suchend umblickte.

»Komisch«, bemerkte Tom nach einer Weile.

»Was?«

Niklas war versunken in das Spielzeug, das es zu seinem Menü dazu gab, und hörte die beiden nicht.

»Na, die Frau dort.«

»Wo?« Haie drehte sich in alle Richtungen.

»Nicht so auffällig«, zischte Tom ihm zu. »Die da hinten, die alleine am Tisch sitzt.«

»Was ist mit der?«

»Na, ich habe gefragt, ob da noch frei ist, und sie hat verneint, aber jetzt kommt gar keiner dazu.«

»Ist das nicht die aus der Gastwirtschaft?«

Tom blinzelte. »Könnte sein. Aber da war die auch alleine.«

Haie zuckte mit den Schultern. Er interessierte sich nicht für Frauen, jedenfalls nicht in dem Alter, und es wunderte ihn, wieso Tom das jetzt tat. Seit Marlenes Tod hatte er nicht einen einzigen Blick an eine andere Frau verschwendet. Dabei war Haie sich so gut wie sicher, dass die Freundin sich gewünscht hätte, Tom bliebe nicht allein. Schon wegen Niklas. Nun gut, der war an sich versorgt, aber ein normaler Zustand war das für einen Jungen nicht, mit zwei Männern aufzuwachsen. Bereits öfter hatte Haie vermutet, Niklas fehle eine weibliche Bezugsperson. Sollte Tom sich langsam wieder für Frauen interessieren? Aber was würde dann aus ihm? Plötzlich spürte er, wie sich eine Hand um sein Herz legte und zudrückte. Er schob das Tablett von sich.

»Was ist los?«, fragte Tom.

»Keinen Hunger mehr!«

»Wir können Bastian Roloff nicht dauerhaft festhalten«, stöhnte Thamsen. »Du hast seinen Anwalt gehört. Wir haben praktisch nichts gegen ihn in der Hand.« Er saß mit Ansgar an seinem Schreibtisch und spekulierte, was sie mit dem Verdächtigen machen konnten. Irgendwie schien die Lösung des Falls greifbar, und doch waren ihre Arme zu kurz, um sie zu fassen.

»Maximal bis morgen, aber wenn sich dann nichts findet …«

»Ich checke als Erstes seine Finanzen. Um die dürfte es laut dem Vater ja schlecht stehen«, versuchte Ansgar, ein wenig Optimismus zu verbreiten.

Dirk seufzte. »Ja, aber selbst das ist kein Beweis. Eingebrochen ist er auch nicht in die Firma, und für die geplatzte Geldübergabe am Hindenburgdamm hat er ein Alibi.«

Er packte seine Sachen zusammen und machte Feierabend. Auf Roloff würde der diensthabende Polizist achtgeben. Er brauchte erst mal einen klaren Kopf, daher fuhr er auch nicht nach Hause. Irgendwie stand ihm der Sinn heute nicht nach Familie, vielleicht rannte er auch wieder vor seinen Problemen davon, aber das war ihm in diesem Moment egal.

Er fuhr ans Meer, trotz des miesen Wetters. Heute jedoch nicht nach Dagebüll, sondern sein Weg führte ihn etwas weiter südlich in den Hauke-Haien-Koog. Bei dem Namen der Romanfigur Storms musste er unweigerlich an Marlene denken, die in dieser fantastischen Welt gelebt hatte. Durch sie hatte er einen ganz anderen Zugang zu den Geschichten und Erzählungen seiner Heimat. Er seufzte, als er anhielt und ausstieg. Das Meer war zwar durch die Salzwiesen ein wenig weiter entfernt, aber dafür hatte er seine Ruhe. Hierher verirrte sich um diese Jahreszeit selten jemand. Er atmete tief durch und ging strammen Schrittes den asphaltierten Weg am Deich entlang.

Warum hatten die Roloffs ihn nicht über die erneute Geldübergabe informiert? Zumindest der Senior? Hatte der Sohn seinem Vater vielleicht mit Absicht davon abgeraten? Und konnte das wiederum nicht nur eines bedeuten: Bastian Roloff steckte hinter der Erpressung? Er schlug den Kragen seiner Jacke hoch und ließ seinen Blick über die immer noch grünen Wiesen wandern. Dahinter zog bereits die Dunkelheit über das Meer heran. Dennoch lief er weiter. Wie konnten sie Bastian Roloff seine Täterschaft nachweisen? Wenn es stimmte, was Tom sagte, dann gab es einen Kaufinteressenten für die Meierei. Hatte der Junior mit denen bereits verhandelt?

Doch Hanno Roloff wollte seinem Sohn die Firma nicht übertragen. War daraus der Plan mit der vermeintlichen Erpressung erwachsen? Doch etwas musste aus dem Ruder gelaufen sein, denn Tote waren sicherlich nicht geplant gewesen. Das konnte Dirk sich nicht vorstellen, schließlich schadeten die vergifteten Opfer dem Ruf der Molkerei und schmälerten den Kaufpreis, was nicht im Sinne Bastian Roloffs sein konnte. Der brauchte doch wahrscheinlich so viel Geld wie möglich, wenn Thamsen an die prekäre finanzielle Situation des Meiereisprösslings dachte, der ein Hallodri zu sein schien. Dirk wurde bewusst, wie froh er sein konnte, dass Timo trotz aller Umstände eigentlich ein sehr anständiger und verlässlicher Mensch geworden war. Er kam klar. Um den Studienplatz hatte er sich ganz alleine bemüht, und es erfüllte Thamsen mit Stolz, zu sehen, wie Timo seinen eigenen Weg ging.

Auf keinen Fall hätte er gewollt, dass sein Sohn seinen Beruf ergriff. Zu viel Elend und Grausamkeiten hatte er in seiner Dienstzeit bereits erlebt. Das wünschte man keinem – vor allem nicht seinem eigenen Kind.

Zum Polizisten musste man sich berufen fühlen, eine ganz besondere Beziehung zu seiner Tätigkeit pflegen. Thamsen liebte seinen Beruf, wusste dennoch nicht, ob er sich noch einmal dafür entscheiden würde. Außerdem war das in Timos Fall nicht relevant, da er einen anderen Berufszweig für sich gewählt hatte. Er holte tief Luft und blieb stehen. Nicht alle Eltern hatten solch ein Glück. Christoph von Ludow kam ihm in den Sinn. Der Sohn des adeligen Großbauern hatte ein äußerst schlechtes Verhältnis zu seinem Vater und würde wohl kaum den Hof übernehmen. Es stand ihm ja zu, seine eigene Meinung zu haben und seine Lebensweisen entsprechend umzusetzen, aber Thamsen hasste Menschen, die mit Gewalt anderen Menschen ihre Prinzipien aufdrücken wollten. Das grenzte für ihn an eine Art Diktatur und er fragte sich, ob es den Mitgliedern solcher Aktivistengruppen immer nur rein um die Sache ging. Schließlich, so vermutete er, hatten sie von dem Geld des Vaters gelebt, um ihn anschließend für die Herkunft der finanziellen Mittel anzuschwärzen.

Geradezu unverschämt!

Gut, es war nicht richtig, Natur und Tiere immer nur auszubeuten, aber ging es den Tieren wirklich schlecht? Er hatte keine Ahnung.

Irgendwie war er völlig vom Thema abgewichen und hatte gar nicht bemerkt, wie dunkel es schon geworden war. Hier draußen am Deich gab es keine Laternen, aber eigentlich ging der Weg zurück beinahe immer geradeaus. Er durfte nur den Abzweiger über den Deich nicht verpassen. Also Konzentration, ermahnte er sich selbst und stierte auf den geteerten Steig vor sich.

Niklas lag im Bett, und Tom und Haie hatten es sich auf dem Sofa im Wohnzimmer bequem gemacht. Ab und zu machten sie sich zusammen einen gemütlichen Fernsehabend mit Wein und Nüsschen. Heute hatte Haie zusätzlich eine Tafel Schokolade spendiert – dunkle, ohne Milch.

»Das war ein toller Tag«, schwärmte er, als er sich in den Sitz plumpsen ließ und gleichzeitig nach der Fernbedienung griff. Doch Tom war schneller. Triumphierend grinste er ihn an.

»Wollte schnell mal auf dem Regionalsender die Nachrichten anschauen.« Er zappte durch die Senderliste, bis das gesuchte Programm gefunden war. Der Sprecher berichtete gerade von einem schweren Autounfall auf der B5 bei Husum, dann kam ein Beitrag über die Niebüller Molkerei.

»Stell mal lauter«, forderte Haie und setzte sich kerzengerade auf. Zunächst gab es ein paar Bilder vom Gebäude, auch wurde gezeigt, wie Thamsen im Eingang verschwand. Dann ging man darauf ein, dass es bereits ein paar harmlose Anschläge wie die Schmierereien gegeben hatte, aber natürlich wurde die Frage aufgeworfen, ob die Aktivistengruppe nun auch hinter den vergifteten Milchprodukten und der Erpressung an sich steckte. »Warum hat die Polizei nicht konkret ermittelt? Hätten dadurch die Giftanschläge verhindert werden können?«, fragte der Berichterstatter in die Kamera.

»Wie denn? Die Polizei wusste davon doch nichts«, antwortete Haie dem Reporter, und Tom musste erneut grinsen, als er merkte, wie versunken der Freund in den Fernsehbeitrag war. Wahrscheinlich fühlte er sich in seiner Funktion als »Hilfssheriff«, wie Tom ihn oft liebevoll nannte, in seiner Ehre verletzt.

»Die können nur immer sticheln, wirklich etwas aufdecken tun die auch nicht«, schimpfte Haie, als der Beitrag vorüber war. »Trauen sich ja noch nicht mal, zu erwähnen, wer der Anführer der Truppe ist. Haben bestimmt einen Maulkorb von dem von Ludow bekommen.«

»Vielleicht haben die aber eben auch keine Ahnung. Wäre ja nicht verwunderlich«, murmelte Tom, der in dem Fall ein wenig die Übersicht verloren hatte. Die Nachforschungen in seiner Firma hatten bisher nicht wirklich etwas gebracht. Irgendwie wollte er nicht so recht daran glauben, dass das Unternehmen etwas mit der Erpressung und den Giftanschlägen zu tun hatte. Zwei Tote – das war beängstigend.

»Vielleicht tappen wir alle völlig auf der falschen Fährte. Was für ein Motiv kann man für solch wütende Taten haben?« Haie blickte ihn stumm an.

»Bisher sind wir immer davon ausgegangen, es gehe um das Geld – egal ob für die Sache erpresst wurde, oder um die Molkerei möglichst billig zu erwerben. Selbst Bastian Roloffs Motiv wäre finanzieller Art. Die Erpressung könnte jedoch nur ein Vorwand sein. Vielleicht geht es um etwas anderes.«

»Und um was?«

Tom zuckte die Schultern. »Hass? Rache? Eifersucht? Du kennst doch die möglichen Motive besser als ich.«

22. KAPITEL

Als Dirk am nächsten Morgen auf die Dienststelle kam, war die getankte Meeresenergie vom Vorabend bereits verflogen. Die Stimmung zu Hause war nach wie vor nicht gut. Dörte ging es immer noch nicht besser und sie lag im Bett, während Anne in einer Tour gejault hatte, sie habe keine Lust, sich ständig um Lotta zu kümmern – er war geradezu aus dem Frauenhaushalt geflüchtet, obwohl er wusste, dass eine Lösung her musste. Ob er seine Mutter bitten sollte … Nein, er schüttelte den Kopf, während er in die Gemeinschaftsküche trat, wo Ansgar Rolfs gerade sein Mittagessen in den Kühlschrank stellte.

»Der Anwalt von Roloff ist da, wir müssen ihn laufen lassen«, informierte er Dirk, während er ihn aufmerksam musterte.

Thamsen hatte damit gerechnet. Er nickte. »Soll sich aber trotzdem zu unserer Verfügung halten«, erklärte er Ansgar und ging in sein Büro.

Als Erstes versuchte er, Tom zu erreichen.

»Dirk, wie geht's? Kommt ihr voran?«

»Eigentlich dachte ich, dass du vielleicht etwas Neues für mich hast?«

Der Freund berichtete von seinen Nachforschungen. »Ich weiß nicht, ob da einer seine Finger mit drin hat. Beweise gibt es noch keine, außer dass Dr. Stolpe natürlich an giftige Substanzen herankommt, wie vermutlich noch ein paar andere Chemiker in der Firma. Aber ich bleibe dran. Vielleicht finde ich noch etwas heraus.«

Hm, das half Dirk momentan nicht wirklich weiter. Mist! Sie brauchten eine richtige Spur, etwas Handfestes. Aber woher? Im Prinzip hatten sie alles abgeklappert, oder nicht?

Haie war an diesem Vormittag mit Tom nach Niebüll gefahren. Tom hatte einiges bei Laktilus zu erledigen, und Haie wollte ein paar Sachen besorgen, die er im Dorf nicht bekam. Vor allem wollte er sich mal im Bioladen umschauen, ob es dort Alternativen zu den Milchprodukten gab.

Als er das kleine Geschäft in der Hauptstraße betrat, war er über den Andrang erstaunt. Er hatte gar nicht gewusst, wie viele Menschen aus der Umgebung Biokost kauften; der Laden schien zu boomen. Eigentlich machte er sich eher selten Gedanken darüber, was er aß. Schmecken musste es ihm vor allen Dingen. Seitdem er für Niklas sorgte, achtete er zwar schon darauf, möglichst wenig Zucker und viele frische Zutaten zu verwenden, aber woher die Lebensmittel kamen, das hatte ihn bisher nicht wirklich interessiert. Wahrscheinlich war er deshalb so erstaunt, wie viele andere Leute das taten. Oder war es nur jetzt der Fall? Wegen der vergifteten Milchprodukte? Immerhin hatte auch ihn dieser Umstand in den Bioladen getrieben.

»Ist hier immer so viel los?«, fragte er eine Verkäuferin, die mit hochrotem Kopf neue Ware aus einem Hinterzimmer heranschleppte.

»Moin«, ächzte sie und stellte die Kartons neben einem Regal ab. »Na, hier ist eigentlich immer gut was los. Gibt ja nicht so viele Geschäfte in der Gegend, die Biosortimente anbieten, aber seit dem Skandal um die Molkerei haben wir nochmals einen ordentlichen Zulauf.« Sie blickte ihn forschend an.

Hm, überlegte Haie. Dieser Laden profitierte eindeutig von der Erpressung, aber deshalb hatte sich die nette Frau bestimmt nicht strafbar gemacht, oder? Er musterte sie, schüttelte den Kopf.

»Was ist? Was suchen Sie denn?«

»Eine Milchalternative«, entgegnete Haie etwas kleinlaut, weil nur der Aufruhr um die Meierei ihn hierhergetrieben hatte.

»Ja, aber unsere Produkte kommen nicht hier aus der Molkerei, die ihre Milch aus konventionellen Betrieben bezieht. Die Produkte sind erpressungssicher.« Sie grinste schief. »Oder möchten Sie doch lieber einen Soja- oder Hafertrunk?«

»Hafertrunk?« Haie runzelte die Stirn.

»Mandelmilch ist auch lecker«, mischte sich eine junge Mutter ein, die an dem Regal neben ihm stand.

»Mandelmilch? Ja, aber geben Mandeln denn Milch?« Die Kundin gluckste, und auch die Verkäuferin hielt sich die Hand vor den Mund, um nicht laut loszuprusten. Natürlich bemerkte Haie, wie die Frauen sich über ihn lustig machten, aber die hatten wahrscheinlich auch einmal unwissend mit der Umstellung ihrer Ernährung begonnen. Ohne ein weiteres Wort fingerte er aus der Jackentasche einen Zettel und nahm sich einen der kleinen Einkaufskörbe.

Milch und Käse nahm er normal, aber er stellte auch einen Sojajoghurt dazu. Und Tofu, obwohl er sich fragte, wie man diese eher schwammige Masse zu einem leckeren Gericht verarbeiten sollte. Und was würden Niklas und Tom sagen, wenn er ihnen Sojaschnitzel servierte?

Die neuen Lebensmittel waren interessant, flugs war sein Korb fast voll. Als die Dame an der Kasse seinen Einkauf summiert hatte, musste er allerdings dreimal schlucken. Beinahe 100 Euro. War das Leben wirklich so teuer?

Als Tom das Firmengebäude im Gewerbegebiet betrat, hatte er das Gefühl, beobachtet zu werden. Er drehte sich intuitiv um, doch da war niemand. Mit einem unguten Gefühl im Nacken eilte er den Gang entlang zum Meetingraum. Dort empfingen ihn neugierige Blicke und argwöhnische Gesichter. Oder bildete er sich das nur ein? Vielleicht hatte Frau Lechner etwas über seine Suche in Dr. Stolpes Büro erzählt? Die Assistentin war sicherlich nicht der Inbegriff an Verschwiegenheit. Zumal er als Externer ohnehin nicht zur Firma gehörte.

»Was halten Sie davon, Herr Meissner?« Tom schreckte auf. Er hatte das Gespräch gar nicht richtig verfolgt und suchte nun fieberhaft nach einer möglichst allgemeingültigen Aussage.

»Nun ja, ich müsste da noch ein paar mehr Informationen haben.«

»An welche haben Sie konkret gedacht?«

Tom ließ seinen Blick über die Folie, die an die Wand projiziert war, schweifen. Schnell versuchte er, den Zusammenhang zu erfassen.

»Vielleicht in Bezug auf die für nächstes Jahr geplanten Projekte. Außerdem gibt es ein paar Gesetzesänderungen, die in den Prozessen einige Modifizierungen erfordern. Das kostet natürlich.«

Die anderen in der Runde nickten. Puh, das war gerade noch einmal gut gegangen. Das seltsame Gefühl in Toms Bauch verschwand trotzdem nicht. Nach dem Meeting packte er seine Sachen zusammen und ging anschließend zur Toilette. Möglicherweise hing sein Magengrummeln mit etwas Banalerem zusammen. Auch wenn er lieber daheim seine Klositzung abgehalten hätte, er musste noch Haie einsammeln, und bis nach Hause würde er es dann womöglich nicht schaffen. Glücklicherweise war er allein im Waschraum. Sorgfältig legte er die Brille mit Toilettenpapier aus, ehe er sich setzte.

Oha, das war nötig, dachte Tom, als er sich entspannte. Dieser Zustand währte nicht lang, denn plötzlich wurde die Tür des Waschraums geöffnet, und sein gesamter Körper krampfte sich wieder zusammen.

»Also, lange hält der Roloff nicht mehr durch. Wir sollten noch einen Moment abwarten, ehe wir ihm das Angebot machen.«

Tom hielt die Luft an.

»Hab gehört, dass die Polizei den Junior mit einer Tasche voll Geld erwischt hat. Angeblich für eine neue Geldübergabe, aber ich glaube, der wollte sich mit den letzten Moneten aus dem Staub machen.«

Tom versuchte, den Druck auf seinem Darm zu ignorieren, und sich auf die Stimmen vor den Pissoirs zu konzentrieren. Wer unterhielt sich dort? Der eine klang wie Venderbrook, aber der andere? Dr. Stolpe war es nicht, oder?

»Warum schleicht man sonst nachts in der Firma rum?«

»Tja, das läuft für unser Vorhaben eigentlich alles bestens.«

Ein Reißverschluss war zu hören, dann das Plätschern im Waschbecken, und schon waren die beiden wieder fort. Tom atmete aus; gleichzeitig entfuhr ihm ein Riesenfurz. Schnell erledigte er sein Geschäft und rannte mit seinen Unterlagen aus dem Gebäude. Hier war doch etwas faul, das roch er förmlich.

»Also, Herr Roloff, wieso haben Sie uns nicht informiert, als Sie einen weiteren Erpressungsbrief erhalten haben?« Thamsen blitzte böse auf Hanno Roloff hinunter, dem er nochmals einen Besuch abstattete.

»Wollen Sie nicht, dass das Ganze endlich ein Ende findet? Oder haben Sie einen Verdacht, wer dahintersteckt?«

»Nein.«

»Was nein?«

»Na, ich will natürlich, dass das aufhört. Deswegen wollte ich das Geld zahlen. Nur, wer dahintersteckt, weiß ich wirklich nicht. Hätte ich mich sonst auf die Lauer gelegt?« Der Meiereibesitzer blickte ihn trotzig an, und Dirk musste ihm irgendwie recht geben. Denn wenn Hanno Roloff wüsste, wer ihn und seine Existenz bedrohte, könnte er gezielt gegen den Täter vorgehen.

»Vielleicht doch Ihr Sohn? Der hat ziemlich finanzielle Probleme, und Sie streiten schon länger mit ihm über die Firmenübertragung.«

»Kann ich mir nicht vorstellen.«

»Können oder wollen Sie nicht? Ihr Sohn hat mehr als ein Motiv. Und er wollte das Geld ursprünglich überbringen. Jedenfalls hat er Ihnen das doch vorgeschlagen, oder?«

»Ja, schon«, seufzte Roloff und sackte noch ein Stück weiter in seinem Stuhl zusammen. Er war müde, schrecklich müde. Der ganze Fall, der zunächst wie ein Dummejungenstreich gewirkt hatte, wuchs ihm über den Kopf. Und konnte er tatsächlich mit Sicherheit sagen, dass Bastian mit dem Fall nichts zu hatte? Wenn er ehrlich zu sich selbst war, fand er es sogar durchaus realistisch.

»Was ist denn mit dieser Aktivistengruppe?«, wehrte er sich dennoch gegen diesen Gedanken, sein eigen Fleisch und Blut könne hinter den Anschlägen stecken.

»Die haben für die entsprechenden Zeiten ein Alibi.«

»Alle?« Hanno Roloff hob die Augenbrauen.

»Fast«, musste Thamsen einlenken und gleichzeitig unweigerlich an den Maulkorb seines Vorgesetzten denken.

»Und die Milchbauern? Haben Sie die überprüft?«

»Mein Kollege ist dabei.«

23. KAPITEL

Ansgar fuhr über den alten Außendeich nach Deezbüll. Hier befand sich der Betrieb eines der Bauern, die ihre Milch an die Molkerei in Niebüll lieferten. Der Hof wirkte verlassen, nur der Hund an der Kette bewachte aufmerksam das Geschehen und kündigte durch lautes Gebell seine Ankunft an. Der verwaiste Eindruck täuschte, denn als er die Tür seines Wagens öffnete, sah er einen rotblonden Schopf aus einer der Stalltüren hervorlugen.

»Herr Melfsen?«

»Jo?«

»Rolfs. Polizei Niebüll. Ich müsste mal mit Ihnen sprechen.«

»Jo«, entgegnete der Bauer, verschwand jedoch im Stall. Ansgar war unschlüssig, ob er dem Mann folgen sollte, als sich die Haustür öffnete und Melfsen ihm zuwinkte. Schnell eilte er zum Eingang und folgte dem Bauern anschließend in die Küche.

»Kaffee?«

Rolfs bejahte und setzte sich an einen niedrigen Küchentisch, auf dem eine kreischend bunte Plastiktischdecke lag. Herr Melfsen goss aus einer Thermoskanne Kaffee in zwei Steingutbecher. Dann setzte er sich zu ihm und wartete. Ansgar räusperte sich.

»Ja, also es geht um die Molkerei.« Der Landwirt nickte. »Ich hätte gerne gewusst, wie sich die Zusammenarbeit mit dem Roloff gestaltet.«

Der Milchbauer nahm einen Schluck aus seiner Tasse. »Tja, wie soll die sich gestalten? Befreundet sind wir nicht gerade, der Alte ist ein harter Geschäftspartner. Drückt die Preise so, dass wir kaum noch etwas verdienen. Was glauben Sie, was eine Kuh am Tag frisst?«

Rolfs runzelte die Stirn. Darüber hatte er sich weiß Gott noch keine Gedanken gemacht. Aber er konnte sich sehr gut vorstellen, dass Hanno Roloff unerbittlich im Preiskampf war.

»Und das ärgert Sie nicht?«

»Schon.«

Er musterte Melfsen, der jedoch seltsam entspannt auf der Eckbank saß. Oder tat er nur so?

»Aber wehren wollen Sie sich nicht dagegen?«

»Wie denn?«

»Nun ja …«

Urplötzlich sprang der Mann auf. »Sie glauben doch nicht etwa, ich hätte etwas mit der Erpressung zu tun?« Man konnte förmlich zusehen, wie ihm das Blut in die Wangen schoss. »Hören Sie, es ist richtig, dass die Meierei uns Bauern unter Druck setzt, aber deshalb erpresse ich noch lange nicht den Roloff, ganz zu schweigen von den vergifteten Produkten. Ich bin doch kein Mörder!« Entrüstet stemmte der bullige Mann die Hände in die Hüften.

Rolfs zeigte sich wenig beeindruckt. »Wir müssen nun mal in sämtliche Richtungen ermitteln.«

»Und wie kommen Sie da auf mich? Hat Roloff etwa was gesagt? Der piesackt uns, wo er nur kann. Dabei würde ich an Ihrer Stelle lieber mal den Junior unter die Lupe nehmen.«

»Wieso?«

»Na, der Streit zwischen ihm und seinem Alten geht schon ewig. Eigentlich, seit der Bastian von der Uni zurück ist. Wahrscheinlich hat er gedacht, er könnte sofort die Firma übernehmen.«

»Was wäre daran verkehrt?«

»Dem Junior geht es nur ums Geld.«

»Und Hanno Roloff nicht?« Ansgar verstand die Wendung nicht. Gerade noch hatte Melfsen dasselbe vom Senior behauptet.

»Schon, aber beim Junior hätte ich Angst, der verkauft das Unternehmen. Der Alte bestimmt auch, oder warum hat der sonst die Firma noch nicht überschrieben? Besser ausgebildet ist der Bastian ja.«

»Hm, aber Erfahrungen hat er vielleicht noch nicht genügend gesammelt.« Ansgar dachte daran, dass er trotz seiner Ausbildung auch nicht gleich den Posten seines Chefs bekam. Das war bei der Polizei eben eine Frage des Dienstalters, und vielleicht sah Hanno Roloff das ähnlich? »Aber glauben Sie wirklich, Bastian Roloff würde deswegen straffällig werden?«, wollte er von Melfsen wissen. Der wiegte kurz den Kopf hin und her, schien sich dann aber sicher. »Für Geld tun einige Leute alles.«

»Du bist ja ganz blass, was ist los?«, fragte Haie, als er zu Tom in den Wagen kletterte. »Ist dir nicht gut?«

»Nun ja, mein Magen spielt verrückt.«

Haie blickte den Freund besorgt an. »Hast du dich bei Niklas angesteckt? Aber dann wärst du schon eher an der Reihe gewesen«, beantwortete er, ohne Luft zu holen, seine Frage. »Was hast du gestern gegessen?«

»Ach, keine Ahnung.«

»Warum bist du denn so gereizt? Solche Schmerzen?«

»Nee, ich habe da zufällig ein Gespräch mitbekommen. Aufm Klo.«

»Auf dem Klo?« Haie war ganz Ohr. Aus seiner Zeit als Hausmeister wusste er, dass dieses stille Örtchen bereits von Kindern zum Austausch von Geheimnissen genutzt wurde.

»Na ja, etwas Genaues haben die nicht gesagt, nur dass sie nach wie vor die Molkerei übernehmen wollen. Und sie glauben, dass Bastian Roloff sich aus dem Staub machen wollte.«

Hm, das waren wirklich keine bahnbrechenden Informationen, die Tom auf dem Klo aufgeschnappt hatte. »Wer sind *die*?«

Tom zuckte mit den Schultern. »Keine Ahnung. Der Venderbrook könnte einer von den beiden gewesen sein, aber die andere Stimme habe ich nicht erkannt.«

»Und sonst haben die nichts gesagt?«

»Nee.«

Nach wie vor kam die Erpressung der Molkerei Laktilus wahrscheinlich sehr gelegen, dachte Haie, und auch, dass man in dem Unternehmen mit giftigen Substanzen hantierte, machte die Firma verdächtig. Doch das reichte bei Weitem nicht aus, die Taten nachzuweisen. Er kratzte sich am Ohr. »Man müsste Fingerabdrücke nehmen. Da waren doch auf dem Erpresserbrief angeblich welche, die nicht zugeordnet werden konnten.«

»Und wie stellst du dir das vor?« Tom schüttelte den Kopf. Der Freund hatte manchmal sehr merkwürdige Ermittlungsansätze. Die Fingerabdrücke jedoch hatten es ihm immer sehr angetan.

»Na, in der Firma gibt es doch bestimmt Rundschreiben.«

»Das geht heute alles per Mail.«

»Auch Unterschriften?«

Tom zog die Stirn kraus. Bei Frau Lechner gab es, soweit er wusste, eine Unterschriftenmappe, die sämtliche Führungskräfte schon einmal in der Hand gehalten hatten.

»Aber da sind so viele drauf, die können dann auch nicht zugeordnet werden«, verwarf Tom den Gedanken daran gleich wieder. Haie allerdings ließ sich nicht so schnell entmutigen.

»Zumindest wäre es ein erster Ansatz.«

Und über solch einen ersten Ansatz hätte Thamsen sich mehr als gefreut. Das Gespräch mit Hanno Roloff hatte nichts gebracht. Was hatte er auch erwartet? Selbst wenn es zwischen dem Meiereibesitzer und seinem Sohn Streit gab, hieß das noch lange nicht, dass Hanno Roloff Bastian der Polizei ans Messer lieferte. Dafür war Blut eben doch zu dick. Trotzdem wurde Dirk das Gefühl nicht los, der Junior könne etwas mit der Erpressung zu tun haben. Er sollte Tom fragen, ob der wusste, ob und mit wem die Laborfirma bereits in Verhandlungen getreten war. Eventuell hatte Bastian Roloff als zukünftiger Chef schon mal seine Fühler ausgestreckt? Er griff zum Telefon, das genau in diesem Moment schellte.

Zu allem Übel erkannte Thamsen im Display die Nummer seines Vorgesetzten.

»Sie müssen das endlich in den Griff bekommen. Das

ruiniert eine ganze Wirtschaftssparte, wenn wir das nicht stoppen können.«

»Ja«, antwortete Dirk kleinlaut, musste aber zugeben, dass es keine konkrete Spur gab. »Alles nur vage Hinweise. Wir müssen warten, bis der Erpresser sich wieder meldet. Ich habe dem Inhaber ins Gewissen geredet, er wird uns auf jeden Fall informieren.«

»Damit riskieren wir weitere Tote. Das ist Ihnen klar? Bisher ist bei jedem Übergabeversuch ein Mensch gestorben.«

Da musste Thamsen seinem Chef leider recht geben. Aber was sollten sie tun?

»Vielleicht bitten Sie die Bevölkerung um Mithilfe. Die muss eh über die Medien gewarnt werden. Dafür ist es schon fast zu spät. Die Reporter haben uns ja schon ausgiebig durch den Kakao gezogen«, mäkelte sein Vorgesetzter weiter herum.

Unbewusst zog Dirk den Kopf ein. »Gut, dann setze ich eine Pressekonferenz an. Kommen Sie dazu?«

»Ich? Nein, mein Lieber. Die Suppe müssen Sie schon selbst auslöffeln.«

24. KAPITEL

»Das ist ja wieder typisch!«, schimpfte Thamsen, als er den Hörer geradezu auf die Gabel geknallt hatte, und Ansgar Rolfs sein Büro betrat.

»Was ist los?«

»Hach, die feinen Husumer!« Dirk winkte ab. Es brachte nichts, seinen Mitarbeiter da mit reinzuziehen, wenngleich es sicherlich besser gewesen wäre, den Ärger rauszulassen. »Heute Nachmittag Pressekonferenz«, erklärte er lediglich und fragte Rolfs nach seinen Nachforschungen.

»Die Bauern sind ganz schön harte Brocken. Drei Höfe habe ich in der Zeit geschafft.«

»Und?« Thamsen war neugierig, ob die Befragungen der Zulieferer der Molkerei etwas gebracht hatten.

»Ach«, winkte Ansgar jedoch ab, »entweder die beschuldigen sich gegenseitig oder Bastian Roloff.«

»Bastian Roloff?«

»Ja, obwohl der eigentlich nicht allzu viel mit denen zu tun hat. Die Verträge und Preise handelt ja der Senior aus, aber alle trauen dem Junior eine fingierte Erpressung zu. Angeblich geht es dem Bastian nur ums Geld.«

»Das passt natürlich hervorragend ins Bild – nur haben wir keine Beweise, und die Milchbauern wohl auch nicht, oder?«

»Ach, woher denn?«, winkte Rolfs ab.

»Na, dann lass uns lieber erst einmal die Pressekonferenz vorbereiten«, entgegnete Dirk.

»Das ist jetzt wichtiger. Einladungen schicke ich schnell raus, anschließend setzen wir uns zusammen und sprechen ab, was wir denen präsentieren.«

»Auf jeden Fall sollten wir die Bevölkerung auch noch einmal eindringlich warnen«, schlug Ansgar vor. Thamsen stimmte zu, obwohl er wusste, dass Roloff das gar nicht recht sein würde. Aber sie konnten sich einfach keine weiteren Vergiftungsopfer leisten, und vielleicht nahmen sie dem Erpresser mit der Medienankündigung sogar ein wenig den Wind aus den Segeln. Wer wusste das schon?

Am Abend ging es Tom bereits besser. Er hatte es sich im Wohnzimmer bequem gemacht und schaute Regionalnachrichten.

»Haie, komm mal«, rief er plötzlich aufgeregt. »Da ist Dirk im Fernsehen.« Eilig fuhr er die Lautstärke hoch, als Haie ins Wohnzimmer gewackelt kam.

»… und deswegen möchten wir noch einmal ausdrücklich die Bevölkerung vor dem Verzehr von Produkten aus der Niebüller Meierei warnen.«

»Ist das eine Rückrufaktion?«, fragte ein Journalist.

»Das nicht, aber es könnte durchaus sein, dass den Lebensmitteln Substanzen zugesetzt wurden, deren Verzehr tödlich ist.« Nach dem Satz folgte eine kurze Pause, ehe der Reporter Fragen zu dem Ermittlungsstand stellte, die Thamsen äußerst schwammig beantwortete.

»Die Aktivistengruppe hat so oder so ihr Ziel erreicht«, bemerkte Haie, nachdem Dirk zum Abschluss des Berichts nochmals von dem Verzehr von Milchprodukten abgeraten hatte. »Jetzt isst keiner mehr Joghurt.«

»Ja, aber das wird Roloff gar nicht gefallen. Der kann den Laden wahrscheinlich gleich dichtmachen.«

»Oder verkaufen«, stellte Haie fest.

25. KAPITEL

Am nächsten Morgen herrschte das reinste Tohuwabohu in der Dienststelle. Die Telefone schrillten permanent, besorgte Bürger erkundigten sich nach allem Möglichen – genau, wie sie es befürchtet hatten, war die Panik unter den Leuten nochmals richtig aufgelodert. Doch es gab auch Lichtblicke. So erzählte ein Bauer, dass er Bastian Roloff am Bahnhof mit einer großen Reisetasche gesehen hatte. Zwar war unklar, wohin der Junior verschwunden war, aber das stützte ihre These, dass der Mann etwas mit der Erpressung zu tun haben könnte.

Dirk rief daraufhin bei Hanno Roloff an, um sich nach den Reiseplänen dessen Sohnes zu erkundigen. Der Unternehmer hatte jedoch kein Ohr für Thamsens Fragen.

»Meine Firma ist ruiniert, und Sie haben nichts anderes zu tun, als meinen Sohn zu suchen? Der ist mir egal!

Soll bleiben, wo der Pfeffer wächst. Geldgeiler Kerl!«, schrie Roloff in den Hörer, ehe er das Gespräch einfach beendete.

Dirk stöhnte leise und versuchte dann, Bastian Roloff auf dem Handy zu erreichen, doch das war abgeschaltet.

»Mist, aber er wird schon wissen, warum«, murmelte er, während er auf seiner Unterlippe herumnagte. Sollte er den Staatsanwalt bitten, eine Fahndung einzuleiten?

Er stand auf und ging hinüber in Ansgars Büro, das wider Erwarten verwaist war. »Wo ist der Kollege?«, erkundigte er sich bei einem anderen Mitarbeiter.

»Der wurde zu einem Einsatz dazugerufen. Ein paar Jugendliche randalieren, und er hat doch diese Spezialausbildung.«

»Aha, wo?«

»Auf dem Hof der Melfsens.«

»Was?« Eilig griff er nach Autoschlüssel und Jacke und rannte zum Wagen. Das konnte doch kein Zufall sein, dass nun einer der Zulieferer attackiert wurde. Wahrscheinlich von der Aktivistengruppe. Kaum hatten sie die Molkerei ruiniert, waren die Nächsten in der Kette dran, was?

Er behielt recht. Als er in Deezbüll auf den Hof bog, sah er eine Gruppe von jungen Leuten mit Bannern. Einige der Gesichter waren ihm von seinem Besuch im Gotteskoog bekannt. »Was ist hier los?«, fragte er die zuständigen Polizisten.

»Die Jugendlichen sind gewaltsam in den Stall eingedrungen und haben einige der Kühe freigelassen«, erklärte einer der Beamten.

Melfsen war mit seiner Truppe dabei, das Vieh einzufangen, ein paar Polizisten halfen. Ansgar redete mit den Jugendlichen, die aber ständig seine Ansprache mit lauten Rufen und Pfiffen unterbrachen.

»Leute, hallo!«, versuchte Rolfs, sich gerade einmal wieder Gehör zu verschaffen. »Das ist kein Spaß!«

»Ganz und gar nicht!«, schaltete Dirk sich ein, »wer ist hier der Anführer?«

Plötzlich schwiegen die jungen Leute. »Hallo? Ich habe eine Frage gestellt? Wer ist denn hier verantwortlich für eure Aktion?«

Schweigen. Thamsen blickte von einem zum anderen. Christoph von Ludow war nicht unter den Anwesenden, was aber nicht bedeutete, dass er mit dieser Aktion nichts zu tun hatte.

»Wo ist Christoph?«

Schweigen.

»Gut, wenn ihr nicht kooperieren wollt, nehmen wir euch halt alle mit in die Dienststelle.« Er drehte sich auf dem Absatz um und winkte einen Kollegen hinzu.

»Dürfen Sie das denn einfach so?«, erklang nun doch eine Stimme aus der Menge.

Thamsen blickte sich um. »Ja, das dürfen wir!«

»Moin, Haie«, grüßte Elke ihren Exmann, als er auf dem Friedhof die Abfälle in den Kompost warf. »Hallo, Niklas.«

Der Junge begleitete Haie oft zu Marlenes Grab, auch wenn es in der letzten Zeit seltener geworden war. Die Unbeschwertheit, mit der Niklas bisher mit dem Tod seiner Mutter umgegangen war, verlor sich langsam. Immer öfter stellte er die Frage, warum ausgerechnet er mutterlos war, doch Haie hatte darauf noch keine plausible Antwort gefunden.

»Moin, na, auch die Gräber abdecken?«, fragte Haie, der Marlenes Grabstelle winterfest machen wollte und wusste, dass Elke das mit der letzten Ruhestätte ihrer Eltern auch stets tat.

Haies Eltern waren ebenfalls schon lange tot, doch da die Liegezeit bereits abgelaufen war und er für sich keinen bleibenden Wert an der Grabstelle gefunden hatte, hatte er die Stelle einebnen lassen. Bei Marlene würde das freilich etwas anderes sein – alleine schon wegen Niklas.

»Ja, habe heute meinen freien Tag und eine Menge zu erledigen. Bleibt ja doch einiges liegen, wenn man arbeitet«, bemerkte Elke mit stolzgeschwellter Brust.

Die Arbeit schien ihr gutzutun. Zum ersten Mal hatte Haie das Gefühl, sie habe etwas gefunden, das ihr endlich über die Trennung hinweghalf, denn bisher hatte es stets den Eindruck auf ihn gemacht, Elke hoffe nach wie vor auf eine Versöhnung.

»Na, das ist doch toll, wenn dir die Arbeit schmeckt.«

»Ja, aber an vieles muss man sich erst gewöhnen. Manche Gäste sind vielleicht Schweine, kann ich dir sagen. Unordentlich, und was die im Bad für eine Sauerei veranstalten. Nee, sonderbare Leute. Es gibt sogar eine Frau, die will gar nicht, dass man ihr Zimmer reinigt, obwohl man förmlich riechen kann, wie dreckig es drinnen ist.«

Haie musste schmunzeln. Er wusste nur zu gut, wie viele Leute diesbezüglich eine andere Einstellung und Wahrnehmung hatten. Tom war das beste Beispiel. Überall ließ er seine Klamotten liegen, und im Bad sah es immer aus, als hätte es eine Überschwemmung gegeben, wenn er geduscht hatte. Haie bat ihn oft, sich etwas vorzusehen, denn schließlich war er für die Reinigung verantwortlich, aber Tom blickte ihn stets nur fragend an. »Wieso, was ist denn?« Deshalb konnte Haie sich gut vorstellen, wie es in den Hotelzimmern aussah.

»Wir haben da eine, die ist quasi Dauergast. Seit etwa drei Wochen …« Elke war ins Plaudern geraten. »Erst einmal durfte ich das Zimmer reinigen, und da sah das aus!«

Haie hörte gar nicht richtig zu, wollte aber auch nicht unhöflich sein. Stattdessen dachte er an Marlene und strich Niklas dabei über den Kopf.

»Kannst du dir das vorstellen? Haie?« Er zuckte zusammen, so weit war er mit seinen Gedanken auf Reisen gewesen.

»Nee«, entgegnete er und schob sein Patenkind ein Stück vor. »So, wir müssen dann auch. Niklas muss noch zum Turnen.«

Er nickte Elke zum Abschied zu, während sie den beiden mit großen Augen hinterherschaute. »Puh, was Frauen alles so reden können«, stöhnte er, als sie außer Hörweite waren.

Zu dem allgemeinen Gewirr auf der Polizeidienststelle gesellte sich die Unruhe der abgeführten Gruppe. Die jungen Leute hingen auf dem Gang rum, während Ansgar versuchte, die Personalien festzustellen.

»Die meisten sind nicht volljährig, da können wir erst mal schön die Eltern verständigen«, teilte er mit.

»Das kann noch einen Moment warten«, grinste Thamsen und rief Lars Ohlsen in sein Büro. Der Junge folgte widerwillig und verschränkte sofort die Arme vor der Brust, nachdem er sich gesetzt hatte. Thamsen ignorierte das. »So, nun möchte ich mal von dir wissen, was ihr da heute veranstaltet habt?«

»Eine Befreiungsaktion.«

»Befreiungsaktion? Dass ihr die Tiere damit in Gefahr bringt und einen enormen Schaden anrichtet, war euch wohl nicht klar. Wisst ihr überhaupt, was so eine Milchkuh kostet?«

»Ein Leben ist doch nicht in Geld aufzuwiegen.«

Das klang in Thamsens Ohren auswendig gelernt. Wusste der Jugendliche überhaupt, was er tat?

»Seit wann machst du bei der Gruppe mit?«

»Fast ein Jahr.« Lars Ohlsen setzte sich etwas aufrechter auf den Stuhl.

»Und warum?«

»Weil ich gegen die Ausbeutung der Tiere bin.«

Thamsen nickte, während er den Jungen musterte. Da konnte man prinzipiell nichts gegen sagen, das waren ehrenhafte Motive. Sein Blick fiel auf Lars' Füße.

»Und deine Schuhe da, sind die keine Ausbeutung?«

Blitzartig senkte der Junge seinen Kopf.

»Na, so ganz konsequent scheint mir das bei dir ja nicht zu sein. Machst du öfter mit bei solchen Aktionen?«

»Manchmal, wenn Lena dabei ist«, entgegnete Lars kleinlaut.

»Und wer hat das Ganze geplant?«

»Wir alle.«

»Na, und ihr alle habt den Bauernhof ausgesucht?« Dirk glaubte seinem Gegenüber nicht. Wer hatte den Hof der Melfsens für die Befreiungsaktion ausgesucht?

»Der Vorschlag kam nicht zufällig von Christoph von Ludow?«, bohrte er weiter.

»Na ja«, druckste Lars Ohlsen herum und rutschte auf dem Stuhl nervös hin und her. »Schon«, gab er schließlich zu.

»Und wo ist Christoph?«

»Keine Ahnung.«

»Wie, ihr seid da ohne ihn hin?«

»Ja, wir hatten uns vorher in Deezbüll verabredet, aber er ist nicht aufgetaucht. Wie letzte Woche. Da ist er auch einfach nicht zur Demo gekommen. Hat gesagt, er hatte andere wichtige Dinge zu erledigen.« Die Wut, dass der Anführer anscheinend gekniffen hatte, machte Lars gesprächig.

»Vielleicht will er sich die Hände nicht schmutzig machen?«, stichelte Thamsen, doch Lars schwieg dazu.

»Hat er sich denn wenigstens an der Aktion in der Molkerei beteiligt?«

»Ja, da war er noch dabei, aber seit ein paar Tagen macht er sich rar.«

»Bei der Erpressung war er also dabei. Hat er das Gift besorgt?«, ging Thamsen nun in die Offensive. Sie brauchten endlich Ermittlungsergebnisse, und der Junge schien auspacken zu wollen.

»Gift?« Lars' Augen weiteten sich zu zwei großen schwarzen Seen. »Was 'n für 'n Gift?«

»Na für den Joghurt und die Buttermilch.«

Auf einmal sprang der Junge auf. »Damit haben wir nichts zu tun. Wir haben niemanden umgebracht.«

»Aber du sagtest doch, dass ihr an der Aktion beteiligt wart.« Thamsen stand nun ebenfalls auf.

»Ja, aber da meinte ich die Schmierereien, und ein paar Drohbriefe haben wir dem Roloff auch geschickt. Aber doch niemanden vergiftet«, stammelte Lars.

»Und woher habt ihr das Geld für euren Hof? Wie finanziert sich eure Gruppe?«

»Das Geld besorgt Christoph. Von seinem Alten.«

»Bist du dir da so sicher? Ihr nehmt Geld von einem Ausbeuter?«

»Darum kümmere ich mich nicht.«

»Aber Christoph?«

Lars nickte.

»Kann es dann vielleicht sein, dass er etwas mit der Erpressung zu tun hat?«

26. KAPITEL

Eigentlich hatte Tom heute gar nicht nach Niebüll gewollt, aber die Sache mit der Firmenübernahme ließ ihm keine Ruhe. Er wollte noch einmal mit Venderbrook sprechen, fragen, ob man bereits Unterlagen angefordert hatte, um eine entsprechende Kalkulation durchzuführen.

Das Wetter war nicht besonders schön, und er fröstelte, als er in den Wagen stieg. Vielleicht doch noch Nachwehen von gestern? So hundertprozentig fit fühlte er sich nicht. Er drehte die Lüftung auf warm, stellte die Sitzheizung an und gab Gas. Wenig später betrat er das Büro von Venderbrook.

»Ja, ich habe gestern ganz vergessen zu fragen, ob Sie schon Bilanzen der Molkerei haben, mit denen ich arbeiten kann.«

»Momentan habe ich wenig Zeit. Bastian Roloff wollte gleich zu einem Gespräch vorbeikommen. Macht es vielleicht Sinn, dass Sie an dem Meeting teilnehmen? So als Externer haben Sie ja doch einen anderen Blick auf die Dinge und können ihn direkt um die entsprechenden Unterlagen bitten.«

Tom nickte.

Wenig später saßen sie an dem Konferenztisch im Besprechungszimmer und ließen sich Kaffee servieren. Als Frau Lechner den Raum verließ, räusperte sich Dr. Stolpe. »Herr Roloff, Sie baten um ein Gespräch?«

Bastian Roloff wirkte entsetzlich nervös und sah müde aus, zu seinen Füßen stand eine große Tasche.

»Ja, ich komme wegen des Verkaufs der Molkerei. Sie hatten ja Interesse an unserem Unternehmen angedeutet.«

»Ja … nun ja, da sieht es momentan nicht so rosig aus, stimmt's?«

Tom wusste, dass Stolpe das nur sagte, um den Preis zu drücken. Das Interesse bestand nach wie vor.

»Hat man denn inzwischen etwas herausgefunden, den Erpresser geschnappt?«

Was für eine dämliche Frage, dachte Tom. Davon hätten sie alle längst erfahren. Sein Blick wanderte zu Roloff, der wie ein Häufchen Elend am Tisch hockte. »Nein«, hauchte er beinahe unhörbar.

»Nun ja, also wir sind uns nicht sicher, ob das Unternehmen den geforderten Preis überhaupt wert ist. Und wenn die Erpressung nicht bald beendet wird, dann sinken die Absatzzahlen wohl noch weiter.«

Dr. Stolpe durchbohrte Roloff geradezu mit seinem Blick. Tom schwieg und beobachtete Roloffs Reaktion. Er fragte sich, ob der Mann tatsächlich mit der Erpressung etwas zu tun hatte. Einiges sprach dafür. Vor allem diese große Tasche. War der Junior vielleicht auf der Flucht? Suchte die Polizei ihn bereits? Aber wieso tauchte er dann hier auf? Ihm musste doch klar sein, dass Laktilus ihm nicht einfach so Geld in die Hand drücken würde und er sich aus dem Staub machen konnte.

Irgendwie tat ihm der Mann leid. Wie er so dasaß mit hängenden Schultern und gesenktem Blick. War er wirklich zu einem Verbrechen fähig – zu einem hinterlistigen Mord? Durch seine Freundschaft zu Thamsen wusste Tom zwar, dass man einem Menschen immer nur bis vor den Kopf schauen konnte und man einem Täter nicht unbedingt ansah, wozu er fähig war, aber unwillkürlich regten sich in ihm Zweifel, ob Bastian Roloff tatsächlich etwas mit der ganzen Sache zu tun hatte.

»Was ist denn mit Ihrem Vater?«, mischte Tom sich ein. »Weiß der von diesem Gespräch?«

Bastian Roloff schüttelte den Kopf.

»Aber Sie wollten doch mit ihm reden«, empörte sich Dr. Stolpe.

»Ich hatte noch nicht die Gelegenheit.«

»Na, dann sollten wir ihn vielleicht direkt anrufen. Sonst macht dieses Gespräch gar keinen Sinn.«

Tom fummelte aus der Innentasche seines Jacketts ein Mobiltelefon.

»Nein, ich regle das!« Bastian Roloff sprang auf.

»Also diesen Christoph müssen wir auf jeden Fall noch einmal unter die Lupe nehmen«, erklärte Thamsen, nachdem sie die restlichen Gruppenmitglieder befragt hatten. Die Aussagen deckten sich – zumindest gab es keine widersprüchlichen Angaben, was den Anführer der Gruppe betraf.

Zwar hatte sich der eine oder andere Jugendliche solidarisch mit Christoph von Ludow gezeigt, aber Fakt war, dass der sich in letzter Zeit wenig an den Aktivitäten der Gruppe beteiligt hatte. Angeblich kümmerte er sich laut Aussagen einiger Mitglieder vorrangig um die Finanzierung der Gruppe, in welcher Form auch immer. Das galt es, herauszufinden.

»Aber du weißt, da ist Ärger so gut wie vorprogrammiert«, gab Ansgar zu bedenken.

»Das ist mir egal«, entgegnete Dirk fast trotzig. »Wir haben hier einen Fall zu klären, bei dem schon zwei Menschen ums Leben gekommen sind. Da können wir nicht auf irgendwelche Empfindlichkeiten Rücksicht nehmen. Noch einen Toten können wir uns jedenfalls nicht leisten. Da muss sich unser Chef halt entscheiden, was ihm lieber ist. Schlechte Presse oder Ärger von so einem einflussreichen Pinsel.«

Thamsen ärgerte immer noch, von seinem Chef quasi

einen Maulkorb verpasst bekommen zu haben. Wo lebten sie denn eigentlich? Ihm ging es schließlich um den Schutz der Bevölkerung. Das war seine Aufgabe, sein Beruf. Diplomatie war für ihn dabei nicht wichtig – und ohnehin nicht gerade eine seiner Stärken. Es grenzte an ein Wunder, dass er es mit seiner Art im Polizeidienst überhaupt so weit gebracht hatte. Aber langsam hatte er es satt, bei seiner Arbeit ständig behindert zu werden. Hier stand schließlich das Leben vieler Menschen auf dem Spiel. Wer wusste schon, was als Nächstes vergiftet und von wem gegessen wurde. Es konnte seine Familie treffen – oder den Polizeichef. Genau, das würde er ihm sagen, wenn er wieder anrief, um sich zu beschweren. Er stand auf und blickte auf Ansgar. »Was ist? Kommst du?«

Wenig später stieg Ansgar aus dem Wagen und betätigte die Türglocke, während Thamsen im Auto wartete und beobachtete, wie sich auf das Läuten seines Mitarbeiters hin eine kleine Kamera über der Einfahrt bewegte und Rolfs fokussierte. Dann schwenkte nach einem kurzen Augenblick, in dem Dirk schon Zweifel kamen, ob man ihnen überhaupt öffnen würde, das Tor wie von Geisterhand auf.

Er ließ den Wagen über den Kiesweg, der von Bäumen gesäumt war, zur Vorfahrt des Hofes rollen. Anders konnte man den großen Platz vor dem Gebäude nicht nennen. Das Anwesen erinnerte ihn an diese adeligen Gutshäuser, die man eigentlich nur aus Filmen kannte. Und erst recht nicht aus dieser Gegend, in der sich die rauen Friesen einst niedergelassen hatten, die mit Monarchie und Aristokraten wenig am Hut hatten.

Er zögerte kurz und holte Luft. Der Ärger, der sich in den letzten Tagen in ihm aufgestaut hatte, war noch nicht ganz verraucht, aber er wusste, es war besser, sich bei diesem Gespräch im Griff zu haben und nicht von seinen Gefühlen leiten zu lassen. Nicht so sehr wegen des zu erwartenden Ärgers seines Chefs, sondern weil es bei Ermittlungen in der Regel nie hilfreich war, sich zu sehr von seinen Emotionen treiben zu lassen. Ein gesundes Bauchgefühl war nicht schlecht, aber Ärger, Hass, Wut oder Ähnliches konnte man in seinem Job eigentlich nicht gut gebrauchen. Und da sie nach wie vor bei den Ermittlungen ziemlich im Dunkeln tappten, war es besser, sich zurückzunehmen.

Zusammen mit Ansgar stieg er die wenigen Stufen zur Eingangstür hinauf, die geöffnet wurde, kaum, dass sie den Treppenabsatz erreicht hatten. Eine kleine rundliche Dame mit weißer Schürze öffnete ihnen und schaute sie mit fragenden Knopfaugen an. Fehlt nur noch die Haube, fuhr es Thamsen beim Anblick der Frau durch den Kopf.

»Wir möchten gerne zu Herrn von Ludow.«

»Haben Sie einen Termin?«

Hätte er sich eigentlich denken können, dass er so einfach nicht an den feinen Herrn herankam.

»Nein, aber ich glaube, ich brauche auch keinen.« Er nestelte seine Dienstmarke aus der Jackentasche. Die Frau kniff die Augen zusammen. Anscheinend hatte sie etwas Derartiges noch nicht gesehen. Sie trat noch einen Schritt auf ihn zu und ließ sich die Marke unter die Nase halten. Dann nickte sie und forderte sie auf, ihr zu folgen. Sie führte ihn und Ansgar in eine Art Salon. Anders konnte man den Raum mit einer kleinen Warteecke kaum bezeichnen, in dem sich allerhand antiker Tand stapelte. Allein die gerafften schweren Samtvorhänge erinnerten Dirk an ein Museum.

»Einen Moment bitte.« Die Hausdame trippelte eilig über den Steinfußboden davon. Thamsen warf Ansgar einen fragenden Blick zu, der zuckte mit den Schultern.

»Herr von Ludow erwartet Sie«, verkündete kurz darauf die Frau mit der Schürze, nachdem sie zu ihnen zurückgekehrt war, und die beiden aufforderte, ihr erneut zu folgen. Ansgars Schuhe klackten auf dem Steinfußboden, während Thamsens Gummisohlen leicht quietschende Geräusche von sich gaben. Vor einer massiven Holzflügeltür blieb die Dame stehen, öffnete diese und ließ ihnen den Vortritt.

»Darf ich Kaffee oder Tee bringen?«

»Nein danke.« Thamsen wollte nicht den Eindruck erwecken, als handle es sich hier um einen netten Kaffeeklatsch. Dies hier war eine offizielle polizeiliche Befragung.

»Für mich schon, Frau Bruns«, tönte allerdings von Ludow von seinem Schreibtisch. Wieder trippelte die Frau davon, während Thamsen und Rolfs sich auf die zugewiesenen Stühle vor dem Eichenschreibtisch setzten.

»Nun, meine Herren. Was kann ich für Sie tun?«

Der Mann um die 50 musterte sie durch seine randlose Brille. Für einen Landwirt wirkte er äußerst vornehm, aber er kümmerte sich wahrscheinlich nur um das Geschäftliche. Die wirklich harte Arbeit ließ er wohl andere machen.

»Nun ja, es geht um Ihren Sohn.«

»So?«

Auch wenn es vielleicht so wirken sollte, Herr von Ludow erschien nicht überrascht. Wahrscheinlich hatte er sogar damit gerechnet, dass die Polizei bei ihm aufkreuzen würde nach der Aktion am Morgen.

»Ja, die Aktivistengruppe Ihres Sohnes hat heute Morgen bei Bauer Melfsen einen enormen Schaden angerichtet. Sicher haben Sie davon gehört.«

»Die Gruppe meines Sohnes. Wie kommen Sie darauf? War Christoph dabei?«

»Nein, aber eines der Mitglieder hat ausgesagt, dass er die Aktion geplant hat.« Ein leichtes Grinsen machte sich auf von Ludows Gesicht breit. Er lehnte sich in seinem ledernen Chefsessel zurück. »Nun, das waren sicherlich nur jugendliche Spinnereien. Er hat sie jedenfalls nicht ausgeführt, soweit ich weiß.«

»Wo war Ihr Sohn denn, vielleicht können Sie uns dazu etwas sagen«, mischte sich nun Rolfs in die Befragung ein.

»Tja, da muss ich Sie enttäuschen. Mein Sohn ist erwachsen, er sagt mir nicht, wo er sich aufhält.«

»Wie ist denn das Verhältnis zwischen Christoph und Ihnen?«

»Nun, was soll ich sagen. Die Jugendlichen haben halt ihren eigenen Kopf. Das werden Sie sicherlich kennen, wenn Sie Kinder haben, oder?« Sein Blick schweifte zu Thamsen.

»Aber wenn Sie nicht wissen, wo Christoph gewesen ist, wie können Sie sicher sein, dass er an der Aktion nicht beteiligt war?«

»Weil er es mir gesagt hat.«

»Sie haben ihn also heute Morgen doch gesehen? War er hier bei Ihnen?«

»Nein, wir haben miteinander telefoniert.« Das Lächeln auf von Ludows Gesicht schien wie eingemeißelt. Nichts brachte diesen Typen aus der Ruhe. Oder doch?

»Und da haben sie ihn gleich nach der Aktion in Deezbüll gefragt? Hatten Sie vielleicht selbst den Verdacht, er könne etwas damit zu tun haben?«

Thamsen glaubte, ein Zucken am Auge seines Gegenübers wahrzunehmen. Unglücklicherweise kam Frau Bruhn und brachte den Kaffee, sodass von Ludow die Frage übergehen konnte. »Sie möchten wirklich nicht?«

Thamsen schüttelte den Kopf.

»Hören Sie, ich kann verstehen, wenn Sie Ihr Kind schützen wollen«, versuchte Dirk es nun auf die verständnisvolle Art, »aber es sind Menschen umgekommen.«

»Das wollen Sie doch nicht etwa auch meinem Sohn unterschieben, oder?«

»Nun ja, es ist nicht von der Hand zu weisen, dass die Aktivistengruppe schon mal gegen die Molkerei vorgegangen ist.«

»Das waren nur Schmierereien, und die haben ja wohl kaum etwas mit einem Giftanschlag gemeinsam.« Von Ludow nahm einen Schluck Kaffee und wirkte wieder kontrolliert.

»Ja, aber die Gruppe braucht auch Geld für ihren Unterhalt«, hakte nun Ansgar nach und erntete dafür verächtliche Blicke.

»Das gebe selbstverständlich ich meinem Sohn.«

27. KAPITEL

Aufgeregt kam Tom nach dem Meeting nach Hause und stürzte in die Küche, in der Haie mit Niklas Hausaufgaben machte. Beide schauten ihn entgeistert an.

»Ich kann Dirk nicht erreichen. Weder in der Dienststelle noch auf dem Handy.«

»Wieso, was ist denn passiert?«

Tom berichtete von dem Treffen mit Bastian Roloff.

»Ich bin mir immer sicherer, dass Laktilus etwas mit der Erpressung zu tun hat. Der Bastian wirkte so hilflos, der hat das bestimmt nicht eingefädelt. Warum auch, um den Preis zu drücken, ganz gewiss nicht.«

»Aber vielleicht wollte er seinen Vater unter Druck setzen und das Ganze ist ihm etwas entglitten?«

Tom schüttelte den Kopf. »Dr. Stolpe hat sogar zu mir gesagt, man wolle noch abwarten, bis die Molkerei ganz am Boden sei.«

Haie kratzte sich am Ohr. »Das heißt, die gehen davon aus, dass noch etwas passiert«, murmelte er.

»Genau das denke ich auch.«

»Dann musst du wirklich mit Dirk sprechen. Versuch's noch mal. Feierabend wird er wohl kaum schon gemacht haben.«

»Ich glaube dem kein Wort«, zischte Dirk Ansgar zu, während sie zu ihrem Wagen gingen. »Der Typ ist so aalglatt, der will nur keine Schlagzeilen. Der unterstützt doch nicht Aktivitäten, die gegen seine eigene Geschäftsgrundlage gerichtet sind. Und als ich mit Christoph gesprochen habe, hatte ich nicht den Eindruck, dass der ein tolles Verhältnis zu seinem Vater hat. Wenn dem so wäre, dann hätte er ihm ja auch gesagt, wo er heute Morgen gewesen ist, oder?«

Ansgar Rolfs beurteilte das Verhalten von Ludows zwar ebenfalls als seltsam, fand aber, dass Dirk sich da ein wenig zu sehr hineinsteigerte.

»Na, unter Umständen hat der Christoph tatsächlich nichts damit zu tun. Eventuell hat er eine neue Freundin, oder irgendwas anderes beschäftigt ihn. Es gibt 100 mögliche Erklärungen, wo der heute Morgen gewesen ist. Vielleicht hat er schlichtweg verschlafen.«

»Ja, aber wenn die Gruppe nichts damit zu tun hat, wer erpresst dann die Meierei?« Thamsen hatte sich irgendwie total auf die Veganer eingeschossen, und die Antwort, zu der Ansgar Rolfs ansetzte, wurde durch Dirks Handyklingeln unterbrochen.

»Thamsen?«

»Dirk, endlich«, pustete Tom in den Hörer. »Ich muss mit dir sprechen.«

Wenige Minuten später stoppte Thamsen vor dem kleinen Backsteinhaus in Risum. Tom berichtete erneut von dem Treffen mit Bastian Roloff und deutete noch einmal auf die Möglichkeit der Giftbeschaffung innerhalb der Laborfirma und auf das Motiv hin. Thamsen fuhr sich währenddessen immer wieder mit der Hand übers Kinn, und Haie nickte in einer Tour.

»Das sind sehr valide Punkte, aber du kannst nichts davon beweisen, oder?«

»Nicht wirklich, aber vielleicht kann man die Fingerabdrücke vergleichen. Du hast doch gesagt, auf dem Erpresserschreiben seien Spuren gewesen, die man nicht zuordnen konnte«, schlug Haie vor. Seine Wangen glühten. Fragend schaute er zwischen Dirk und Ansgar hin und her.

»Ja, aber wie sollen wir offiziell daran kommen, und wer aus der Firma kommt überhaupt infrage als Täter?«

Das konnte Tom nicht genau sagen. Wem traute er eine solche Tat zu? Dr. Stolpe? Venderbrook? Oder hatte man gar einen Fremden mit der Erpressung beauftragt? Jemand, zu dem keine Verbindung bestand?

Thamsen stöhnte, und auch Rolfs seufzte laut. Es war wie verhext in diesem Fall. Nichts, aber auch rein gar nichts schien sie weiterzubringen.

Als Thamsen am Abend nach Hause kam, war es spät. Daheim war alles ruhig, die Familie schien zu schlafen. Auf dem Küchentisch fand er lediglich einen Zettel, auf dem Dörte auf ein Essen im Kühlschrank verwies. Sicher war sie sauer auf ihn und deshalb in den letzten Tagen so seltsam, versuchte er, ihr Verhalten zu erklären. Bloß keine Depressionen – alles, nur nicht das. Und das Abendbrot im Kühlschrank war ein gutes Zeichen, oder? Er nahm sich den Salat mit Hähnchenbrust aus dem Kühlschrank und setzte sich an den Tisch. Morgen musste er mit Dörte sprechen, ihr erklären, was für einen schwierigen Fall er momentan zu bearbeiten hatte. Diese zähen Ermittlungen kosteten ihn so viel Kraft. Er fühlte sich müde – wobei müde nicht ausreichte für die Beschreibung seines Zustands. Er fühlte sich alt. Alt und verbraucht. Dabei war er gerade mal 56 Jahre alt, Vater eines Kleinkindes und eigentlich sehr durchtrainiert. Kein Übergewicht, und alle Haare hatte er auch noch auf dem Kopf. So gesehen konnte er nicht klagen, und 56 war nun wirklich noch kein Alter, aber innerlich fühlte er sich derart ausgebrannt, als wäre da nichts mehr, was ihn antrieb.

Er lehnte sich auf dem Küchenstuhl zurück und schloss die Augen. Früher war er Feuer und Flamme für seinen Job gewesen. Da konnten die Verbrechen gar nicht kompliziert genug sein. Auch wenn er das Böse bekämpfen wollte, hatte er sich doch immer über einen neuen Fall gefreut. Und nun? Er war es so leid, dass die Menschen sich gegenseitig beklauten, verprügelten oder umbrachten. Sollten sie doch sehen, wie sie klarkamen, er hatte keine Lust mehr, sich da einzumischen und dafür immer wie der letzte Idiot behandelt zu werden. Genauso wie heute von diesem von Ludow. Der glaubte, er sei etwas Besseres, nur weil er mehr Geld verdiente. Der hatte doch genauso Probleme in seiner Familie wie Dirk. Wobei, zu seinem Sohn hatte Dirk ein gutes Verhältnis – Gott sei Dank, aber dafür hatte er andere familiäre Baustellen.

Und der von Ludow war sicherlich auch nicht ständig glücklich. Aber diese Art, wie der die Leute von oben herab behandelte, war wirklich widerlich. Wahrscheinlich beschwerte er sich auch wieder bei seinen einflussreichen Freunden, und Thamsen würde für seine Befragung erneut Schelte bekommen. Er stöhnte jetzt schon bei dem Gedanken an das Telefonat mit seinem Vorgesetzten.

Plötzlich spürte er, wie sich zwei Hände auf seine Schultern legten, und fuhr herum. Hinter ihm stand Dörte mit zerzausten Haaren und im Nachthemd. Sie sah gut aus – seine Sorge schien unbegründet. Er holte tief Luft, bemerkte ein Kribbeln in seiner Magengegend.

»Habe ich dich geweckt?«

Sie schüttelte den Kopf, während sie sich auf seinen Schoß setzte. Das Kribbeln verlagerte sich abwärts. Er zog ihren Körper an sich und atmete den Geruch ihrer noch bettwarmen Haut ein. Sie fuhr ihm mit den Fingern durchs Haar.

»Du, Dirk?« Er hob den Kopf. »Ich muss mit dir reden.«

Schlagartig erlosch das Kribbeln, und in seinen Ohren piepte es. Er schluckte und wartete stumm darauf, dass sie weitersprach.

»Ich weiß, es kommt unpassend und war auch nicht geplant, aber …«

Dirk hielt die Luft an. Was wollte Dörte ihm sagen? Wovon sprach sie? Er runzelte die Stirn.

»Nun ja, also …« Sie rutschte auf seinem Schoß hin und her, atmete tief ein, während Thamsen sie stock-steif anstarrte.

»Dirk, ich bin schwanger!«

28. KAPITEL

Haie sprang aus dem Bett und raste in Niklas' Zimmer. Er hatte verschlafen, das war ihm noch nie passiert. Eilig rüttelte er seinen Patensohn an der Schulter und flitzte dann in die Küche, um schnell Frühstück zu machen.

Sie hatten gestern noch eine Weile mit Thamsen und Ansgar Rolfs zusammengesessen und über den Fall gesprochen. Es gab viele Möglichkeiten, aber keine erschien ihnen wirklich plausibel oder konnte gar durch irgendeinen Hinweis bewiesen werden. Auch als Dirk mit seinem Kollegen längst gegangen war, hatten Tom und er noch lange über die Erpressung diskutiert und dabei das eine oder andere Bier getrunken. Erst weit nach Mitternacht waren sie ins Bett gegangen.

»Mist«, fluchte Haie, als er feststellte, dass das Nutella leer war. Was sollte er Niklas nun auf sein Brot schmieren? Außer Nutella aß der Junge so gut wie gar nichts. Besser, er fuhr nachher gleich zum Supermarkt, um welches zu besorgen. Er trieb Niklas ins Bad, und bereits wenig später schwangen sie sich auf ihre Fahrräder. Eigentlich war der Kleine schon groß genug, um alleine zur Schule zu fahren, aber Haie fühlte sich verantwortlich für die Verspätung und wollte Niklas bei der Lehrerin entschuldigen.

Frau Rößner nickte gnädig, nachdem er das Malheur erklärt hatte und der Junge auf seinem Platz saß. Anschließend fuhr Haie die Herrenkoogstraße hinunter ins Dorf und stoppte beim Supermarkt, in dem ungewöhnlicherweise viel los war für diese Tageszeit. Ob wieder etwas passiert war?

Neugierig betrat Haie den kleinen Laden an der Dorfstraße. Wie sich herausstellte, hatte Helene, geschäftstüchtig, wie sie war, ihr Sortiment umgestellt, und verkaufte nun jede Menge Sojaprodukte. Auch veganer Käse war dabei – Haie hatte gar nicht gewusst, dass es so etwas überhaupt gab.

»Was ist denn da drin?«, fragte er eine Hausfrau aus dem Dorf, die sich gleich mehrere Packungen in ihren Einkaufskorb gelegt hatte. Die zuckte mit den Schultern.

»Hauptsache, keine Milch.«

Na, dachte Haie, das kann ja auch nicht die Lösung sein, anstelle von Naturprodukten nun vielleicht zu chemisch hergestellten Substituten zu greifen. Doch da wurde er bereits zur Seite geschubst.

»Ach, du bist es, Haie!« Elke strahlte ihn an. »Wie geht es dir?« Ihr ging es augenscheinlich bestens.

»Och, ganz gut!«

»Siehst müde aus«, bemerkte sie, und Haie erzählte lächelnd, wie er heute das erste Mal verschlafen hatte.

»Wir haben so lange mit Dirk und seinem Kollegen gequatscht und auch später gar nicht bemerkt, wie die Zeit gerast ist.«

»Ach ja, gibt es denn etwas Neues in dem Fall?«

»Ein paar Ansätze!«

»Wäre schön, wenn das bald vorbei wäre, damit man wieder Milch und so kaufen kann. Die Panik geht einem langsam ein wenig auf den Nerv. Die Hotelgäste sind auch schon ganz durch den Wind. Überall dasselbe Thema – man spricht ja beinahe von nichts anderem mehr.«

Haie nickte. »Wie läuft es denn in deinem neuen Job?«
Er hatte irgendwie vergessen, dass sie ihm erst neulich
ausführlich darüber berichtet hatte, doch das störte Elke
nicht. Hocherfreut gab sie erneut Auskunft und plap-
perte los: »Aber wir haben da einige Gäste – selbst eine
junge Frau, die ihr Zimmer nicht reinigen lässt, obwohl
die da schon drei Wochen wohnt.«

»Das ist ja seltsam«, kommentierte er diesen Umstand,
interessierte sich aber nicht wirklich dafür.

Thamsen wachte völlig gerädert auf. Dörtes Botschaft
hatte ihn komplett aus der Bahn geworfen. Nicht nur,
dass er kein weiteres Kind wollte, sondern auch die Angst
vor einer erneuten Depression hatte ihm die Luft abge-
schnürt. Noch einmal würde er das gewiss nicht durchstehen. Völlig hilflos und in Panik war er aufgesprungen
und gegangen, ziellos durch die Gegend gefahren, bis er
irgendwo in der Walachei ausgestiegen und einfach nur
gelaufen war. Er wusste, sein Verhalten war falsch und
verletzte Dörte. Außerdem war er nicht ganz unbeteiligt
an der Schwangerschaft.

Aber nein, er konnte das nicht, er schaffte es nicht.

Als er weit nach Mitternacht wieder das Haus betreten hatte, war es ganz ruhig gewesen. Er hatte sich im
Wohnzimmer aufs Sofa gelegt und, als er nicht einschla-
fen konnte, ein Glas Rotwein zur Beruhigung gegönnt.
Doch auch danach hatte er sich nur hin und her gewälzt
und war letztendlich erst gegen Morgen eingeschlafen.

Er rappelte sich auf und spürte dabei jeden Knochen.
Noch schlaftrunken fragte er sich, was ihn geweckt hatte,
als er plötzlich in Lottas Gesicht blickte. Ganz leise hatte

sie sich an ihn herangeschlichen und musterte ihn mit ihren großen blauen Augen. Er konnte in dem Moment nicht anders, als sie in den Arm zu nehmen. Schon dieses Kind war nicht geplant gewesen, und doch liebte er sie über alles, war froh, dass es sie gab.

»Ist Mama schon wach?«

Die Kleine schüttelte ihren Kopf.

Er nickte und legte seinen Finger auf seine Lippen. »Gut, dann machen wir zwei ihr jetzt ein tolles Frühstück, okay?« Barfuß schlichen sie in die Küche.

Als Erstes kochte Thamsen Kaffee – schwarz und stark, dann deckte er den Frühstückstisch. Lotta half ihm dabei. Als alles bereit war, nahm er Lottas Hand und wollte mit ihr ins Schlafzimmer schleichen, als unerwartet sein Handy klingelte. Kurz weigerte sich etwas in seinem Inneren, schließlich siegte aber sein Pflichtbewusstsein.

»Thamsen?«

Es war sein Chef. Hatte eigentlich lange auf seinen Anruf warten lassen. »Ich hatte gesagt, diskret, nicht dass ihr da wie die Trampel bei von Ludow auftaucht.«

»Sind wir auch nicht.«

»Das habe ich aber ganz anders verstanden.« Der Vorgesetzte aus Husum schnaubte in den Hörer. Thamsen war froh, dass dies nur eine telefonische Standpauke war, spürte er die Wut seines Chefs doch geradezu aus dem Hörer kriechen.

»Was habt ihr denn gegen den Sohn in der Hand?«

Dirk berichtete von den Aktionen, die Christoph von Ludow geplant hatte.

»Und war er dabei? Habt ihr ihn erwischt?«

»Nein, aber gerade das ist ja das Verdächtige.«

Wieder drang ein Schnauben aus dem Hörer. »Das reicht nicht! Habt ihr sonst nichts?«

»In Bezug auf Christoph von Ludow nicht wirklich, aber …«, Thamsen machte eine kurze Pause. Er war froh, gestern von Tom Infos erhalten zu haben, und berichtete von den Übernahmeaktivitäten der Firma Laktilus. »Die scheinen jedoch warten zu wollen, bis die Molkerei völlig am Boden ist. Gut möglich, dass die etwas mit der Erpressung zu tun haben. Profitieren zumindest ordentlich davon.«

»Gut, dann nehmt die mal unter die Lupe! Ihr müsst das in den Griff kriegen. Man berichtet schon überregional in dem Fall, und ich brauche dir wohl nicht sagen, dass die Polizei in den Berichten nicht gerade toll wegkommt, oder?«

»Nein.«

Nach einer kurzen Verabschiedung legte er auf und schnaufte tief durch. Als er den Kopf hob, stand Dörte vor ihm, und plötzlich überrollte ihn alles – seine Arbeit, der Fall, Dörte, Lotta, die Schwangerschaft. Er spürte, wie Tränen in ihm aufstiegen, und musste schlucken.

Dörte trat auf ihn zu und umarmte ihn. »Wir schaffen das!«, flüsterte sie, doch Thamsen glaubte nicht daran. Er konnte so nicht weitermachen, fühlte sich leer, müde, ausgebrannt. Da spürte er Lottas Arme, die sich um seine Beine schlangen, und plötzlich durchströmte ihn eine Wärme, die seinen Körper kribbeln ließ. Er drückte Dörte an sich, dann beugte er sich zu Lotta und hob sie hoch.

In diesem Moment kam Anne in die Küche. »Was geht denn hier ab?«

238

»Komm«, forderte Thamsen sie auf. »Wir müssen miteinander sprechen.«

Immer noch reichlich müde und sehr spät schlug er in der Dienststelle auf. Ansgar Rolfs blickte ihn mit hochgezogener Augenbraue an, sagte aber nichts. Und Thamsen schwieg seinerseits über das Telefonat mit dem Chef.

»So, wir wollen uns heute mal die Firma, die angeblich die Molkerei kaufen will, anschauen. Dafür brauchen wir aber eine Taktik.«

Ansgar nickte. »Ich finde, wir sollten ganz offensiv an die Sache rangehen. Was haben wir zu verlieren?«

»Nichts.«

Sie formulierten die Fragen, klärten, wer was sagen sollte, und losten unter sich aus, wer der gute und wer der schlechte Bulle in dem Gespräch sein sollte. Dann machten sie sich auf den Weg.

29. KAPITEL

Bastian Roloff sah furchtbar aus. Er hatte sich noch nie in seinem Leben so elend gefühlt. Seit Tagen hatte er so gut wie nicht geschlafen, was die schwarzen Augenringe mehr als bestätigten. Hinzu kam die Erniedrigung, die jeder, aber wirklich jeder ihn in der Umgebung spüren ließ, vor allem die Verhandlungspartner bei Laktilus und sein Vater. Dem ging es zwar nicht wesentlich besser, aber ihm gelang es weitaus souveräner, die Contenance zu wahren. Nur nichts anmerken lassen, war seine Devise. Daher war er über Bastians Vorschlag, die Firma zu verkaufen, nur erbost gewesen.

»Willst du etwa aufgeben, du Schlappschwanz?«, hatte Hanno Roloff seinen Sohn beschimpft. »Das ist der Grund, warum ich dir das Unternehmen nicht überschreiben will. Verstehst du?«

Doch Bastian brauchte dringend Geld. Seine Konten waren weit überzogen, die Bank erweiterte verständlicherweise seinen Dispo nicht mehr. Nicht einmal mehr abhauen konnte er, denn als er am Bahnhof eine Fahrkarte mit der Kreditkarte hatte zahlen wollen, hatte die Dame hinter dem Schalter nur mitleidig den Kopf geschüttelt. Mist. Was sollte er tun, überlegte er angestrengt, als sein Telefon klingelte. Es war Susanne.

»Ich habe in den Medien erfahren, was bei euch los ist. Wie geht es dir?«

Obwohl er wusste, dass ihr Interesse wahrscheinlich

nicht seiner Person galt, war er irgendwie froh über den Anruf. Vielleicht konnte sie ihm helfen.

»Na ja, es geht so, aber wir stecken ganz schön tief in der Scheiße, und die Polizei kriegt das überhaupt nicht in den Griff. Wenn nicht bald ein Wunder geschieht, können wir den Laden dichtmachen.«

Er überlegte, ob er sie direkt nach Geld fragen sollte, doch Susanne kam relativ schnell selbst darauf zu sprechen. »Also, vielleicht könnte ich euch helfen?«

»Oh, das wäre furchtbar nett.« Bastians Herz machte einen Satz. »Vielleicht könntest du uns mit einem Darlehen aushelfen?« Es war ihm zwar unangenehm, sie danach zu fragen, aber schließlich hatte sie es angeboten.

Er hörte ein Rascheln am anderen Ende, anschließend ein Räuspern. »Ich hatte da eher an eine Übernahme gedacht.«

Elke war heute für eine Kollegin eingesprungen und saugte den Flur vor den Gästezimmern. In Gedanken war sie noch bei ihrem Gespräch mit Haie. Irgendwie hatte er einen seltsamen Eindruck auf sie gemacht, aber sie war sich nicht sicher, ob er ihr Gespräch tatsächlich vergessen hatte. Er wirkte auf sie in der letzten Zeit etwas unkonzentriert, aber sicherlich lag das daran, dass er sich wieder in diesen Fall reinkniete und mit seinen Gedanken einfach woanders war. Ihr entwich ein Seufzer. Oft dachte sie an ihre gemeinsame Zeit zurück, und wenn sie ehrlich war, vermisste sie ihn immer noch. Sie wusste, es gab kein Zurück, das hatte sie sich seinerzeit selbst verbaut, und Haie war viel zu stolz und zu stur, als sich mit ihr nach all dem, was zwischen ihnen vorgefallen war, wieder einzulassen. Dennoch wünschte sie es sich.

Sie beendete ihre Arbeit und half dann noch in der Küche. Der Koch diskutierte gerade mit der Geschäftsleitung über die Speisenangebote der nächsten Tage – man wollte möglichst keine Milchprodukte auf dem Plan. Als sie den Speiseraum betrat, um die Tische abzuwischen, entdeckte sie dort die Dame aus der Nummer 18, die nie ihr Zimmer aufräumen ließ.

Seltsam. Was tat diese Frau hier nur? Urlaub sicherlich nicht. Wer hielt sich schon drei Wochen lang in Niebüll auf? Da fuhr man doch eher auf eine der Inseln. Oder direkt ans Meer in St. Peter-Ording oder nach Dänemark. Dort gab es wenigstens schöne Strände. Aus den Augenwinkeln heraus beobachtete sie die Dame, die an einem der Tische einen Kaffee trank. Lisa Wachtmann war ihr Name, das wusste Elke bereits vom Zimmerplan. Ob sie die Frau einmal ansprechen sollte? Aber nachher beschwerte die sich noch, und das konnte sie sich nach so kurzer Zeit im Job nicht erlauben. Trotzdem kribbelte es sie in den Fingern. Es war doch seltsam, so ein junges hübsches Ding und trotzdem ganz alleine.

Elke trat an den Tisch und lächelte: »Schöner Tag heute.«

Erschrocken blickte Frau Wachtmeister auf; nickte dann stumm.

»Solch tolles Wetter hatten wir schon lange nicht«, versuchte Elke weiter, ein Gespräch in Gang zu bringen.

Wieder war nur ein stummes Nicken die Antwort.

»Was haben Sie denn heute vor?«

Ruckartig fuhr die Frau vom Stuhl auf. »Ich wüsste nicht, was Sie das angeht.«

Heute fuhr Ansgar den Dienstwagen. Thamsen ließ sich zwar nicht gerne chauffieren, doch seine Müdigkeit steckte ihm in den Knochen, und er wollte es langsam angehen. Sie hatten am Morgen beschlossen, dass sie alle zusammenhalten mussten, sich gegenseitig unterstützen und Hilfe annehmen würden. Das galt besonders auch für Thamsen, der im Job ruhig mal etwas delegieren konnte, hatte Dörte angemerkt. »Du bist schließlich der Chef.« Außerdem half es niemandem, wenn er irgendwann wegen eines Burn-outs ausfiel – weder seinem Arbeitgeber und noch seiner Familie. Und eine Familie wollten sie sein – da waren sie sich alle einig gewesen.

Ansgar parkte vor dem Eingang der Firma Laktilus, und sie stiegen aus. »Wir möchten zu Herrn Dr. Stolpe«, erklärte Thamsen der Sekretärin lächelnd. Er war heute der gute Bulle. Frau Lechner nickte. Sie kannte Thamsen aus den Medien und fragte erst gar nicht, ob er einen Termin hatte, sondern wies auf eine kleine Sitzecke.

»Es kann einen Moment dauern, denn Dr. Stolpe ist im Gespräch. Einen Kaffee?«

»Gerne.«

Sie schauten sich im Vorraum um und ließen sich den Kaffee servieren. Thamsen musste beinahe schmunzeln, da Ansgar seine Rolle, die er heute zum ersten Mal spielte, ziemlich ernst nahm. Miesepetrig ließ der sich die Tasse reichen und sagte nicht einmal Danke. Nach einer Weile hörten sie Schritte, dann trippelte eine attraktive blonde Frau an ihnen vorbei. Während sie der unbekannten Schönheit hinterherstarrten, bemerkten sie gar nicht, wie Herr Stolpe zu ihnen trat.

»Meine Herren.« Dirk und Ansgar zuckten kurz zusammen, hatten sich aber schnell im Griff. Sie waren schließlich Profis.

Über den Gang folgten sie dem Mann in ein Büro und setzten sich auf die zugewiesenen Plätze. »Nun«, entgegnete Dr. Stolpe gelassen, »was kann ich für Sie tun?«

Thamsen räusperte sich und begann, ihr Anliegen freundlich vorzutragen, so, wie sie es abgesprochen hatten.

»Sie haben ja sicherlich von der Erpressung der ortsansässigen Meierei gehört?«

»Wer hat das nicht?«

»Ja, es ist tragisch, zumal auch schon zwei Opfer zu beklagen sind«, bemerkte Thamsen lächelnd.

Diesmal schwieg der Mann, und es entstand ein Moment der Stille, den Dirk absichtlich so lange ausreizte, bis sein Gegenüber es nicht mehr aushielt. »Ja, und was wollen Sie nun genau von uns?«

Das war Ansgars Stichwort.

»Wir haben gehört, dass Sie das Unternehmen kaufen wollen«, blaffte er den Mann an. Dirk war erstaunt. Solch eine ruppige Art hatte er seinem Mitarbeiter gar nicht zugetraut, doch er musste weiter freundlich lächeln, sich nichts anmerken lassen.

Dr. Stolpe wirkte mehr als irritiert »Ja, also …«, stammelte er.

»Stimmt das?«, hakte Rolfs nach, woraufhin ihr Gesprächspartner nur stumm nickte.

Thamsen beobachtete alle Reaktionen ganz genau. War der Mann abgebrüht genug, um die Erpressung mit

Todesfolge in Kauf zu nehmen? Und wenn ja, müsste er dann jetzt nicht gefasster wirken?

In diesem Moment setzte Ansgar nach. »Mit welchen Substanzen arbeiten Sie hier?«

Dirk konnte förmlich dabei zusehen, wie sämtliche Farbe aus dem Gesicht des Mannes wich, und lächelte wie bisher. Ansgar bohrte weiter. »Etwa auch mit Kalium oder Kaliumzyanid? Und kommt Ihnen die Erpressung nicht vielleicht ganz recht bei den Kaufabsichten? Drückt ja den Preis, oder?«

Plötzlich schoss Blut in die Wangen von Dr. Stolpe. »Wollen Sie mir etwa unterstellen, ich hätte etwas mit den Anschlägen zu tun?«

»Aber nein«, setzte nun Thamsen wieder ein. »Mein Kollege meint nur, dass ein gewisser Zusammenhang denkbar wäre, oder?«

»Denkbar?« Nun schaute Ansgar Dirk an. »Nicht von der Hand zu weisen, würde ich sagen.«

»Das ist ja …« Der Mann hinter dem Schreibtisch sprang auf. »Bitte verlassen Sie sofort mein Büro. Das ist ungeheuerlich, was Sie sich hier erlauben!«

»Ja, aber er kommt Ihnen doch zugute, dieser Skandal, wenn Sie ihn nicht sogar inszeniert haben. Und vielleicht ist Ihnen alles ja nur ein wenig aus dem Ruder gelaufen.« Dirk lächelte immer noch, wobei er schon mehr grinste.

»Raus!«, schrie Dr. Stolpe. »Raus hier, alle beide.«

Ansgar und Dirk erhoben sich langsam von ihren Stühlen, ließen sich bewusst viel Zeit. Das brachte den Mann zusätzlich in Rage. Schnaubend zeigte er zur Tür.

»Vielen Dank für das Gespräch«, verabschiedete Thamsen sich und öffnete die Tür. Als sie am Vorzimmer entlanggingen, sahen sie das erschrockene Gesicht der Sekretärin, die kurz darauf zum Chef huschte.

Draußen blickten die beiden sich grinsend an.

»Na, den haben wir ganz schön aufgescheucht, mal sehen, was als Nächstes passiert.«

30. KAPITEL

»Wo warst du denn?«

»Wieso?« Christoph von Ludow schaute Lars Ohlsen gleichgültig an.

»Na, die Aktion hatten wir doch zusammen geplant und …«

»Ihr habt das doch auch gut alleine hinbekommen«, fiel er ihm ins Wort.

»Darum geht es nicht«, entgegnete Lena. Sie saßen an dem großen Tisch in der Diele. Krisensitzung, bei der jedoch nicht alle Mitglieder der Gruppe anwesend waren, da einige nach der Aktion Hausarrest von den Eltern aufgebrummt bekommen hatten.

»Ich weiß nicht, ob du noch hinter der Sache stehst.

Ständig hältst du dich nicht an Absprachen, und dann diese Geheimnistuerei. Was soll das?« Das Mädchen fixierte Christoph, der sich jedoch gewohnt lässig gab.

»Also, ohne mich würdet ihr hier doch eh nichts auf die Reihe kriegen.«

»Was soll das heißen? Wer hat die Aktion mit den freigelassenen Rindern denn durchgezogen, hä?«, platzte Lars heraus.

»Geplant hatte ich sie. Ihr hättet doch nicht mal gewusst, wie ihr in den Stall hineingekommen wärt, geschweige denn die Kühe hättet befreien können.«

Das stimmte allerdings, in derlei Dingen kannte Christoph sich nun einmal aus. Obwohl – irgendeinen Weg hätten sie schon gefunden.

»Ich glaube allerdings, die Polizei hatte diesmal recht«, erklärte Lena plötzlich, was bei den anderen Anwesenden für große Augen sorgte.

»Na, wir haben die Tiere auch in Gefahr gebracht, das war weniger gut durchdacht. Wenn da eine vor ein Auto oder so gelaufen wäre. Aber ich will nicht vom Thema ablenken. Ich will wissen, ob du noch zu uns stehst?«

»Natürlich. Schließlich läuft hier ohne mich nichts.«

Darauf folgte Schweigen, den anderen stieß diese Wichtigtuerei sauer auf.

»Außerdem besorge ich Geld, damit wir hier weitermachen können.«

»Woher?«

»Das lass mal meine Sorge sein.«

Bastian hatte sich von Susannes Anruf nicht wirklich erholt. Die Firma wollte sie ihm abkaufen – für einen

Appel und ein Ei. Er hatte dankend abgelehnt. Nur, wie sollte er weitermachen? Was tun? Er stand auf und trat ans Fenster, von wo aus er einen Blick auf den Vorhof des Gebäudes hatte. Wie die letzten Tage herrschte kein Betrieb. Stillstand. Und je länger der andauerte, umso schneller schritt sein Untergang fort. Er fühlte sich wie gelähmt, unfähig, einen klaren Gedanken zu fassen. Seine Träume zerplatzten, nein, waren schon zerplatzt, er würde niemals in Susannes Welt gehören, das war ihm durch ihren Anruf klar geworden.

Urplötzlich wurde die Tür aufgerissen, und sein Vater stand bleich wie eine gekalkte Wand vor ihm. »Komm mal mit!«

Bastian folgte ihm in sein Büro. »Heute Morgen ist ein Video gekommen, hier.« Er winkte ihn zu sich und spielte die visuelle Datei auf seinem Computer ab. Auf dem Bildschirm erschien eine vermummte Gestalt, sprach mit verzerrter Stimme:

»Dies ist die letzte Aufforderung, und der Preis hat sich erhöht. Zahlen sie zwei Millionen Euro, oder es sterben noch mehr Menschen an Ihren Produkten. Zeit und Ort der Übergabe gebe ich Ihnen in den nächsten Stunden bekannt.«

Hanno Roloff starrte auf das Bild. Die Person kam ihm nicht bekannt vor. Schmal, aber nicht klein, doch im Prinzip hätte das jeder sein können. Aber der Hintergrund, vor dem der Film aufgenommen war, kam ihm vertraut vor. Wenn er nur wüsste, wo er das Bild schon einmal gesehen hatte. Er spulte zurück, drückte auf Standbild und starrte auf den Kunstdruck. Doch da tat sich nichts in seinen grauen Gehirnwindungen. Gar nichts.

»Kennst du dieses Bild?« Er tippte mit dem Zeigefinger auf den Bildschirm.

Bastian beugte sich ein Stück weit vor und kniff die Augen zusammen. »Nee«, entgegnete er nach einem kurzen Augenblick. »Keine Ahnung.«

Hanno Roloff stöhnte. Sollte er jemandem Bescheid geben? Die Polizei verständigen? Was sollte das bringen? Ob mit oder ohne Polizei – zwei Geldübergaben waren schon fehlgeschlagen und die Firma ohnehin so gut wie pleite. Zwei Millionen Euro, die hatte er sowieso nicht.

Resigniert lehnte er sich in seinem Schreibtischstuhl zurück. »Ich denke, wir tun einfach so, als hätten wir das Video nicht erhalten, oder was meinst du?«

»Wollen wir hier Posten beziehen?« Ansgar schaute durch die Windschutzscheibe ihres Dienstwagens hinüber zum Firmengelände von Laktilus.

»Nee, ich gebe Tom Bescheid, der soll sich in der Firma mal umhören. Arbeitet schließlich für die, da kann er einen Vorwand finden, um hier aufzukreuzen und die Lauscher aufzustellen.«

»Von dem kam auch der Tipp mit dem Übernahmeangebot?« Dirk nickte.

»Also, wenn das hier jetzt nichts bringt, weiß ich auch nicht. Viel mehr Möglichkeiten bleiben kaum, oder?« Ansgar sah höchst demotiviert aus. Thamsen kannte solche Phasen nur zu gut, wenn sich in einem Fall nichts zu bewegen schien. Ihm ging es ja genauso, nur dass er noch Druck von oben bekam.

»Na, warten wir mal ab. Ich gebe Tom Bescheid, und

du hörst dich noch mal bei den Aktivisten um. Vielleicht ist Christoph von Ludow ja wieder aufgetaucht, mal schauen, wie die Stimmung da so ist, hm?«

Ansgar setzte Dirk in der Dienststelle ab und fuhr gleich weiter in den Koog. Thamsen schaute dem Wagen eine Weile nach. Er glaubte nicht, dass der Einsatz des Mitarbeiters etwas brachte, aber alles war momentan besser, als nichts zu tun. Daher straffte er die Schultern und stiefelte in sein Büro. Als Erstes wählte er Toms Nummer, der sofort den Hörer abhob. »Ja?«

»Also wir haben den Laden ein bisschen aufgemischt, wäre gut, wenn du dich dort ein wenig aufhältst und schaust, was da passiert.«

»Gut, ich brauche ohnehin ein paar Unterlagen aus der Buchhaltung. Das ist kein Problem.«

»Attraktive Damen habt ihr übrigens in dem Laden«, bemerkte Dirk scherzhaft.

»Damen?«, wunderte Tom sich, denn außer Frau Lechner, die er selbst mit viel gutem Willen nicht als attraktiv bezeichnen würde, arbeiteten wenig Frauen in der Firma, jedenfalls waren sie Tom bisher nicht aufgefallen. Was allerdings nicht weiter verwunderlich war, denn seit Marlenes Tod hatte er so gut wie keine andere Frau angeschaut. Ob sich das je ändern würde? Er wusste es, ehrlich gesagt, nicht und dachte daher auch nicht großartig darüber nach.

Nach dem Telefonat packte er einige Sache in seine Aktentasche, warf sich sein Jackett über und verabschiedete sich von Haie.

»Du denkst aber daran, dass Niklas heute Fußballtraining hat? Da findet doch das Freundschaftsspiel mit den Niebüllern statt.« Haie wusste, wie wichtig es seinem Patenkind war, dass sein Vater zu dem Match kam.

»Jaja, bis dahin bin ich locker wieder zurück«, antwortete Tom im Gehen.

Er fuhr mit gemischten Gefühlen über den alten Außendeich Richtung Niebüll. Auf der einen Seite war er neugierig, was in der Firma los war, auf der anderen Seite fürchtete er, man könne ihm auf die Schliche gekommen sein. Vielleicht hatte Frau Lechner etwas über seine neugierigen Fragen und das Durchsuchen von Dr. Stolpes Büro erzählt? Außerdem geriet ein Externer vermutlich schneller unter Verdacht, dem Unternehmen gegenüber nicht loyal zu sein und daher auch Interna an die Polizei zu verpetzen.

Er parkte den Wagen und ging mit ziemlich weichen Knien zum Eingang. Schon als er die Tür öffnete und den Gang entlang zur Buchhaltung lief, bemerkte er, wie ungewöhnlich ruhig es im Gebäude war.

»Ach, Herr Meissner, Sie kommen wegen der Unterlagen.«

Der Buchhalter sprang auf und drehte sich um. Aus einer Ablage in dem Regal hinter sich nahm er einen Packen Papier.

»Danke«, entgegnete Tom, als er die Unterlagen in Empfang nahm. »Das sind alle Ausgaben der letzten Wochen gebündelt?«

Der andere nickte. »Die Unterlagen von der Meierei haben wir noch nicht vollständig erhalten.« Er senkte seine Stimme. »Und ehrlich gesagt, weiß ich auch nicht, ob das eine gute Idee mit der Übernahme ist.«

»Wieso?« Tom spürte, wie er zu schwitzen begann.

»Na, heute war die Polizei hier, und die haben so getan, als wenn wir etwas mit der Erpressung zu tun hätten.«

»Aber so abwegig ist die Vermutung doch nicht, oder?«

Mit einem Mal schaute der Buchhalter ihn skeptisch an, und Tom versuchte, ein wenig zurückzurudern.

»Na, auf jeden Fall kann man die Zahlen der Vergangenheit in der momentanen Situation sowieso nicht zugrunde legen. Nur schauen, ob es sich generell rentiert, das Unternehmen zu kaufen. Oder hat man sich anders entschieden?«

»Nee, nicht, dass ich gehört habe.« Soweit Tom wusste, hatte der Mann einen guten Draht zur Chefsekretärin, was sich mit der nächsten Äußerung bestätigte. »Nach dem Besuch der Polizei ist aber erst einmal eine Krisensitzung einberufen worden.«

»Aha.«

Dann hatten Dirk und Ansgar den Laden wahrhaftig gut aufgemischt, dachte Tom, ehe er sich verabschiedete und zu Frau Lechner ging. Die saß an ihrem Schreibtisch und beäugte ihn skeptisch. Anscheinend war er ihr als Externer immer noch nicht ganz geheuer, schon gar nicht nach seiner Aktion in Dr. Stolpes Büro.

»Wo ist denn Herr Venderbrook?«

»Im Gespräch und …«

Gerade in diesem Moment wurden laute Stimmen hörbar, und eine Frau zischte: »Ich ruiniere mir durch diese Geschichte nicht meinen guten Ruf.«

Tom steckte den Kopf um die Ecke und erblickte eine schlanke, junge blonde Frau. Wahrscheinlich hatte Thamsen die gemeint, als er von attraktiven Damen in der Firma sprach. Tom hatte diese Frau jedoch noch nie gesehen, oder doch? Von irgendwo kam ihm das Gesicht bekannt vor. Aber nein, er irrte sich bestimmt, so wenig, wie er auf Frauen achtete. Schon stapfte sie auf ihren High Heels an ihm vorbei, und Herr Venderbrook knallte die Tür zu seinem Büro zu.

»Vielleicht kein so guter Zeitpunkt, um über die Personalkosten zu sprechen.« Lächelnd zuckte Tom mit den Schultern und machte sich vom Acker.

31. KAPITEL

Als Ansgar Rolfs den Wagen auf den alten Resthof zurollen ließ, hatte er gemischte Gefühle. Die Aktion am Vormittag war zwar aufwühlend gewesen, aber er war sich nicht sicher, ob sie in dem Fall weiterhalf. Und auch sein Besuch hier bei der Aktivistengruppe war wahrscheinlich vergeblich. Irgendwie kamen sie nicht weiter, traten auf der Stelle, und das frustete ihn gewaltig. Die letzten Nächte hatte er wach gelegen und darüber nachgedacht, wer in dem Fall der Erpresser sein könnte, und wie man ihn überführen konnte.

Die Aktivistengruppe war es seiner Ansicht nach nicht gewesen, trotzdem durfte er sie natürlich nicht abhaken, schalt er sich. Nur weil er für sich zu der Erkenntnis gekommen war, dass die jungen Leute mit den Drohungen und Giftanschlägen nichts zu tun hatten. Vielleicht lag er falsch. Wer wusste das schon, denn der eigentliche Täter und dessen Motive schienen hinter einem dicken Nebelschleier verborgen, und Ansgar glaubte, ihm noch nicht einen Schritt weit nähergekommen zu sein.

Aber das konnte er seinem Chef nicht sagen. Wie sollte er das begründen? Mit einem Grummeln im Bauch oder hellseherischen Fähigkeiten? Er schüttelte den Kopf. Ohnehin wirkte Thamsen in den letzten Tagen mehr als angespannt. Wahrscheinlich bekam er ordentlich Druck von oben, und dann hatte er ja auch noch eine Familie, die ihn gehörig forderte. Ansgar stellte es sich nicht leicht vor, das alles unter einen Hut zu bringen, obwohl er auch gerne eine Familie gründen würde – später, wenn er die passende Partnerin dafür gefunden hatte. Bisher war einfach noch nicht die Richtige dabei gewesen, daher hatte er sich vorgestern im Internet bei einer Partnervermittlung, die große Versprechungen machte, angemeldet. Vielleicht hatte er heute Abend, wenn er nach Hause kam, schon die ersten Anfragen.

Seufzend stieg er aus und schloss den Wagen ab, dann schlenderte er auf den Eingang zu, wo plötzlich die Tür aufgerissen wurde. Völlig überrumpelt griff er an seinen Revolver, da er dachte, die Attacke wäre gegen ihn gerichtet, doch aus der Tür stürmte Lars Ohlsen.

»Du Verräter!«, schrie er, während er blind beinahe in Ansgar hineinlief.

»Entschuldigung?«, meldete der sich zu Wort, doch der Jugendliche schoss schnaubend an ihm vorbei.

Rolfs steckte die Waffe zurück ins Holster und trat zögernd durch die offen stehende Tür. In der Diele am großen Tisch saßen mehrere der Mitglieder, die Stimmung schien angespannt. Das konnte man spüren. Er räusperte sich. »Hallo, die Tür stand offen und …«

Keiner entgegnete etwas, alle sahen betreten zu Christoph von Ludow. Der stand am Kopfende des Tisches mit Tränen in den Augen.

Thamsen nutzte die Zeit, um ein paar Mails abzuarbeiten und Berichte abzuzeichnen. Die administrativen Tätigkeiten waren in den letzten Tagen zu kurz gekommen, es hatte sich einiges angehäuft. Außerdem musste er sich ablenken, denn Dörtes Schwangerschaft tanzte mit seinen Gefühlen Tango, sobald er seinen Gedanken freien Lauf ließ. Zwar hatte er am Morgen gesagt, dass sie das gemeinsam hinbekommen würden, aber nun war er sich nicht mehr so sicher. Wie sollte es werden?

Finanziell war ein weiteres Kind sicherlich nicht das Problem, aber wenn Dörte wieder in Depressionen verfiel? Oder das Chaos ausbrach? Seine Mutter konnte und wollte er nicht um weitere Unterstützung bitten. Magda Thamsen war stets für ihren Sohn eingesprungen, hatte ihn unterstützt, wie und wo sie nur konnte, doch mittlerweile war sie über 70, und gerade in der letzten Zeit hatte Thamsen bemerkt, wie seine Mutter körperlich abbaute. Da konnte er ihr unmöglich eine Kinderbetreuung zumuten. Und auch Anne würde bald ihrer eigenen Wege gehen so wie Timo, der ja bereits ausgezogen war. Aber eine Abtreibung kam für Dörte nicht infrage und für ihn eigentlich auch nicht, wenn er darüber nachdachte. Er konnte doch nicht sein eigen Fleisch und Blut … Nein, undenkbar. Wie aber sollte er die Situation wuppen? Er stöhnte, als er einen Aktendeckel zuklappte, und bemerkte gar nicht, wie nach einem leichten Klopfen die Tür zu seinem Büro vorsichtig geöffnet wurde.

Es war Tom, der seinen Kopf in den Raum streckte. »Hast du kurz Zeit?«

»Klar, komm rein.« Dankbar über die Ablenkung bot Thamsen dem Freund an, Platz zu nehmen. »Und, war was los in der Firma?«

»Na, auf jeden Fall habt ihr den Laden gut aufgemischt. Aber etwas Konkretes habe ich nicht erfahren können. Nur die Frau habe ich gesehen«, grinste Tom. »Ist aus einem Meeting gestürmt. Wenn es denn die war, die ihr meintet.«

»Wie sah die aus?«

»Blond, groß, schlank, kurzer Rock, High Heels.«

Thamsen nickte. »Seltsam, was die da zu schaffen hat. Ich habe die vorher noch nie gesehen. Aber vielleicht ist es Susanne Breuer, habe ich gedacht.«

»Susanne wer?«

»Susanne Breuer«, wiederholte Tom. »Ich habe mir die Buchungsunterlagen angeschaut, und da habe ich zufällig einen Betrag gefunden, den ich eigentlich nicht erklären kann. Habe daraufhin den Buchhalter nochmals befragt, der mir sagte, das sei wohl ein vertrauliches Projekt, das diese Dame betreue, und dafür habe sie schon eine Anzahlung bekommen. Den Rest bekommt sie, wenn sie liefert.«

»Was liefert?«

»Tja, das habe ich mich auch gefragt, aber das wollte der Typ aus der Buchhaltung nicht sagen oder er konnte es nicht.«

»Kennst du solche Vereinbarungen?«

Tom nickte. »Ist quasi eine Strohmannvereinbarung, nur diesmal eben mit einer Frau. Ich vermute, die soll sich um den Kauf der Molkerei kümmern.«

»Ja, aber du hast doch erzählt, dass der Vorstand bereits mit Bastian Roloff gesprochen hat«, wunderte Dirk sich über den Einsatz von Susanne Breuer.

»Vielleicht hat sie aber den Kontakt hergestellt. Das weiß ich ja nicht. Und gebracht hat das Gespräch im Grunde genommen nichts. Vielleicht wurde sie deshalb beauftragt.«

Thamsen kratzte sich am Kinn. »Das heißt, diese Frau könnte eventuell hinter diesen Erpressungen stecken«, murmelte er.

Ansgar fühlte sich nicht wohl in seiner Haut. Er war in eine Art Krisensitzung geplatzt, deren Ausgang nichts mit ihrem Fall zu tun hatte. Christoph von Ludow hatte seinen Mitstreitern eröffnet, die Gruppe verlassen zu wollen – angeblich eine persönliche Entscheidung. Doch so leicht hatten sich seine Anhänger nicht abspeisen lassen und weiter nach dem wahren Grund gebohrt, bis Christoph der Kragen geplatzt war.

»Das Ganze hier ist total verlogen. Wir wehren uns gegen die Ausbeutung der Tiere und finanzieren es doch vom Geld der Ausbeutung!«

Außerdem habe ihm sein Vater die Pistole auf die Brust gesetzt – es gäbe kein Geld mehr, nicht für die

Gruppe, nicht für ihn, wenn er nicht endlich eine Ausbildung anfange. Daher war er in den letzten Tagen nicht erschienen. Er hatte an einem Test an der Uni Kiel teilgenommen, wollte Tiermedizin studieren. Eingeschrieben an der Uni war er nun, und ein WG-Zimmer hatte er auch schon gefunden. Schluss also mit dem Lotterleben und den Aktivitäten. Er musste an seine Zukunft denken, und als Tierarzt sah er seine Prinzipien zumindest nicht ganz verraten.

Für Ansgar reichte das alles, um für sich zu dem Schluss zu kommen, dass die Gruppe nichts mit der Erpressung zu tun hatte. Zwar hatten die Aktivisten dem Inhaber der Molkerei gedroht, und auch die Schmierereien stammten wohl von ihnen, aber einen Menschen zu verletzen oder gar dessen Tod in Kauf zu nehmen, das traute er keinem der Jugendlichen zu. Doch nicht sie, die jedes Lebewesen für schützenswert hielten.

Er hatte sich verabschiedet und die jungen Leute ihren eigenen Problemen überlassen, denn davon hatten sie wahrlich genug.

Ein Anruf in Kiel, und die fragliche Frau wirkte wie ein gläserner Mensch. Tom musste schlucken, als Dirk wenig später die angefragten Daten per Mail erhielt, schwieg aber. Er wusste ja, dass man heutzutage kaum etwas geheim halten konnte, aber irgendwie war es dennoch unheimlich. Susanne Breuer kam aus gutem Hause, hatte Betriebswirtschaft in München, Amsterdam und Harvard studiert, nach dem Studium die Firma ihres Vaters übernommen und nebenbei noch das eigene Unternehmen aufgebaut. Finanziell schien es der Frau nicht schlecht zu gehen – glaubte man den Bilanzen; verborgene Geldnöte, das wusste Tom am besten, konnte man in den Büchern schönen.

»Traue keiner Bilanz, die du nicht selbst gefälscht hast«, war der Spruch, der diesbezüglich in seinen Kreisen kursierte.

»Wohnhaft in Hamburg.« Sofort musste Dirk an seinen Kollegen Nielsen denken, mit dem er seit einem gemeinsamen Mordfall Kontakt pflegte. Die beiden verband eine lockere Freundschaft, und er wusste, dass Peer ihn sofort unterstützen würde, aber in diesem Fall wollte er persönlich mit der Dame sprechen. Außerdem war als Zweitwohnsitz Sylt angegeben. »Wahrscheinlich ist sie sowieso auf der Insel, wenn sie hier in der Gegend zu tun hat«, mutmaßte er und wählte die Nummer, die er in den Unterlagen fand. Nach einem kurzen Augenblick meldete sich Susanne Breuer.

»Hier Thamsen, Polizei Niebüll.«

»Ja?«

»Ich müsste Sie in einem aktuellen Fall als Zeugin vernehmen.«

»So? In was für einem Fall denn?«

»Das würde ich gerne persönlich mit Ihnen besprechen.«

»Aber ich bin momentan auf Sylt in meinem Ferienhaus.«

»Gut, dann komme ich dorthin. Passt Ihnen morgen Vormittag?«

Dirk hörte ein Rascheln, dann räusperte sich Frau Breuer. »Na gut. Morgen um elf.«

32. KAPITEL

Elke war an diesem Tag wieder mit Frühschicht und der Reinigung der Zimmer dran. Daher auch schon zeitig auf den Beinen. Das Wetter lud zwar ein, im Bett zu bleiben, aber es nützte ja nichts. Das Geld konnte sie gut gebrauchen, also raus aus den Federn und rauf aufs Fahrrad. Ähnlich wie Haie fuhr sie meist mit dem Rad, denn ein Auto konnte sie sich nicht leisten. An sehr regnerischen oder stürmischen Tagen fuhr sie mit dem Schulbus, aber wenn es ging, sparte sie das Fahrgeld.

Wachgepustet vom Wind erreichte sie über den Peter-Schmidts-Weg den Osterweg und bog in Richtung Hotel ab. Am hinteren Eingang stellte sie ihr Fahrrad ab und nahm aus dem Korb auf dem Gepäckträger eine Tasche, die neben ihren persönlichen Dingen wie Geldbörse und Handy auch saubere Arbeitskleidung enthielt. Im Sozialraum schlüpfte sie rasch in die frischen Sachen, nahm dann ihren Kittel vom Haken und machte sich auf zu dem Raum, der die Putzutensilien enthielt. Vorher holte sie sich allerdings die Liste der zu reinigenden Zimmer und fragte an der Rezeption, ob und welche Gäste bereits ausgecheckt hatten.

Viele Zimmer waren aktuell nicht belegt. Die Urlaubssaison war lange vorbei, und so kurz vor der Adventszeit verschlug es selten Gäste hierher, außer sie waren geschäftlich unterwegs. Auf dem Weg zu den Zimmern kam Elke am Frühstücksraum vorbei. Die junge Frau aus Zimmer 18 war immer noch da und saß bei Brötchen und Kaffee an einem der hinteren Tische. Ein Blitz durchzuckte Elke. Sie konnte gar nicht sagen, was da plötzlich Besitz von ihr ergriff, aber wie von der Tarantel gestochen eilte sie den Flur entlang, holte ihren Putzwagen und rollte diesen schnurstracks auf das Zimmer der mysteriösen Frau zu. Eilig fingerte sie ihre Generalzimmerkarte aus der Kittelschürze und steckte diese, nachdem sie sich in alle Richtungen mehrmals umgeschaut hatte, in das Türschloss. Ein leises Klick und ein grünes Licht zeigten an, dass das Zimmer geöffnet war. Sich noch einmal umblickend schob sie vorsichtig die Tür ein Stück weit auf und blieb wie angewurzelt stehen.

Thamsen lehnte sich im Sitz zurück und schaute aus dem Fenster. Er war froh, einen freien Platz ergattert zu haben, denn der Zug war voller Syltpendler. Seit die Mietpreise explodiert waren und selbst Einheimische sich das Leben auf der exklusiven Insel kaum noch leisten konnten, waren viele Sylter aufs Festland gezogen und fuhren zwischen, wie sie es so schön nannten. Arbeitsplätze bot Sylt nach wie vor, denn der Tourismus boomte unvermindert. Thamsen fragte sich, warum er nicht öfter auf die Insel fuhr. Früher war er ab und zu mit Anne und Timo an den Westerländer Strand oder auch in die Sylter Welle – ein Erlebnisbad – gefahren, doch seitdem Lotta auf der Welt war, waren sie nicht mehr dort gewesen. Dabei lag dieses herrliche Urlauberparadies geradezu vor seiner Nase. Aber wie es eben oftmals so war: Man nutzte die vorhandenen Möglichkeiten nicht aus – daher freute er sich umso mehr, dass er heute einmal wieder auf die Königin der Nordsee fahren durfte – wenngleich der Anlass beruflicher Art war.

Sie hielten kurz in Klanxbüll, wo noch mehr Pendler zustiegen. Dann fuhr der Zug wieder an, und kurz darauf waren die riesigen Anlagen des Windparks zu sehen. Dirk schüttelte den Kopf. Obwohl er durchaus für alternative Energie war, fand er, dass diese Armee von Windrädern beinahe an Landschaftsverschandlung grenzte. Da musste es doch Alternativen geben, oder?

Kurz darauf fuhren sie auf den Hindenburgdamm, und unweigerlich musste Dirk an die verpatzte Geldübergabe denken. Wieso nur hatten sie nicht damit gerechnet, dass der Erpresser von der Meerseite kam? Wie dilettantisch sie an die Sache herangegangen waren. Wie Anfänger oder als ob sie den Ernst der Lage nicht erkannt hatten. Dabei war doch klar, wie heikel die ganze Sache war und gefährlich, denn immerhin war zu dem Zeitpunkt bereits ein Mensch gestorben und ein weiterer kurz darauf. Eigentlich verwunderlich, dachte er, dass sie so lange keine neuen Nachrichten in Bezug auf die Erpressung erhalten hatten. Was machte der Täter? Warum rührte er sich scheinbar nicht? Oder aber hatte er sich gemeldet, und die Roloffs hatten die Polizei wieder nicht informiert? Hatten sie die Sache vielleicht gar aus der Welt geschafft? Immerhin gab es keine neuen Opfer zu beklagen, was allerdings auch daran liegen konnte, dass die Leute so gut wie keine Milchprodukte mehr verzehrten, jedenfalls nicht aus der ortsansässigen Meierei, und die hatte die Produktion in den letzten Tagen, soweit er wusste, eingestellt.

Er kratzte sich am Kopf, während der Zug gemächlich über die Insel Richtung Westerland zuckelte. Dirk hatte aber keinen Blick für die Schönheiten der Natur, die heute bei dem trüben Wetter ohnehin den üblichen Glanz eingebüßt hatten. Er musste sich auf das bevorstehende Gespräch mit Susanne Breuer vorbereiten. Wie genau sollte er vorgehen, welche Fragen waren am geschicktesten, um herauszubekommen, ob es einen möglichen Zusammenhang zwischen der Frau und den Erpressungen der Molkerei gab? Dass jemand als Mittelsmann bei Firmenkäufen auftrat, war ja per se nicht verdächtig, sondern eher üblich, wie Tom ihm erklärt hatte. Aber dass gerade in dieser Zeit eine Erpressung hinzukam und den Wert des Unternehmens ordentlich nach unten korrigierte, war seiner Meinung nach kein Zufall – ganz im Gegenteil, das kam dem Käufer sowie dem Vermittler – sprich Susanne Breuer – sicherlich sehr gelegen, wenn sie nicht sogar ihre Finger im Spiel hatte.

Der Zug fuhr in den Sackbahnhof in Westerland ein, und Thamsen trieb mit dem Strom der Pendler zum Ausgang.

»Kannst du mich nach Niebüll fahren?« Haie stand mit hochroten Wangen in der Tür zur Küche.

»Wieso?« Tom saß noch beim Frühstück und las in aller Ruhe die Zeitung.

»Elke hat angerufen.«

Tom runzelte die Stirn. »Du springst doch sonst nicht, wenn deine Ex ruft.«

»Sie hat eine Entdeckung gemacht. Ich soll mir was anschauen im Hotel. Könnte mit der Erpressung zu tun haben.«

»Und wieso ruft sie nicht die Polizei?«

Haie trampelte von einem Bein aufs andere. »Ist doch jetzt unwichtig. Also, fährst du mich?«

»Na gut, na gut.« Tom erhob sich. »Aber trotzdem finde ich, dass wir Dirk anrufen sollten.«

»Der ist auf Sylt. Schon vergessen? Aber wir können ihn ja von unterwegs informieren«, drängelte Haie.

Wenig später saßen sie im Wagen und fuhren Richtung Niebüll. Tom versuchte, Dirk zu erreichen, doch der hatte anscheinend sein Handy ausgeschaltet. Tom hinterließ eine Nachricht auf der Mailbox, dass der Freund sich umgehend melden sollte.

»Oder sollten wir besser …?«

Haie schüttelte energisch den Kopf. »Erst einmal schauen wir uns die Sache an, bevor wir die ganze Kavallerie rufen«, entgegnete er energisch.

Dirk hatte sich auf dem Bahnhofsvorplatz ein Taxi nach Kampen genommen. Diese vornehme Gegend kannte er bisher so gut wie gar nicht und war mehr als beeindruckt. Er fragte sich, ob man mit ehrlicher Arbeit so viel Geld verdienen konnte, um sich hier ein Haus leisten zu können. Er seufzte. Von seinem mickrigen Beamtengehalt konnte er seine Familie zwar gut ernähren, aber so etwas konnten sie sich niemals leisten. Zudem musste er für sein Geld auch noch richtig hart schuften.

Der Taxifahrer hielt vor einem der Anwesen und kassierte den Fahrpreis. Thamsen ließ sich eine Quittung geben, und da die Fahrt auf Staatskosten ging, war er auch nicht geizig mit dem Trinkgeld. Er stieg aus und lief den geschlängelten Weg zum Haus hinauf. Als hätte sie auf ihn gewartet, öffnete Susanne Breuer die Tür und begrüßte ihn verhalten.

Anschließend bat sie ihn herein und führte ihn in einen

hellen offenen Raum mit Kamin und einer Sitzecke. »Bitte nehmen Sie Platz. Darf ich Ihnen etwas anbieten. Tee oder Kaffee vielleicht?«

Sie wirkte sichtbar nervös, und Thamsen bat um einen Kaffee, um in der Situation ein wenig Zeit zu gewinnen.

Susanne Breuer verschwand daraufhin, und er blickte sich um. Die Einrichtung war äußerst exklusiv, aber anders als im Büro von Bastian Roloff verspürte er eine gewisse Wärme, die von seiner Umgebung ausging. Ganz offensichtlich war es doch etwas anderes, wenn eine Frau die Räume einrichtete. Ihm blieb kaum Zeit, sich weiter umzuschauen, denn schon erschien Susanne Breuer und stellte auf dem kleinen Tisch vor ihm ein Tablett mit einer dampfenden Tasse Kaffee und einem Teller Gebäck ab. »Bitte, greifen Sie nur zu.«

Sie selbst trank nichts, was in der Situation ein wenig seltsam auf Dirk wirkte. Er fühlte sich unwohl, alleine Kaffee zu trinken und Kekse zu essen, und nippte nur an der Tasse.

»Also, was genau kann ich für Sie tun?«, fragte die junge Frau, noch während er die Tasse zurückstellte und sich den Milchschaum von der Lippe leckte.

»Sehr guter Kaffee.«

»Danke.« Sie lächelte gequält.

»Nun ja«, begann Thamsen den eigentlichen Grund für seinen Besuch anzudeuten. »Wie ich schon sagte, haben wir ein paar Fragen.«

»Was für Fragen?«

»Wir glauben, dass durchaus ein Zusammenhang zwischen dem Kaufangebot der Firma Laktilus und der Erpressung der Niebüller Molkerei bestehen könnte.«

»Wie kommen Sie darauf?« Susanne Breuers Lächeln wirkte wie eingemeißelt.

»Tja, wer ist nicht froh, den Preis für ein Objekt, das er gerne erwerben möchte, zu drücken?«

»Schon«, gab sie zu, »aber in unserem Fall kommt das Ganze nicht ganz so gelegen, wie es vielleicht aussehen mag.«

»Nicht?«

Sein Gegenüber schüttelte den Kopf. »Das Verbrauchervertrauen in die Produkte der Meierei ist momentan total am Boden, wenn es überhaupt noch vorhanden ist. Es wird eine lange Zeit und eine Menge Geld kosten, das wieder aufzubauen.«

»Ja, aber will Laktilus nicht ohnehin andere Produkte dort vertreiben – den Küstentraum wird es doch wohl unter der neuen Firma nicht mehr geben, oder?« Dirk traute der Aussage irgendwie nicht.

»Das nicht, aber Sie wissen doch, wie die Leute sind. Einmal Gift – immer Gift. Da hilft auch kein neuer Name. Gerade hier oben können die Leute sehr stur sein.« Sie lächelte. »Ich darf das sagen – bin selbst quasi hier aufgewachsen. Und diese Firma wieder aufzubauen, wird mit jedem Tag schwieriger und teurer – wenn nicht unmöglich. Könnte gut sein, dass die Leute nun so oder so auf andere Produkte ausweichen.«

»Ja, aber wenn der Täter erst einmal gefasst ist, sieht das doch sicherlich anders aus?«

»So?« Susanne Breuer zog die rechte Augenbraue hoch und bedachte ihn mit einem durchdringenden Blick. »Sieht es denn momentan so aus, als könnten Sie den Erpresser dingfest machen? Haben Sie eine einzige konkrete Spur?«

Thamsen errötete leicht, dabei war er doch eigentlich derjenige, der gekommen war, um Fragen zu stellen. Etwas ungeschickt schlug er die Beine übereinander und stieß dabei an den niedrigen Couchtisch an. Susanne Breuer kommentierte sein Unbehagen mit einem schiefen Lächeln.

»Sehen Sie, und da dies nicht der Fall ist und je länger sich die Sache hinzieht, umso unwahrscheinlicher wird ein Neubeginn mit diesem Unternehmen. Daher habe ich gestern auch dem Vorstand von Laktilus abgeraten, die Meierei zu kaufen, und mein Mandat niedergelegt.«

33. KAPITEL

Mit hochrotem Kopf erwartete Elke Haie und Tom am Hinterausgang des Hotels. Ohne viele Worte machte sie den beiden Zeichen, ihr zu folgen. Tom, dem immer noch nicht ganz klar war, was sie hier eigentlich taten, runzelte die Stirn. »Was ist denn eigentlich los?«

Mit großen Augen zischte Elke ein »Psst«.

»Wenn mein Arbeitgeber rauskriegt, was ich hier mache, bin ich sicherlich meinen Job los«, flüsterte sie.

Sie hatte zwar in der Zwischenzeit schon zwei Zimmer gereinigt, aber durch die Aufregung nicht so gründlich wie sonst. Außerdem hatte sie die verdächtige Frau aus Zimmer 18 im Blick behalten. Daher wusste sie, dass diese nach dem Frühstück zwar auf ihr Zimmer gegangen war, dann aber in Hut und Mantel das Hotel verlassen hatte. Die Luft war also rein – allerdings wusste man nicht, wie lange. Mit ihrer Zimmerkarte schloss sie die entsprechende Tür auf. Haie trampelte wieder von einem Bein aufs andere, während Tom sich nach allen Seiten umblickte.

Kurz darauf standen sie in dem Zimmer, das einem Schlachtfeld glich. Überall lagen Zeitungen und Papierschnipsel, mitten im Raum auf einem Stativ stand eine Kamera. Vorsichtig trat Tom an den Schreibtisch und begutachtete die letzten Schnipsel neben dem Prittstift, während Haie den Kleiderschrank inspizierte. Elke war an der Tür stehen geblieben und schob Wache.

»Sieh mal hier«, rief Haie plötzlich laut. Er zog aus einem Stapel Klamotten eine Spritze und eine Pappschachtel hervor. »Sieht ganz so aus, als hätten wir die Erpresserin gefunden! Ich rufe Dirk an!«

Thamsen hatte einsehen müssen, dass Susanne Breuer als Täterin irgendwie das Motiv abhandengekommen war. Er war sich sogar unsicher, ob sie tatsächlich eins gehabt hatte, denn ihre Geschäfte liefen scheinbar gut – sie war auf den Deal mit Laktilus nicht unbedingt angewiesen.

Wenn er ehrlich zu sich war, traute er der Frau solch ein scheußliches Verbrechen ohnehin nicht zu. Zwar hatte er in seiner Laufzeit gelernt, dass man einem Täter niemals ansah, zu was er fähig war, aber er hatte über die Jahre auch ein sehr gutes Bauchgefühl entwickelt. Die Nervosität, die Susanne Breuer zu Beginn seines Besuchs an den Tag gelegt hatte, war wahrscheinlich nur eine relativ normale Reaktion auf sein Erscheinen. Viele Menschen reagierten so, wenn sie es mit der Polizei zu tun bekamen, als ob sie in der ständigen Angst lebten, einer Lüge oder einer unbewussten Straftat überführt zu werden. Selbst wenn sie sich nichts zuschulden hatten kommen lassen. Dieses Verhalten verstärkte sich noch, wenn der Polizist eine Uniform trug, wusste Thamsen.

Er hatte sich nach ein paar abschließenden Fragen ein Taxi gerufen und dabei auf dem Handy gesehen, dass die Freunde ihn angerufen hatten. Als er im Taxi die Mailbox abhörte, konnte er Haies gestotterten Worten entnehmen, dass sie angeblich den Erpresser überführt hatten. Sofort drückte er auf Rückruf.

»Ja, wir haben Hinweise auf die Erpressung in dem Zimmer gefunden«, bestätigte der Freund. Dirk fragte lieber nicht, wie sie in das Zimmer gelangt waren, sondern wies an, dass sie nichts weiter berühren sollten, und außerhalb des Raumes auf Ansgar Rolfs warten sollten. Den informierte er sofort, nachdem er aufgelegt hatte.

»Du kümmerst dich um das Zimmer – am besten rufst du gleich die Spurensicherung an. Das klingt alles so, als hätten wir da wirklich die Täterin.«

»Ja, aber was für ein Motiv soll die Frau haben?«

Thamsen zuckte mit den Schultern, wurde sich dann aber bewusst, dass der Mitarbeiter ihn nicht sehen konnte. »Das finde ich heraus.«

34. KAPITEL

Es war still in der Molkerei. Seit Tagen herrschte so gut wie kein Betrieb. Die Milchlieferungen waren auf die Husumer Meierei umgeleitet und die Mitarbeiter in Zwangsurlaub geschickt. Nur Hanno Roloff saß wie jeden Tag in seinem Büro und wälzte Akten und anderen Papierkram.

Seit der Videoaufnahme war nichts passiert. So gesehen hatte das Ignorieren der Botschaft scheinbar etwas gebracht, aber dem Unternehmen half das auch nicht mehr. Sie waren so gut wie pleite. Bastian hatte ihm am Vortag eröffnet, dass Laktilus bereit gewesen war, das Unternehmen zu kaufen, aber gestern dann plötzlich das Angebot zurückgezogen hatte. Sie waren am Ende.

Hanno Roloff erhob sich stöhnend von seinem Schreibtisch und trat aus dem Büro. Frau Lohmann hatte er auch nach Hause geschickt – daher gab es nicht einmal mehr frischen Kaffee. Er verließ die obere Etage und schlenderte durch die Meierei, vorbei an den riesigen metallenen Behältern, den Laboren für die Joghurtkulturen und der Abfertigungshalle. Alles war verwaist, sein Lebenswerk zerstört. Nur mühsam konnte er dem Druck der Tränen standhalten. Zärtlich strich er über einen der silberfarbenen Kessel, als er plötzlich Schritte hörte, die durch den riesigen Raum hallten.

»Bastian? Bist du es?« Irgendwie fühlte Hanno Roloff Unbehagen in sich aufsteigen. Er schluckte.

»Bastian? So sag doch etwas!«

Er sah einen Schatten an der Wand, dann bog eine schmale, schwarz gekleidete Gestalt um den Milchbehälter.

Roloff zuckte zurück, als er etwas Metallenes in der Hand der Person blinken sah.

»Was … was wollen Sie? Wer sind Sie?« Langsam versuchte er, seinen Körper rückwärtszuschieben, stieß aber plötzlich an das Ende eines Geländers.

Die Gestalt hob den Kopf und grinste. Erst jetzt sah Roloff, dass es eine Frau war, doch die Anspannung ließ nicht nach. Irgendetwas in der Haltung und dem Blick der Unbekannten sagte ihm, dass es ernst war und nicht gut ausgehen würde.

»Wer ich bin? Tja, das wirst du nicht wissen …«, tönte die Person plötzlich höhnisch. »Aber ich weiß, wer du bist.« Roloff schwieg, umklammerte mit den Händen das Geländer.

Die Frau musterte ihn von oben bis unten. Dann sagte sie abfällig: »Kann nicht verstehen, was meine Mutter an dir gefunden hat.«

Bei dem Stichwort »*Mutter*« setzte eine Art Maschinerie in Hanno Roloffs Kopf ein. War dies eine der Frauen, mit denen er zusammen gewesen war? Vielleicht vor langer Zeit? Vor sehr langer Zeit. Ehe er geheiratet hatte, war er mit vielen Frauen im Bett gelandet, war sprunghaft gewesen, bis er Evelyn kennengelernt hatte. Danach hatte es keine andere mehr für ihn gegeben. Sie war seine große Liebe gewesen – bis heute. Doch was hatte diese Frau damit zu tun, die offensichtlich viel zu jung war, um eine jener früheren Liebschaften zu sein? Warum kam sie her? Bedrohte ihn? Sie war doch nicht etwa …? Er hatte immer damit geprahlt, er wisse nicht, wie viele Kinder er in die Welt gesetzt hatte – aber das war nur so dahergesagt gewesen. Das hatte er doch nicht erst gemeint.

»Ganz richtig«, nickte die Frau, als könne sie seine Gedanken lesen. Roloff klammerte sich noch fester an das Geländer.

»Ja, aber ich wusste nichts von …«, stammelte er.

»Das ist egal. Darum geht es nicht.« Sie kam mit dem ausgestreckten Messer auf ihn zu. Roloff blickte sich um, doch es gab kein Entkommen.

»Was wollen Sie dann?«

»Ich bin gekommen, um meine Mutter zu rächen.«

»Zu rächen? Aber wieso, warum?«

»Weil du sie einfach hast fallen lassen. Wie den letzten Dreck hast du sie behandelt. Ich habe die Briefe gefunden, die du ihr geschrieben hast, nachdem du deine Evelyn kennengelernt hattest.« Den Namen Evelyn spuckte die junge Frau ihm regelrecht ins Gesicht. Und langsam verstand er, mit wem er es zu hatte: der Tochter von Gudrun – seiner letzten Liebschaft, bevor er seine Zukünftige getroffen hatte.

Gudrun war hartnäckig gewesen, hatte einfach nicht verstehen wollen, dass es aus war. Sogar mit Selbstmord hatte sie ihm gedroht. Es war ihm nichts anderes übrig geblieben, als ihr mit unmissverständlichen Worten klarzumachen, dass er sie nicht liebte, sie nicht wollte.

»Und du?«

»Tja, ich bin wohl das Ergebnis dieser einseitigen Liebe, aber keine Angst – um mich geht es hier nicht. Ich hatte nie einen Vater und ich brauche auch keinen. Außerdem würde der sowieso nicht lange leben.« Sie grinste ihn schief an, wurde aber schnell wieder ernst. »Aber was du mit meiner Mutter gemacht hast, dafür sollst du zahlen. So wie du ihr Leben zerstört hast, habe ich deins zerstört. So wie du ihr Leben ausgelöscht hast, werde ich deines auslöschen. Bis zum Schluss hat sie sich nach dir verzehrt und ist an dieser unglücklichen Liebe elendig zugrunde gegangen.«

Sie griff mit der freien Hand in eine Umhängetasche, die Roloff erst jetzt bemerkte. Umständlich wühlte sie darin herum, ließ ihn dabei aber nicht aus den Augen. »Es war nicht schwer, dich zu finden. Nach ihrem Tod habe ich ihre Tagebücher entdeckt. Auf jeder verdammten Seite war dein Name zu lesen.« Endlich hatte sie gefunden, wonach sie gesucht hatte. Roloff zuckte zusammen.

»Aber nicht doch, ich habe das nicht gewusst, wir können das doch klären.«

Hanno Roloff lief der Schweiß in Bächen am Körper herab. Er blinzelte und versuchte zu atmen, doch seine Kehle war wie zugeschnürt.

»Klären? Meine Mutter ist tot. Tot, verstehst du?« Sie kam näher – in der einen Hand das Messer, in der anderen eine Spritze.

»Aber du wolltest doch Geld, oder? Warum sonst hast du mich erpresst?«, stieß Roloff hervor.

Die Frau hielt inne. »Du verstehst es immer noch nicht, oder? Um Geld ist es hier nie wirklich gegangen.«

Thamsen hatte den Taxifahrer zur Eile angetrieben und den nächsten Zug im Laufschritt gerade noch erreicht. Ungeduldig war er im Gang auf und ab gegangen, hatte sich nicht setzen können.

Ansgar Rolfs war ins Hotel gefahren, und die Spuren wiesen die Bewohnerin des Zimmers eindeutig als Täterin aus.

»Sie ist Apothekerin, besitzt einen Giftausweis. Ein Leichtes für sie, an das Zyankali heranzukommen«, hatte sein Mitarbeiter ihm erklärt.

»Habt ihr weitere Infos?«

»Ja, die Frau kommt aus Paderborn, ist aber in Flensburg geboren.«

»Flensburg? Hm«, überlegte Thamsen laut.

»Die Mutter lebte dort bis zu ihrem Tod, der Vater ist laut Eintrag unbekannt.«

»Unbekannt?«

»Ja, aber ich glaube …«

»Dass Roloff der Vater ist?«, beendete Dirk den Satz. »Wo ist die Frau jetzt?«

»Wir haben keine Ahnung«, erklärte Ansgar.

»Dann fahr zur Meierei. Ich versuche, Roloff zu erreichen, und komme direkt dahin.« Doch Thamsens Versuche, den Unternehmer telefonisch zu kontaktieren, blieben erfolglos. Und der Zug zuckelte gemächlich über den Damm. Mist. Hoffentlich kamen sie nicht zu spät.

Ansgar Rolfs hielt mit Blaulicht und quietschenden Reifen vor der Meierei. Er hatte in der Dienststelle Verstärkung angefordert und wunderte sich, wo die Kollegen blieben. Sie hatten keine Zeit zu verlieren. Elke Ketelsen hatte ausgesagt, dass Lisa Wachtmann das Hotel gegen 11 Uhr verlassen hatte. Er stieg aus und sah, wie in den umliegenden Häusern schon die Gardinen zur Seite geschoben wurden. Besser, er ging rein.

Er zog seinen Revolver, entsicherte ihn und versuchte, möglichst geräuschlos die Meierei zu betreten. Leise schloss er die Tür hinter sich und lauschte in den Raum. Nichts, es war rein gar nichts zu hören. Langsam und vorsichtig arbeitete er sich weiter in dem Gebäude vor, doch die Büros waren alle verlassen, nirgendwo jemand zu sehen. Dabei musste jemand hier sein, oder warum hatte die Tür offen gestanden? Und wo sollte Lisa Wachtmann sonst hingegangen sein? Ansgar war sich sicher, die Frau war hier.

Geräuschlos öffnete er die Verbindungstür zur Produktionshalle und horchte wieder. Weiter hinten im Raum meinte er, Stimmen zu hören, jedenfalls schwangen leichte Schallwellen an sein Ohr. Um keine Geräusche auf den metallenen Stegen zu machen, zog er seine Schuhe aus und schlich in Richtung der vernommenen Laute. Je näher er kam, umso deutlicher waren die Stimmen auszumachen. Ihm stockte der Atem. Was sollte er tun? Er war alleine, und eigentlich musste er auf Verstärkung warten.

Er schob sich noch näher in Richtung der Geräusche und konnte nun deutlich Roloff sprechen hören. »Aber ich habe das doch nicht gewusst. Wieso willst du mich bestrafen?«

Gleich darauf antwortete eine Frau: »Und selbst wenn du es gewusst hättest, du hättest nichts getan. Du hast auch den Tod zweier unschuldiger Menschen in Kauf genommen, dass sie tot sind, ist einzig und alleine deine Schuld. Du hast nicht getan, was ich dir gesagt habe, und du würdest auch noch mehr Menschen sterben lassen, oder warum sonst hast du auf die Videobotschaft nicht reagiert?«

Ansgar runzelte die Stirn. Er verstand die Zusammenhänge nicht ganz, nur dass Roloff in Gefahr war. Die Stimme der Frau klang sehr entschlossen. Fieberhaft überlegte er, was er tun sollte, als er plötzlich einen leisen Schrei und den Satz: »Du wirst dafür bezahlen. Jetzt«, hörte. Ohne nachzudenken, sprang er aus seiner Deckung hervor und schrie mit der Waffe auf die Frau gerichtet: »Polizei! Keine Bewegung.«

Blitzschnell sprang Lisa Wachtmann auf Roloff zu. Sie hielt ihm die aufgezogene Spritze an den Hals. »Keinen Schritt weiter oder er stirbt.«

Thamsen hatte, kaum dass der Zug stand, die Tür aufgestoßen und war auf den Bahnsteig gesprungen. Eilig hechtete er zum nächsten Taxi. »Schnell, schnell zur Meierei.« Der Fahrer blickte einen Moment wie erstarrt, dann aber gab er Gas, dass die Reifen nur so quietschten. Keine drei Minuten später hielt der Wagen vor dem Gebäude in der Osterstraße.

Der Streifenwagen stand vor der Meierei, und ein paar Leute drückten sich auf dem Bürgersteig herum. Thamsen nahm den gleichen Weg wie sein Mitarbeiter, hörte aber bereits beim Öffnen der Tür zur Produktionshalle die schrillen Stimmen, anhand derer er ausmachte, dass es brenzlig war.

Leise, aber schnell schlich er in die Richtung der Stimmen, wählte jedoch eine Abzweigung und näherte sich nun von der anderen Seite. Mist, fluchte er innerlich. Seine Waffe lag in der Dienststelle. Zur Befragung von Susanne Breuer hatte er sie nicht mitnehmen wollen. Vorsichtig spähte er um einen der metallenen Kessel. Lisa Wachtmann stand mit dem Rücken zu ihm. Leider am Ende eines Gangs. Unmöglich, sich ihr von hinten zu nähern. Ansgar befand sich vor den beiden, hatte den Blick aber auf sie gerichtet und sah Dirk deshalb nicht.

Fieberhaft spielte Dirk einige Szenarien im Kopf durch – alle nicht risikolos, denn er konnte nun einmal nicht unbemerkt von hinten an die Täterin heranschleichen, um diese überraschend zu überwältigen. Seine Augen scannten die gesamte Umgebung, blieben schließlich an einem Haken haften, der neben ihm an einem Seil von der Decke hing. Ohne überhaupt weiter nachzudenken, griff er das Seil, nahm Schwung und stürzte sich von seiner Plattform. Er nahm Lisa Wachtmann ins Visier, zog die Beine an und traf sie mit den Füßen im Rücken. Die Frau stürzte durch die Wucht des Schlags nach vorn, stieß Roloff mit zu Boden.

Ansgar Rolfs reagierte schnell, bückte sich und riss Roloff unter der noch leicht benommenen Lisa Wachtmann hervor. Gleich darauf stellte er sich vor den Unternehmer und zielte mit seiner Waffe auf die Täterin, als ein Schlag wie von einem Gong ertönte, der sich mit einem dumpfen Ton vermischte. Thamsen war beim Zurückschwingen gegen einen der Behälter gekracht und hatte beim Aufprall das Seil losgelassen. Reglos lag er am Boden.

»Los, los, los«, trieb Haie Tom an. »Beeil dich doch!«

»Aber wir gehen da nicht rein, das ist viel zu gefährlich und Sache der Polizei«, verlangte Tom. Natürlich hatte Haie es sich nicht nehmen lassen, zur Meierei zu fahren. Als sie dort ankamen, stand zwischen mehreren Streifenwagen und einem Taxi auch ein Rettungswagen.

»Oh Gott, oh Gott«, entfuhr es Haie. »Da ist was passiert!«

Panisch drängte er sich zwischen den Schaulustigen hindurch und sah, wie zwei Sanitäter eine Trage hinausbeförderten. Darauf lag Thamsen, blass, aber lebendig. Haie stürmte auf ihn zu. »Was ist denn passiert?«

»Es ist alles gut«, flüsterte Dirk angestrengt. »Der Fall ist gelöst.«

35. KAPITEL

Die Kaffeetafel war festlich gedeckt. Haie hatte seit dem Frühstück gebacken und die Wohnung geschmückt. Den Adventskranz hatte er bereits gestern zusammen mit Niklas gebastelt. Der Junge war mit Feuereifer am Werk gewesen, und das Ergebnis konnte sich wahrlich sehen lassen. Ein wunderschöner Tannenkreis mit vier leuchtend roten Kerzen und Zimtstangen, Nüssen und Schleifen verziert. Vorweihnachtszeit – für Haie die schönste Zeit des Jahres, wenngleich sie ihn auch immer ein wenig traurig stimmte, da ihm die Freundin besonders in den Tagen zum Jahresende schmerzhaft fehlte.

Marlene hatte aus den Adventswochen stets eine Festzeit gemacht, die Wohnung geschmückt und gebacken, was das Zeug hielt. Haie versuchte es für Niklas, ihr gleich zu tun, aber so gut wie Marlenes Plätzchen schmeckten seine einfach nicht, und auch für die Dekorationen hatte sie einfach ein geschickteres Händchen gehabt. Nichtsdestotrotz hatte er sich auch dieses Jahr große Mühe gegeben, besonders heute sollte alles perfekt sein.

Er hatte Dirk mit seiner Familie zum Adventskaffee eingeladen, und pünktlich um 15 Uhr stand die Mischpoke auch auf der Matte – außer Timo, der noch in Kiel war und für Klausuren lernte. Beinahe feierlich saßen sie um den Tisch herum – und auch wenn das Treffen nicht den Abschluss des Falls zum Anlass hatte, spendierte Haie eine Flasche Prosecco, und sie stießen miteinander an. Die Kinder selbstverständlich mit Apfelsaft, ebenso wie Dörte, die blendend aussah und neben einem strahlenden Thamsen saß.

Die Aufklärung des Falls hatte eine Menge Druck von ihm genommen, und beim Anblick der Kaffeetafel, an der die Kinder mit glänzenden Augen saßen, konnte man einfach nur glücklich sein. Hier unter Freunden, im Kreise der Menschen, die man liebte und von denen man geliebt wurde. Thamsen seufzte leise in sich hinein, als Haie mit der Kaffeekanne in der Hand zu ihnen an den Tisch trat.

»Wer nimmt Milch in seinen Kaffee?«, fragte er grinsend in die Runde.

DANKESCHÖN

Schon wieder ein Verbrechen in meinem idyllischen Heimatdorf – vielen Dank, liebe Risum-Lindholmer, dass ihr all meine Mordsfantasien ertragt und Thamsen sowie seine Freunde so herzlich in eurer Mitte aufgenommen habt. Ich habe es schon erlebt, dass bei Lesungen Zuhörer zu mir sagten: »Ich wohn da bei Haie beim Sparmarkt.« Das ist toll und macht mich glücklich, weiß ich meine »Ermittler« doch gut aufgehoben bei euch!

Ein besonderer Dank gilt mal wieder meinem Vater, der mich wie so oft schon bei meinen Recherchen unterstützt hat und sich auch nicht scheut, wildfremde Leute anzurufen, um an entsprechende Informationen zu kommen. Danke, Papa, für deinen unermüdlichen Einsatz. Dankeschön auch an meine ehemalige Arbeitskollegin Clare Barr, die mich auf die Idee mit dem vergifteten Joghurt brachte, und mich auch sonst immer wieder fleißig mit Ideen zu möglichst »natürlichen Mordmethoden« versorgt.

Christiane und Jan, euch gilt mein Dank, da ihr mir durch eure vegane Lebensweise sowie die Gespräche darüber einen Einblick in ein Leben ohne tierische Produkte gegeben habt.

Den Mitarbeitern des Gmeiner Verlages – insbesondere meiner Lektorin Claudia Senghass – gilt mein Dank, durch deren Engagement die Umsetzung meiner Ideen überhaupt erst möglich wird.

Und natürlich geht auch diesmal ein Dankeschön an meinen Mann Kay, den ich zu meinem großen Glück an meiner Seite haben darf, sowie an meine Familie und meine Freunde, die auch in Zeiten von Schreibblockaden und an anderen kreativlosen Tagen zu mir halten – was sicherlich nicht immer ganz einfach ist …

Nicht zuletzt natürlich ein ganz, ganz großes Dankeschön an all meine Leser, die mir meinen großen Traum vom Schreiben überhaupt ermöglichen! Herzlichen Dank!

Kommissare Thamsen, Meissner und Co. ermitteln:

SPANNUNG

GMEINER

WWW.GMEINER-VERLAG.DE
Wir machen's spannend